信玄女地獄

学研M文庫

信玄女地獄

峰 隆一郎

学研M文庫

目次

侍女おここ

一

天文五年（一五三六）五月——。

武田晴信《たけだはるのぶ》は、平賀源信《ひらがげんしん》が守る信濃《しなの》の海《うみ》ノ口城《くちじょう》を攻めてこれを落城させた。晴信はこのとき十六歳、初陣《ういじん》だった。

城内に将兵がなだれ込み、乱取りがはじまる。乱取りとは物品を奪い、城内の女たちを凌辱《りょうじょく》することである。

奥の間では、兵たちに追われて女たちが叫び声をあげて逃げまわっている。女の何人かは、兵に捕らえられ押し倒される。

「きゃあ」

と叫び、衿《えり》を広げられ、白い胸をさらす。武骨な手が乳房を掴《つか》む。乳房が痛々しくゆがむ。兵の手が女の着物の裾《すそ》をはね上げる。肉づきのいい腿《もも》がさらされる。その腿の間に男の手が押し込められ、はざまを荒々しくさぐられる。

兵はすでに欲望ではじけそうになっていた。女の腿の間に腰を割り込ませると、女のはざまを眺めながら、兵は股間《こかん》をむき出しにする。一物《いちもつ》は怒張していた。

それを摑み出して、女の切れ込みに押し込もうとする。女が悲鳴をあげる。切れ込みは濡《ぬ》れてはいない。すんなりと入るわけがない。

「ちくしょう」

兵は焦る。無理に入れようとすれば切れ込みは裂ける。もちろん裂けてもかまわない。腰を使いながら、無理やり押し込める。女は痛みに腰をゆすった。

どうにか一物が女の壺《つぼ》の中に入ったときには、女は失神していた。男は呻《うめ》き声をあげ、したたかに放出する。

この女たちは、城主の正室や側妾《そくしょう》の侍女である。

あちこちで女たちは兵たちに押し倒され、白い肌をさらしていた。

別の兵は、侍女のみぞおちに拳を当て気絶させておいて、着ているものを剝《は》ぎとり、裸にむいて、はざまに唾液《だえき》を塗りつける。濡れていないところに押し込んでも、気分よく放出できないからだ。

唾液を塗って、切れ込みを指でこねまわす。それから、おもむろに一物を摑み出し、一物をなめらかにしておいて、女の切れ込みに押し込むのだ。

「おい、早く代われ」

と待っている兵がせかせる。もちろん、兵に比べると女の数は少ない。一人の侍女に四、五人の兵が挑むことにもなる。

「我慢できんぞ、おまえは長すぎる。精というのは早く出すものだ」

待ちきれない兵は、自分の一物を女の手に握らせる。女の手は一物を握ってしごく。別の兵は、女の髷《まげ》を摑んで自分の股間に引き寄せ、一物を女の口にくわえさせるのだ。

乱取りは、戦国の世のならいであった。負ければ女たちは犯され、勝ったほうは側室から侍女まですべて凌辱する。

十八歳ほどと見える侍女は、兵士のむき出しになった一物を口にくわえていた。別の兵士が侍女の尻を抱きかかえている。もう一人の兵士は、彼女の乳房を摑んでいた。

城が落ちれば、侍女たちが敵兵に凌辱されるのは、当然のことだった。だから、侍女たちも諦《あきら》めている。殺されるよりもましなのだ。

心得た侍女の中には、

「お待ち下さい」

と言って、自分のはざまに油を塗る者もいる。どうせ手込めにされるのならば、自分もたのしんだほうが得と考える侍女もいる。

兵士の一物は、汗と垢《あか》に汚れて猛烈な臭いを発する。だが、それに顔をしかめてなどいられない。

敵兵の一物を口にした侍女は、別の一物によって尻から貫かれ、呻き声をあげた。一物は怒張し石のように硬くて、まさに棒である。が、尖端《せんたん》だけは弾力があり、なめらかである。その一物で突かれ、こねまわされる。痛みの中に快感も生まれてくるのだ。

尻の男がしたたかに噴出させた。その兵が退くと、すぐに次の兵が押し入ってくる。侍女は、くぐもった声をあげた。

口の中の一物をしゃぶり、頭を上下させる。唇の間を一物が出入りする。侍女の頭の中は霞《かすみ》が詰め込まれたように、ぼんやりとしていた。

いまは何も考えることはない。荒々しい兵たちの気分を和らげることだけしかない。夢中で一物をしゃぶり、そして尻を振りまわす。

口の中に精汁が噴出された。それを口で受ける。とたんに兵の一物は小さくなっていく。突かれて、侍女は仰向けになった。そして自分から、両膝《ひざ》を折り立て、股《また》を広げる。切れ込みからは前の兵の精汁が流れ出ている。それにかまわず、次の兵が一物を滑り込ませてくるのだ。

「あ、あーっ」

と声をあげて、侍女は兵に両腕でしがみつく。だが、その片腕は摑まれ、別の兵の一物を握らされるのだ。

腰を使って重なった兵の抜き差しに合わせながら、手も休ませてはいられない。握った一物に手を上下させる。

あるいは顔をまたいできて、一物を口に押しつけてくる。その兵にも応えてやらなければならない。

晴信は、そんな光景を眺めていた。女を凌辱する兵たちを止めるわけにはいかないのだ。武田勢が陣中法度《じんちゅうはっと》を決め、凌辱をやめさせたのは、のちのことである。

泣きわめいている女もいる。歓喜の声をあげている女もいる。落花狼藉《らっかろうぜき》の光景が、あちこちで展開されている。

「お盛んなものだ」

と晴信は苦笑した。

二

晴信は一人で人気のない座敷に入った。その座敷を出ようとして、足を止めた。人の気配を覚えたのだ。

腰の刀を抜いた。座敷を見まわし、板戸に目をつけた。押入れになっているのか、気配はそこから洩《も》れている。

戸を勢いよく開け、刀を突きつけた。そこに美しい女が坐っていた。二十歳ほどか、色の白い美女である。女は合掌していた。

「お助け下さい」

「そこを出よ」

女は押入れから這《は》い出してきた。

「わしは、武田晴信じゃ」

「命だけは、お助け下さいませ」

「平賀源心の側室か」

「はい、登喜《とき》と申します」

登喜はガタガタとふるえていた。小柄な女である。

「脱げ、わしはおまえとまぐわいたい」

彼女は、はい、と立ち上がって着物を脱ぎはじめた。そして肌着姿になった。その間に晴信も鎧《よろい》を脱いでいた。

晴信は、十六歳だが、女の数は知っている。女のあつかい方も心得ていた。女の肩を抱き寄せて、衿《えり》から手を入れ、乳房を掴んだ。

弾力のある手に余る乳房だった。それを揉《も》みしだく。側室というだけあって、肌も柔らかくよくこなれている。源心の寵愛《ちょうあい》を受けていたのだろう。

「あ、あっ」

と呻き声をあげた。手の中で乳首がとがってくるのがわかった。手で裾をはねて、腿の間に手を入れる。そこは熱く柔らかだった。手の突き当たるところは、はざまである。指で切れ込みを開いた。そこは薄く潤んでいた。溶けてしまいそうに柔らかい切れ込みに指を躍らせた。登喜が腰をひねった。

登喜の手が晴信の股間にのびてくる。そして猛り立った一物を手に握った。大きく溜息《ためいき》をつく。

「口取りをいたします」

と登喜が言うのに、晴信は、よい、と答えた。敵将の側室に全く気を許しているわけではなかったのだ。もっとも、登喜は源心の一物を口にすることには馴《な》れているのかもしれない。

「でも、口取りをしたほうが、わたしの体に火がつきまする」

「気を使わなくともよい」

彼は二指を重ねて、壺の中に押し込んだ。そして指を交叉させる。襞《ひだ》が指に絡みついてくる。襞がうねった。指を締めつけようとしているのだ。

「あーっ、気持ちいい」

と声をあげた。晴信は、登喜を仰向けにさせると、一物を濡れた壺の中に滑り込ませた。

「あーっ、すごい」

と声をあげてしがみついてくる。

武将たるもの女には馴れておかなければならない。女の体におのれを忘れてしまうと、思わぬ不覚をとることになる。

晴信は、登喜の体に一物を埋めても、油断はしていなかった。女の体に夢中にならないために、十六歳にして晴信は、何人もの女に手をつけていた。その中には、父信虎《のぶとら》の侍女もいた。

女を知ることも、武将たるものの心得である。

「あ、あっ」

と声をあげながら、登喜は腰をくねらせる。はざまは湧《わ》き出した露で、音が発するほどに潤んでいた。

小さな女の体が晴信の体の下で、ふるえるように応えていた。両腿でしきりに彼の腰を締めつけてきては、声をあげた。

「気がいきまする」

と叫んだ。彼の体に両腕でしっかりしがみつき、尻を床板から浮かして回す。回しながら、しゃくり上げる。腰の使い方もなかなか巧みだ。

晴信は、腰を浮かした。一物が抜ける。

「あっ、何をなされます」

と登喜はうろたえる。ぬめっている壺を指でさぐり、そしてまた一物を滑り込ませる。

「あーっ」

と叫んで登喜はしがみついて、体をふるわせる。この技を〝とっ放《ぱず》す〟という。女は急に一物が抜けていって、あわてる。その衝撃が女を夢中にさせるのだ。

「気が、気がいきまする」

と叫んで、女の体がふるえはじめた。女の体が強直する。気をやっているのがわかる。

その登喜の顔を、晴信はじっと見ていた。

女の体から、ぐったりと力が抜ける。女に気をやらせることは、男の征服欲にもつながるのだ。

晴信は、しっかりとはざまを押しつけていた。失神したように体をのばしていながら、一物を包み込んだ襞は、しきりにうねっている。

女の襞は別の生きもののようだ。彼が腰をひねる。すると、登喜は声をあげて、しがみついてきた。

「お情けを、お情けを、いただかせて下さいませ」

と声をあげる。

晴信は、十六歳にして自分を調整できた。あっさりと放出しては、女にあなどられる。侍女にそう教えられた。もちろん、あるところまでくると自制がきかなくなり、放出してしまうことになるが。

「口取りをいたします」

と登喜は再び言った。晴信は苦笑して体を離した。彼女は体を起こすと、露に濡れる一物を手にした。そして一物の尖端に唇をかぶせてきて舌を這わせる。

彼女の主人である平賀源心は、女に口取りさせるのを好んだものらしい。男は精が弱くなると口取りを好むようになるようだ。

晴信は、手をのばし鎧通しを引き抜くと、登喜の首筋にぴたりと当てた。彼女の体がぴくりとふるえた。

「きんたまを握り潰《つぶ》されてはたまらんからな」

登喜は、ふぐりにのばしかけた手を引っ込めた。敵将の側室である。晴信も油断はなかった。

彼女は一物を根元まで呑み込んだ。そしてじっと動かない。咽《のど》で一物を味わうことのできる女なのだろう。

やがて、頭を上下させはじめる。紅唇の間を出入りしている自分の一物を晴信は眺めていた。

一物を口にくわえさせることによっても、男は女を征服したような気持ちになる。

「上にならせてもらって、よろしゅうございますか」

と登喜は顔を上げて言った。うむと答えると彼女は体を起こし、男の腰にまたがってくる。そして一物を誘い込むのだ。

登喜は茶臼《ちゃうす》の形をとって、腰を回す。腰がよく動く。もちろん馴れた動きだ。側室というのは、主人に抱かれることがつとめである。だから、その技を自分で工夫し覚えるのだ。

彼女も、男をたのしませる技は知っているようだ。腰を回し、しゃくり上げる。登喜は息を荒らげ、喘《あえ》ぎ、ひたいには汗をかいていた。

腰の使い方には〝のぬふの法〟というのがある。初心者は腰で〝の〟の字を描く。彼女は腰で〝ぬ〟の字を描いていた。〝ふ〟の字を描ける女はいい、といわれている。たいていは〝ぬ〟の字までである。

側室は主人の気持ちを自分にとどめておかなければならない。そのためにはまず壺の機能をよくする必要がある。そのために、指を壺にさし入れたり、あるいは一物に似た形の道具を入れて、筋力を高めなければならないのだ。

肛門を菊の座という。肛門の襞が菊の花に似ているからである。この菊の座を締める練習をおこたりなくやる。すると壺がよく締まるようになる。その次に技である。

「あーっ、また気がいきそう」

と声をあげる。晴信は下から突き上げてやる。その度に登喜は声をあげて身悶《みもだ》える。

晴信は、女の尻を両手で引き寄せていた。その尻を揉みしだく。男としては女を体の上に乗せたほうが楽である。

「これでは、気がいきませぬ」

晴信は答えなかった。この女の体からははじめから淡い殺気に似たものがかげろうのように立ちのぼっていた。

彼を刺す機会を狙《ねら》っているようだ。主人の平賀源心は晴信に討ちとられている。歓喜に悶えながらも、彼女はそのことを忘れていないようだ。

晴信は、剣は使わないが、殺気を肌で感じることのできる体質であった。そうでなければ戦国武将としては長くは生きられない。

女が狙っているのは、晴信が精汁を放出する瞬間だろう。男はその瞬間にはうつろになる。

登喜は、自分から体を離して仰向けになった。そして男を受け入れる姿勢をとる。晴信は、腰を女の股間に割り込ませた。眼下には女の濡れた切れ込みがある。指で広げてみると壺の口がしきりに伸縮していた。その度に新しい透明な露が湧き出しているようだ。

「早く」

と女がせかせる。

女の切れ込みというのは、もちろん女にもよるが可愛いものだ。それが一物を求めて、伸縮している。

「恥ずかしゅうございます」

と濡れた甘い声をあげた。女は腿を閉じたくても男の腰が挟まっているので閉じられず、せつなげに腰をゆする。

晴信は、登喜の壺の中に一物を滑り込ませた。壺はあふれるほどに潤んでいた。一物を音もなく滑り込ませた。とたんに、

「あっ、すごい」

と声をあげて女がしがみついてくる。彼はゆっくりと抜き差ししてやる。秘肉が一物に絡みつき、めくれ返っているのがわかった。

腰の使い方を次第に早くしてやる。

「歓喜のきわみです」

と声をあげて、体をゆする。まさに狂ったとしか言いようのない悶え方である。体が強直し、こきざみにふるえる。そして気をやったらしく、体から力を抜いてぐったりとなった。

晴信は、腰を使いながら、

「出る!」

と口走った。

とたんに登喜が、微妙な動きを見せた。頭髪に手をのばし、かんざしを掴んだのである。かんざしの先は、めぬきのように尖《とが》っていた。その錐《きり》のような先を、晴信の首筋に突き刺すつもりなのだ。

晴信は笑った。出る、と口走ったのは誘いだったのだ。登喜はそれに乗せられて、かんざしを抜いた。突き刺す前に、その手首を晴信に押さえられた。

「あーっ」

と登喜は絶望的な声をあげた。刺してから、平賀源心の仇《かたき》！　と叫びたかったのに違いない。

「殺して下さいませ」

と悲痛な声をあげた。

「殺すのはたやすいことだがな」

晴信は、体を離すと女の体をうつ伏せにし、尻をむき出しにして腰を持ち上げさせた。そして、手をのばして切れ込みをさぐり、一物を壺に通した。

「あ、あーっ」

と声をあげ、女は腰をゆする。この姿勢ならば、晴信が精を放出しても何もできない。

女は肘《ひじ》を折り、そしてその腕もかがめて、自分の両肩で体重を支えた。蚤《のみ》のような姿勢になった。

女を手込めにするには、この形が最もよい。反撃される危険が全くないからだ。晴信は、一呼吸、二呼吸、腰を前後させ、自分のはざまを女の尻にぴたりと押しつけ、したたかに噴出させていた。それを受けて、彼女は、

「あ、あーっ」

と尾を引く声をあげた。

晴信は、体を離し、下帯をつけ、脱いだ鎧を着はじめる。

「しいて殺してくれ、というのであれば斬《き》ってもよい。だが、おまえにも生き方はあろう。生きよ、おまえにも生きようはある。わしを恨んでもよい」

女は乱れをつくろいうずくまっていた。

三

天文九年――。

この年、信虎は信州佐久郡《さくごおり》に進攻し、いくつかの城を落としている。

晴信は、つつじヶ崎館にあった。正室三条《さんじょう》の方の寝室を出て自分の居間にもどる。三条の侍女であるおここが、手燭《てしょく》を手にして暗い廊下を先に歩く。この年、晴信は二十歳になっていた。

居間に入り、燭台に火を移して去ろうとするおここの足首を、晴信は摑んだ。いま三条の方を抱いてきたばかりだが、まぐわいというものはあとを引くものだ。

晴信は、小さな体つきのおここに欲情したのだ。三条の方は体の大きな女である。そのために小さなおここに興味を持った。

二十歳といえば、精力の強い年齢でもある。一夜に二、三人の女を抱けないということはないのだ。

足首を摑んで引き寄せると、足を撫《な》であげる。つまるところは、はざまである。おここの体がふるえていた。

肌が妙に熱い。

「若さま」

おここは、喘ぐように言った。はざまに手をのばすと、

「お手が汚れます」

と小さな声で言った。

手首を摑んで引き寄せると、もろくも膝の上に崩れてきた。膝の上で彼女はふるえている。それが晴信にはいとしいのだ。

おここは三条の侍女として、あまり目立たない女だった。今年十七歳になる。女の十七歳はすでに女であるはずなのに、おここはまだ幼く見えた。おここに興味を持ちはじめた

のは、一カ月ほど前からだった。

「恐ろしいか」

「お方さまに叱《しか》られます」

「わしが嫌いか」

おここは答えない。いやとは言えないのだ。

「おまえは手入らずだな」

こっくり頷《うなず》く。

「恐れることはない。優しくあつかってやる」

乳房に触れても感じまい。着物の裾をはねて、腿までもあらわにした。十七歳の白い肉をつけていた。腿を撫でまわし、尻までも手をのばす。

両膝を開こうとすると、わずかに拒んだ。拒みきれずに、股間に男の手を迎え入れる。内腿の肉は京女らしく柔らかだった。おここは三条が京都から連れてきた侍女だった。

恥丘の茂りは少なく、申しわけ程度に生えている。はざまを手で包み込むようにして、揉むようにし、そして上下に撫でる。

おここはうつむいて、やはりふるえていた。中指を折ると、それは切れ込みの中に埋もれたが、そこが潤んでいるわけはなかった。そこを唾液でなめらかにすれば交われる。だが晴信はそういう交わり方はしたくなかった。

おここは、その場に仰向けになって、下肢をさらした。羞恥《しゅうち》のために両手で顔をおおう。白い痛々しい下肢だった。

晴信は、股間に手を入れ、指で切れ込みをさぐる。壺の口は薄い膜でおおわれ、やっと指一本を通すだけである。

おここはくぐもった声をあげ、腰をくねらせる。悦《よろこ》びのためではない。不安と羞恥のためである。

切れ込みを潤ませるのは無理のようだ。侍女だから、三条たちの淫《みだ》らな会話で、まぐわいのことも耳からは入っているだろうが、男と交わるのははじめてである。

晴信はおここの両腿の間に腰を割り込ませた。彼が膝を開くと、それだけ女の股は広がり、切れ込みをあらわにする。

そこに花のような切れ込みが開きかげんに見えていた。周りは白くふっくらとしていて、その中は見えない。彼は女の腿を抱いたまま体を回した。

燭台の灯がはざまに当たった。切れ込みの中の淡い桃色が見えた。それを指で開いてみる。

「あ、あっ」

と泣くような声をあげた。晴信は切れ込みに口をつけた。

「若さま」

おここは、驚いて声をあげ、体を弾ませた。

「かまわぬ」

と晴信は声をあげ、切れ込みに舌を這わせ躍らせる。こうするより、体のつなぎようがなかったのだ。そこに唾液を塗り込み、舌先で、小さな肉の芽をさぐる。また、おここが声をあげて、腰をゆさぶる。女の声は次第に変わっていくものだ。そこに唇と舌を這わせながら、晴信は自分の一物を掴み出した。

肉の芽をすするように唇を使い、舌で舐《な》め上げると、

「あ、あーっ」

とおここの喘ぎはさらに激しくなった。

晴信は一物をゆっくりとはざまに進めていった。

四

晴信は、父信虎と共に合戦に出る。合戦からもどってくると、寝室におここを呼ぶ。おここは、体を洗っていつも待っていた。

彼はしきりにおここを寵愛する。おここがいとしいのだ。小柄で可愛い。腕の中にすっぽり入るような女である。

十日もすると、おここもまぐわいに馴れてきたようだ。晴信の一物を通してから四、五日は、体の中に異物感があったようだが、それ以後は、恥じらいながらも、晴信を受け入れる。

もっとも、まだ潤みが伝わるまでにはなっていない。晴信はおここの小さな体を抱き寄せ、肌を撫でまわす。

「おまえの体は熱いな」

「はい」

と答え、肌をすり寄せてくる。

館にいれば毎日おここの体を抱く。もちろん、おここいとしさもあるが、父信虎にののしられることにも原因があった。

「臆病者《おくびょう》め、おまえには将となる資格はない」

と重臣たちの前で口汚く声を荒らげる。信虎は晴信を嫌っていた。だから、次男の信繁《のぶしげ》に家督を継がせるつもりでいる。相性が悪いというのか。

おここの乳房を揉む。大きいというほどではないが、晴信の手には手ごろだった。まだ少女の乳房である。だがこれから次第に膨らんでいくはずである。

切れ込みが潤んでなめらかになるには、まだ日時がかかる。それで晴信は、切れ込みに油を使った。花の香りのする油である。

油を塗り込め、一物にも塗る。すると一物は軋《きし》みもなく、おここの壺の中に滑り込んでいく。

「若さま、お方さまのところへもお成りになって下さいませ」

「おまえが気にすることではない」

「でも、わたしだけが若さまを独り占めしては申しわけございませぬ」

二十歳の晴信は、まだ女の嫉妬《しっと》の激しさがわかってはいなかった。このころ思いやるべきだったのだ。

おここの体の上に重なって、彼は腰を使う。一物が壺から出入りする。たしかに壺の中は狭い。だが、壺の襞はまだ動くことを知らない。

四年前、海ノ口城を攻めたとき、城主平賀源心の側妾を抱いたときのことを思い出す。たしか登喜といった。その登喜とこのおここが、どこか似ていた。

登喜の襞は彼の一物によく絡みついてきた。おここの襞が絡むようになるには、まだまだである。もちろん、それで晴信は不満はなかった。

小さな尻を抱き寄せ、一物を出し入れさせる。おここは、ふむ、ふむ、と小さく呻き、はざまを押しつけてくる。

晴信は、おここを抱くようになって、三カ月ほどになっていた。おここを寝室に呼ぶのは、正室三条は文句は言わない。だが、側室にするのは反対した。側室になれば、部屋を与えられ、晴信が通うようになるのだが、そうでなければ、おここを呼ぶしかないのだ。

またおここも、側室にしてくれ、とは要求しなかった。

「わたしは、このままで倖《しあわ》せです」

と彼の胸に顔を埋めてくる。三条の反対を押しきって側室にしたのでは、奥向きがうまくいかないのだ。

「お方さまの部屋にお成りになって下さいませ」

おここはそのことばかり気にしていた。このところ、ほとんど三条の部屋には行っていない。いまはおここの体にのめり込んでいるのだ。

おここの体を裸にして、うつ伏せにする。そして、背中から尻へ唇を這わせ、肌を撫でまわし、尻のくぼみから手をのばし、切れ込みに指をのばす。

このごろでは、おここの体も潤みはじめていた。十七歳である。まぐわいに馴れるのは早い。すでに油は不要になっていた。

「う、うっ」

と声をあげて、腰をくねらせる。これがまた可愛いのだ。また、女の体が少しずつ自分に馴れてくるのは、男としてうれしいものでもある。

晴信は、夜具の上にあぐらをかいた。

「わしの膝の上にまたがれ」

おここは恥ずかしそうな顔を作る。それがまたいい。彼の一物をじっと見つめる。こんな大きなものが体に入ってくるのか、と信じられないような顔もする。

そっと手をのばし、一物を手にする。そして、優しく摘んでおいて、彼の膝の上にまたがってきて、尖端を切れ込みに当てる。手を離し、腰を落とそうとして、尖端が滑り外れると、あっ、と声をあげ、腰を浮かし、再び一物を手にする。そして今度は尖端が入口をくぐるまで、手を添えておく。尖端が没してから手を離し、腰を沈めてくる。

「あ、あーっ」

と声をあげ、両腕を晴信の首に回してくるのだ。そして腰をひねってみせる。そうすることによって男がたのしむのを知りはじめたのだ。

「お慕いしております」

「わしも、おここがいとしい」

晴信は両手に受けるように、おここの尻を支えていた。

屋敷のどこかで、女の悲鳴がした。おここの体がぴくんとなる。

「気にするな、父上の側室だ」

気にするなといっても、女の悲鳴は夜気の中にひびく。

父信虎が、側室を裸にむいて弓の折れたので叩いているのだ。裸の側室は縛られているのに違いない。

近ごろの信虎はどこか狂っていた。合戦につぐ合戦で、神経がささくれ立っている。それだけではない。年齢《とし》のせいか一物が勃起《ぼっき》しなくなっている。

女の体を弓折れで叩き、女が痛がり体をくねらせるのを眺めながら、どうにか勃起させる。このところ、そういう習慣がついてきているのだ。

子供のころ、晴信は、よく父の寝室を覗《のぞ》きにいった。信虎は夜毎に女を抱いていた。信虎の側妾は多かった。城を攻め落とすと敵将の妻、娘、側妾の中から美女を選んで連れ帰る。人質という目的もあった。

その女たちを代わる代わる抱くのだ。晴信が好色なのは、父信虎の血でもあった。

信虎は女を道具のようにあつかう。表から裏にし、尻から貫き、立たせては交わり、女に自分のはざまに指を使わせてはそれを眺めて悦んだり。あるいは、信虎の一物を女が夢中でしゃぶる。

晴信は、そういう光景を眺めながら育ったようなものである。母大井夫人に見つかり、叱られもしたが、女の体のあつかい方は、信虎に教わったようなものだ。

いまの信虎は、女を叩かなければ、もの足りないのだ。

信虎から家臣たちが離反しはじめているのは、女を叩くからではない。敵と通じたということで、豪族の者たちをみな殺しにしたり、妊婦の腹を裂いたりするからだ。

諫言《かんげん》して、信虎に斬殺《ざんさつ》された家臣も一人や二人ではない。奉行職の五人が甲斐《かい》から脱走したのも、信虎のやり方に我慢がならなかったからである。

「このままでは、甲斐が潰れる」

「何か申されましたか」

とおここは顔を上げた。

「武田家が潰れる」

晴信は、膝に抱き上げていたおここを夜具の上に押しつけると、腰を上下させる。

「あっ、若さま」

「どうした」

「何かおかしいのです。体が、体が、どうにかなってしまいそう」

彼は腰の動きを早めた。

おここは、しがみついてきて、しきりに腰をゆする。やっと女になりはじめたようだ。

「あーっ、お許しを」

おここの体が燃えているように熱い。

五

晴信は、足を奥に向けた。正室三条の方の部屋である。おここが三条のことを気にすぎている。だから、彼は三条の部屋に行く気になったのだ。

「これは、お珍しい」

と三条が言った。

「おここのところへは夜といわず昼といわずお成りあそばしているとのこと、よほどお気に召したものと思われまする」

三条としては皮肉の一つも言わなければ気がすまないのだろう。

それでも、晴信が手をのばしてくると、それに応える。

女にしては大きな体をしていた。乳房なども大きくて手に余る。公卿《くげ》の娘であるから品はいいし、肌の色も白い。三歳年上だから、いま二十三歳になる。

嫡子太郎義信《よしのぶ》を産んだのは、二年前である。女は子供を産むと、体も女らしくなる。もともと京女というのは好色なもののようだ。

抱き寄せて衿から手を入れ、乳房を摑んだ。太郎に乳をのませたためか、乳首は大きく硬くなっている。その乳首を摘んでやると、息を荒らげる。そして、

「下帯をお解きあそばせ」

と言った。晴信は下帯を解く。すると三条の手がのびてきた。一物はまだ柔らかだった。おここに対するようなわけにはいかない。

三条は、かすかに笑って、一物を指で挟みつけ、静かにしごく。太郎を産んでからはまぐわいにも過激になっていた。

「口取りをいたしまする」

と言った。晴信は夜具の上に仰向けになる。三条は男の股間に顔を埋め、一物の尖端、丸くてなめらかな部分を口にくわえた。そして舌を這わせる。

一物はすぐに充実した。それで三条の矜《ほこ》りも保たれたようだ。しばらくは尖端に舌を這わせ、吸い、そして根元までも呑み込む。頭を左右に振って、咽に尖端を擦りつけ、それから、ゆっくり頭を上下させはじめる。

三条が晴信の一物に口取りをはじめたのは嫁してきて半年ほど経ってからだった。耳学問で、そのことは知っていたものとみえた。

もっとも晴信は女に口取りされるのは、三条がはじめてではなかった。侍女たちの中にはその技の得意な女が何人かいたのだ。

「もうよい」

声をかけ、三条を仰向けに寝かせ、膝を割らせる。そこに腰を割り込ませると、燭台の灯にはざまが見えていた。公卿の娘というのは、育ちがいいせいか羞恥心が薄い。

切れ込みは潤んで光沢を放っていた。そこに一物を埋める。

あーっ、と声をあげて、三条は晴信にしがみついてきた。このところ一物を包み込んだ襞が動くようになっていた。

「もう少し、近うあそばしませ」

と泣くような声で言う。もっとこの寝室に足しげく来てくれ、と言っているのだ。

腰が弾み、背中が反り返る。体つきは大きく、肉もたっぷりついているが、しなやかな動きをする。

「気が……」

と叫んで、体を強直させ、こきざみにふるえる。気をやっているのだ。晴信は三条のゆがんだ顔を見ていた。

いまの晴信は、おここがいとしい。三条は顔が大きく、目鼻立ちもはっきりしている。おここととは逆なのだ。

一きわ高い声をあげて、三条はぐったりと体をのばした。

晴信は、父信虎のことを考えていた。

「このままでは甲斐が危ない」

信虎は猛将であるが、過酷で冷淡である。家臣の中には離反する者が出ている。重臣の一人、板垣信方《いたがきのぶかた》はそれを憂えていた。

晴信が立ち上がれば、家臣のほとんどは、お味方いたす、と遠回しに言う。

逆に信虎は、晴信を廃嫡《はいちゃく》し、弟の信繁に武田家を継がせるのだと、家臣たちにも洩らしている。

「脳天から光が突き抜けていきました」

と三条が言った。

晴信が腰をひねると、あっ、と声をあげ、しがみついてくる。壺の中の襞もまた一物にしがみつき、絡んでいた。ひくひくとうねっているのがわかる。

「わらわに、おここを恨ませないで下さいませ」

細い声で言った。

「三条も妬心《としん》するのか」

「女にとって、まぐわいは生きがいでござりまする」

晴信は、体を離した。一物がするりと抜けた。三条はその場に這い尻を向けた。寝巻の裾をめくり上げると、そこに白くて大きい尻があらわになった。

その尻から一物を没入させ、尻を抱いた。

「あーっ」

と声をあげ、腰をひねる。彼はしっかりと尻を抱き寄せ押しつける。襞がうねって一物を締めつけているのがわかる。

三条は両手で自分を支えきれず、肘を折り、そして、ついには両肩で体を支えた。尻だけが高く掲げられている。

三条夫人

一

天文十年六月――。

晴信は、父信虎を駿河《するが》の今川家に追放した。今川義元《いまがわよしもと》には、信虎の長女が嫁いでいた。

ここで、晴信は武田家の当主となり、お館《やかた》さまと呼ばれるようになる。家臣はみな、晴信に従った。このとき、晴信二十一歳である。

親類衆、譜代の家老衆など重臣を集め、軍議を練り、合戦に出る。合戦から、つつじヶ崎館にもどると、湯を浴びて、おここを呼ぶ。もちろん、おここも体を洗って待っている。

「おここはうれしゅうございますが、先にお方さまのほうへ、お成り下さいませ」

「わしは、おここが好きだ。わかった。おここを抱いてから奥へは行こう」

晴信は、おここの体を、子供のように膝へ乗せ、乳房をさぐる。

「なりませぬ、なりませぬ」

と身を揉みながら、次第に抵抗力が弱くなっていく。小さかった乳房も膨らみを増している。乳首も色づきはじめていた。その乳首を口にくわえる。

「あーっ、せつのうございます」

とおここは身を揉む。はじめのころと違って肉もつきはじめて、女らしい体になっていた。

そんなおここがいとしい。帯を解いて胸をさらす。

「恥ずかしい」

と体をくねらせる。下腹部には、ちんまりと黒い茂りがあった。腿を撫で、尻を摑み揉む。若い女の肉は柔らかい。撫でまわし、揉んでいるだけで、合戦の荒らぶった気持ちが少しずつなごんでいくのだ。

武将にも兵にも合戦のあとには女の体が必要なようだ。

膝の上で腿を開かせ、手をはざまに滑り込ませる。はざまのつるりとした感触はまた格別であり、切れ込みの中、壺の中の感触は、男にやすらぎを与えてくれる。

「恥ずかしい」

と頰を染める。

「でも、倖せでございます」

そう言って、あーっ、と声をあげ、尻をひねる。晴信の指は襞の中にあって交叉していた。彼に触れられる前から、秘肉は潤んでいたもののようだ。

襞が優しく指に絡みついてくる。おここは彼の首にしがみついて、体をわななかせはじめた。

「お館さまァ」

と声をあげる。そこに仰向けにさせておいて、一物をぬめっている中に滑り込ませた。

「あーっ、いい」

と声をあげ、しがみついて、おここは身を揉む。小さな肉がはねていた。晴信は体を反転させて、おここを体の上に乗せた。そして小さな尻を引き寄せる。その体が手の中でくねる。

「お帰りあそばしませ、勝ち戦さ、おめでとうございます」

と三条の方が言い、うむと答えて晴信は坐った。おここを抱いたあと、湯に入り、下着を替えてきた。おここの匂いを消すためである。

だが、女というのは勘がいい。三条は、先におここを抱いたことを知っているようだ。三条の矜《ほこ》りが許さないのに違いない。順序が逆なのだ。

三条を先に抱いて、おここのところに行くのであれば、矜りも保てる。だが、男というのは勝手である。わがままである。そして、このつつじヶ崎館の当主でもある。

「すねているのか」

「いいえ、お館さまが、年上のわらわより若いおなごのほうを好まれるのは、無理ないことと思いまするので」

「女というのは、あつかいにくい」

後に左大臣となる三条公頼《きんより》の娘である。公卿の中でも格が高い、それだけ矜りも高いのだ。

晴信は、三条が京からこの甲斐《かい》に来るとき、おここのような小柄で可愛く美しい女を想像していた。

ところが案に相違して、大柄な顔の大きな女だった。今川家のとりなしであった。当然政略結婚である。

だからといって、晴信は三条が全く気に入らないというのではなかった。肌の白さは七難隠すという。三条はまさにそんな女だった。

肌の色は抜けるように白いし、腿も柔らかだった。これまで晴信が知っている女たちとは質が違っていた。

しかも、三つ年上ということは、まぐわいの場でも都合がよかった。体を重ねるのも容易であったし、姉さんぶりも発揮した。

まだ女の悦びも知らないはずなのに、腰を振ってみせたし、あと始末も自分でした。

多少、羞恥に欠けるところはあったが、それは公卿の娘の育ち方である。

「機嫌を直せ」

「機嫌など悪うしてはおりませぬ」

口を吸うとそれに応えて舌を絡めてくる。衿から手を入れて大きな乳房を揉むと、鼻息を荒くし、くぐもった呻き声をあげる。

乳首はとがっていた。しこっているというのか、充実している。乳房を揉みながら、乳首を指の股に挟みつけると、呻きながら体を寄せてくる。

手は股間をさぐり、一物を手にした。その一物が怒張していたことで、三条は機嫌を直したようだ。

ほんの少し前、おここの体に入った一物である。そう思うと怒りも湧いてくる。だが、それにこだわっていては、女はつとまらない。

「口取りいたします」

と三条は晴信を見た。彼は、うむ、と頷きそこに仰向けになった。

三条は、一物を口から引き出しては、尖端の丸くてつややかなところに舌を躍らせる。舌だけではない。唇に擦りつけ、そして歯も当て、激しく咬《か》むのだ。

その三条の顔を眺める。こういうときの女の顔は、倖せそのものである。女はどのように不幸でも、まぐわいのときだけは、倖せな顔になるものだ。

ふと三条が顔を上げ、晴信と目が合った。その目は燃えているように光っていた。

「上になってよろしゅうござりまするか」

「うむ」

三条は、おもむろに体を起こすと、寝巻の裾を払い、男の腰にまたがってくる。一物を手で支え、はざまの口に誘い込む。尖端を滑り込ませておいて、手を離す。一物は一気に呑み込まれていた。

「あーっ、晴信どの」

と声をあげ、彼の胸にうつ伏してくる。三条の体がずしりと重い。おここの体の軽さと頭の隅で比べている。

両手を寝巻の中にのばし、大きな尻を抱き寄せた。その尻が回っている。腰の使い方もよく心得ている。

「あーっ、あーっ」

と声をあげ、喘ぐ。衿を開いて重い乳房を彼の胸に押しつける。乳房は平べったくなり、周りに広がる。

「晴信どの」

三条は以前から、若さま、とは呼ばなかったし、いまも二人っきりのときは、お館さまとは呼ばず、晴信どのと言う。年上でもあり、公卿の娘という矜りもある。

襞がうねっていた。しきりに一物をとらえようとしている。これが女の喜びでもあり、哀しみでもある。また女の妬心の因《もと》でもあった。この襞のうねりが女を支配してしまうのだ。

「あーっ、せつない、せつない」

と声をあげ身を揉むのだ。晴信は下から突き上げてやる。錐《きり》を揉み込むように、腰を回してやる。それに応えて彼女も腰を回し、上下させる。

「いま少し、いま少し」

息が弾み、顔をゆがめる。ヒーッ、と尾を引く声を放った。気をやったのだ。とたんに全体重をかけてくる。もちろん、それで潰れる思いをするほど晴信は弱くない。

二

晴信は、三条を体の上に乗せて天井を見ていた。一度だけでは三条が離してくれるわけはない。まだはじめたばかりである。

男の腰にまたがっている自分に気づいてから、

「恥ずかしい」

と細く言った。狂った女も、気をやれば正気にもどるのか。恥ずかしいと言ったのは、本音ではなかった。その証拠に三条は晴信の体を降りると、露に濡れた一物を手にし、それをしごき、尖端に唇をつけ、舌で清めるように舐めはじめた。

晴信は、信濃をも掌中にするつもりでいる。甲斐だけを守っていたのでは、敵に攻められる。常に攻めていなければならない。

信濃を攻めとるには、まず諏訪《すわ》を攻めとらなければならない。諏訪には諏訪頼重《よりしげ》がいる。頼重には、晴信の妹禰々《ねね》が嫁している。だから、彼には義理の弟に当たる。

それでも攻め滅ぼさなければならないのが、戦国の世である。もちろん、頼重に先に攻撃させる策が必要だった。

晴信は乱波《らっぱ》、透波《すっぱ》を放って諏訪の地に噂を流させた。武田が攻めてくるぞ、と。

「晴信どの」

と三条が声をかけた。彼女は仰向けになっていた。早く重なってきてくれとうながしているのだ。

晴信は彼女の乳首をくわえ、はざまに手を滑り込ませた。指で切れ込みを分け、濡れてぬめるところへ指を躍らせる。

「あーっ、指ではいや」

と声をあげながらも、腰を弾ませる。指の腹で肉の芽を押さえふるわせると、彼の首にしがみついてくる。

嫡子太郎を産んでからは、この芽も大きくそして敏感になったように思える。

「そなたのものが欲しい」

二指を揃えて深いところへ送り込む。と三条ははざまを押しつけてきて、指を深く呑み込もうとし、襞で締めつけようとする。

「そなたのを収めてたも」

とせつながる。壺の中は広くなっている。それは指でも感じることができる。だがその分、襞が動き、収縮が強くなっているのだ。

女の体というのは、子を産む度によくなっていくのか。

両足と両肩で体を支えて、尻を持ち上げくねらせる。

「わらわをなぶるのはやめてたも」

と切れ切れの声で口走りながらも、晴信の手を払いのけようとはしない。羞恥のきわみ、と思いながらも、体は歓喜しているのだ。

指でさぐってみると天井には数の子に似た粒々がある。この粒々の量は女によって異なるようだ。その粒々を指でしごいてやる。

「もそっと、入口に近いあたり」

と言った。壺の入口に近いあたりに女の快感のツボがあるのだ。

そこを指で掻き出すようにしてやると、三条は、奇声をあげて体をのばし、ふるえた。気をやったのだ。

晴信の手首は股の間に挟み込まれている。抜こうとしても抜けない。女の股の力は強いものだと思う。

乳首を指ではじくと、三条はハッとなり、とたんに手首が抜けた。

「あなたさまのをいただかして」

とうながす。晴信は、体を起こし、腿の間に腰を割り込ませる。一物はしっかり握っていないと逃げてでもしまうように握り、はざまに誘う。

晴信は、腰を進めた。三条は尖端を壺に埋めると手を離し、彼の腰を両手で引き寄せた。一物は壺の中に呑み込まれ、同時に声をあげ、体をふるわせる。壺の中で一物は弄《もてあそ》ばれている。

襞がうねり、まるで呑み込もうとしているかのようだ。腰を浮かすと、雁首《かりくび》が持っていかれそうな気持ちにさえなる。

三条はしっかりと目を閉じ、やたらに悶える。次々と気をやっているのだろう。三条自身にも何度気をやったのか数えきれまい。

三条の激しさも、わからないではなかった。一カ月ほどは、おここを抱くだけで、三条には触れなかった。それだけこの体は飢えていたのだ、と思うと哀れにもなってくる。

女の飢えは哀しみでもある。男と女のことが最も大事、と三条はいつか言った。晴信はそのことを思い出していた。

いかに男に飢えようと、三条は他の男を求めるわけにはいかない。男は晴信ただ一人なのだ。

「腰の骨が外れる」

と泣いた。

この際、飢えは満たさなければならない。女はそう思うと必死になる。その飢えには恨みもたくわえられるのだ。

三条は気絶したように動かなくなった。だが躰はひくひくと動いていた。女は壺の底に執念をため込んでいた。


晴信は、三条の寝室から、居間にもどった。

「誰かおらぬか」

と声をかける。すると障子の外の廊下に人影がさした。石和甚三郎《いさわじんざぶろう》と塩津与兵衛《しおつよへえ》のどちらかが不寝《ねず》の番をしている。夜中でも、晴信の用を足すためにだ。

「甚三郎、ひかえおりまする」

「おここを呼べ」

「はあ?」

「おここを呼べと申しておる」

「わかりましてござります」

甚三郎の影が走った。彼は晴信がいままで三条の方のところにいたことを知っている。だから問い直したのだ。

口直し、と言っては三条に失礼だろう。だが晴信が好色なのは父信虎ゆずりである。血がそうさせる。

信虎は十人ほどの側妾を持ちながら、次々に侍女に手を出し、合戦で勝てば、敵将の妻から娘、側室たちを連れもどり、次々に抱いた。

美女だけとは限らない。醜女《しこめ》の中にも体のよい女がいるのだ。側妾の中に醜女がいれば、それは女の味わいがよいことを証明しているようなものだ。

一度抱いて気に入らなければ、信虎は用なし、と女の首を刎《は》ねた。信虎は血の好きな男でもあった。あるいは血の臭いが好きだったのかもしれない。

おここが姿を見せた。

「お館さま」

「よい、そなたを抱いて寝たいだけじゃ」

と寝間に入る。そこには夜具がのべてある。肌着姿にしたおここを夜具の中に抱き寄せる。

「お疲れでございましょうに」

「疲れているから、おここを抱きたいと思うこともある」

抱き寄せ、抱きしめる。小柄なおここの体が、すっぽりと腕の中に入ってしまう。抱きしめているうちに手が自然に動いてしまう。精が動くのだ。

薄い肌着の上から丸い尻を撫でる。尻を摑んで揉む。精力も信虎と同じほどに強い。だが彼は血は好まなかった。

合戦で狂わなければならないことを教えてくれたのは信虎だった。狂わなければ勝てぬ。また、将兵も狂わせなければならない。

兵を狂わせられない将は生き残れない。戦国の世というのは、そういうものだった。常勝の将でなければならない。勝てそうもないときには、さっと軍を引く。負けてはならないのだ。

晴信の手は、おここのはざまにあって、内腿の肉を揉んでいた。はざまを手で包み込み、ゆっくりと撫でまわす。

抱いて寝るだけだ、と言いながら、それではすまない。すまないことを晴信自身よく知っていた。

寝間は、灯も消してあり、暗い。武将の寝間は三方が壁に作られていて、一方に襖《ふすま》一枚の隙間があり、そこから出入りするようになっている。

眠っている間、敵に襲われないための工夫がしてあるのだ。襖もただの紙張りではなく、鉄格子が中に入っている。将の寝間だけでなく、武士の寝間は、たいていこのように作られている。

「あ、あーっ、お館さま」

とおここが声をあげた。晴信の指は切れ込みを分けていた。指を使っていると、次第に潤みが伝わってくる。

「おここと、こうしているときが、いまのわしには最も心が休まる」

「はい、おここもうれしゅうございます」

おここは、ためらいながらも男の股間に手をのばした。一物は膨れ上がっていた。

三

晴信は、朝起きると馬に乗った。いつものように遠駆けに出る。供をするのは石和甚三郎、他二人。塩津与兵衛は昨夜は夜番だった。

笛吹川《ふえふきがわ》の上流へ向かう。道はまだ露に濡れていて、山は青々とし、やぶうぐいすが鳴いていた。

しばらく、山中で休み、館へもどる。途中むこうから馬が走ってきた。早馬である。塩津与兵衛だった。何か変事があったようだ。

「与兵衛、何があった」

与兵衛は、晴信の前で馬を降り、膝をついた。

「お館さま」

「何があったのだ」

「おこさまが、亡くなられました」

「なにっ、おこが死んだ？」

晴信は目をむいた。

「どういうことだ」

「胸を刃物で一突きにされておいでございました」

「刃物で、場所は」

「石沢寺への道の途中でございます」

「殺したのは何者だ」

「わかりませぬ」

「探索いたせ」

「はっ」

と与兵衛が馬に乗ろうとするのを、

「待て」

と止めた。

「探索はよい。おここの遺体を館に運べ」

晴信には、誰がおここを殺したのか、わかったのだ。このようなことが起こりそうな予感はあった。

責任は晴信にあった。おここにばかり執着しすぎた。おここがなぜ殺されたかを考えたとき、動機は一つしかない。

三条の妬心である。もちろん三条が直接手を下すわけはない。三条の侍女だろう。また三条が、おここを殺せと命じたわけでもあるまい。侍女たちの中の誰かが、おのれの主人の気持ちを察し、おここを殺したのだ。

探索してもはじまらなかった。おここは三条の侍女の一人であった。侍女に自分の亭主を奪われては、三条の顔が立たない。

　だから三条は、おここを側室の一人にすることを承知しなかった。おここが三条の侍女でなければ、このようなことは起こらなかった。

晴信は、大きく溜息をついた。おここは可愛い女だった。彼が愛さなければ、殺されることはなかった。

おここの小さな白い体を思う。切れ込みの中に入っていく自分の一物の光景を思う。女になりかけていた。

いま少し愛したかった。晴信の一物にも馴れかけていた。多くの味わいを持った女だったのだ。

三条を恨む筋ではない。だがおここが死んで三条も驚いていることだろう。

晴信は、津香《つか》という女を抱いていた。津香は、父信虎の側妾だった女である。二十五歳になる。

信虎を今川家に追ったとき、側妾たちを自由にした。三人の女が駿河へ行きたいと言ったので送り届けてやった。何人かは自分の故郷に帰っていった。

津香は、残った。信虎の側室の一人だったが、まだ信虎の手はついていなかった。晴信は、父の女たちをよくものにしていた。女に馴れるには、男に馴れた女を抱いたほうが早い。彼は早熟でもあった。

信虎に知られれば、斬り殺されたかもしれない。女たちは、晴信との秘密をたのしんでもいたのだ。

津香は美しい女だった。三条やおこことは異なっていた。肉が薄く、背丈はあった。細身ながら、胸の膨らみは足りていた。ただ尻は薄かった。

「おここさまへの哀しみは、わたしの体でお慰め下さいませ」

と言った。

信虎の手はついていなかったが、彼女は男を知っていた。津香は信虎に攻め落とされたある城主の側妾だったのだ。

乳房を揉みしだく。手に余るほど大きくはないが張りがあった。女の乳房の弾力、手触りというのは、女によって異なるものだ。

また、肌が白いといっても、その白さにも違いがある。三条の肌の白さは粉を吹いたようであり、おここの肌は病的に青白かった。あるいは病気だったのではあるまいか。

津香の肌は、ゆで卵をむいたような白さだった。肉は薄くても、骨張っているというのではない。骨そのものが細いようだ。

男に体で奉仕した女である。乳首は紅《あか》かった。興奮してその気になると鮮紅色になった。

乳首をくわえ、歯を当てると、呻き声をあげ、体をよじる。だが、手を一物にのばしてはこなかった。

手をはざまに当てると、腿は開いた。骨は突出してはいなかった。思ったよりもよい女のようだ。

はざまに手をのばし、切れ込みを分ける。そこには潤みが伝わっていた。柔らかい肉をいじりたのしむ気はない。ただ女の体に一物を埋めたいだけだ。

体を起こし、一物を滑り込ませた。抜き差しし、ただ放出してしまえばそれでいい。腰を動かそうとして、

「うむ」

と晴信は目をむいた。襞が一物を包み込んでいて、動かないのだ。根元がしっかりと締めつけられている。

おのれの一物の異常に気づいた。まるで、根元を指でしっかり押さえられ、舌を躍らされているような感触だったのだ。

「お館さま、お急ぎあそばしますな。そのまま、体の力を抜いて、ごゆるりとなさいませ」

津香の言っていることが、彼にはわからない。まぐわいというものは、一物を女の体に沈めて出し入れするものである。男が出し入れし、女が腰を振って、その刺激によって快感を得るものだと思っていた。津香の言っていることはそうではないようだ。

一物は津香の壺によって、しっかりととらえられていた。一物の根元が壺口でしっかりと締めつけられ、襞は一物に絡みついている。あまり強く締めつけられると、血が流入するだけで、流出することができず、一物は膨れ上がり、痛みさえ覚える。

そこまでくると、壺口をわずかにゆるめる。また締めつけておいて、壺の底のあたりに、虫の這うような感触があった。みみず千匹と称する壺があるそうだが、それではない。

「明《みん》（中国）の古い書に、『竜珠《りゅうしゅ》』という女の壺がありますそうな。竜が珠《たま》を抱いていると申しまする。珠は、一物の先の部分、雁首《かりくび》のことでございます。竜は女の壺ということでございましょう。わたしの壺はその竜珠だそうでござりまする」

「竜珠か」

「わたしは、お館さまの最も大切なものを、いま竜のように抱きかかえているのでございます」

「なるほど、女の壺は竜であったか」

「まぐわいと申すものは、精を養うものでなければなりません。精を出すのは、最後の一度でよろしいのでございます」

「うむ、精を養うまぐわいか」

正室三条の方は、何度も晴信の精を要求する。はじめは精汁を口で受け、それを呑み下し、そのあとに二度、彼は精を放つのである。それでなければ、三条は承知しないのだ。たしかに三条の寝室を出るときには疲労を覚える。それでも晴信は若いから、体にはそれほどこたえはしないが。

「それで、そのほうはどうなのだ」

「わたしは、お館さまに奉仕できればよいのでございます」

「悦びはいらぬと言うか」

「はい、お館さまはわたしの体でただおたのしみになられればよろしいのです」

「おかしなことを言うおなごだ」

女は、男に抱かれると、しきりに悦びを得ようと藻掻《もが》く。晴信が抱いた女はたいていがそうであった。

三条は、自分が気をやるのを、二度、三度と数えている。四度では足りない。いま一度気をやらせて下さいませと言う。

おここは、晴信に抱かれる度に、火のように燃えた。まさに狂ったように悶えるようになっていたのだ。それだけに未練があった。まだまだよくなる女でもあったのだ。

「悶えてみよ、悦んでみよ」

「いいえ、わたしのことはお気になされますな」

壺の底の秘肉が微妙に動いている。その秘肉は一物の尖端を柔らかくとらえ、まさにみみずが這っているようだ。それも千匹のみみずではなく、ほんの四、五匹のみみずのようだ。

「妙なものだな」

「わたしの生まれつきでございます」

晴信は、はざまをじっと押しつけているだけでよかった。

「わたしが上になりましょう。そのほうがお楽でございます」

「そのようだな」

男は仰向けになって女を上に乗せるほうが楽である。女に主導権を握らせる。すると女のほうで勝手に腰をひねり、勝手に気をやるのだ。

三条がこのやり方を好んだ。公卿の出であることもその理由の一つだろう。気位が高いから上に乗りたがる。

おここも何度か上にまたがらせた。彼女は顔を赤くし、せつなげに腰を回していた。それを思うと胸が詰まる。

津香は、濡れた一物を手にすると、片足を上げてまたがってきて、一物の尖端を壺口に当てる。そしてゆっくりと腰を沈ませてくる。滑り込む、というより、呑み込まれたという感触だった。

根元まで呑みつくすと、やはり四、五匹のみみずが絡みついてくる。次に壺の底が膨れ上がってきて、一物を押し出そうとする。ところが女は上に乗って、はざまを押しつけている。

それでなくとも壺口はしっかり締めつけているのだ。そのために尖端が壺の底によって擦られる。

「うむ」

と呻いて、晴信は尻を持ち上げる。両手で女の尻を抱き寄せた。膨らみは大きくないが手触りはよい。

「精が出たくなったらどうする」

「このままお出しなされませ」

「そなたは、よいのか、まだ気をやってはおらぬ」

「わたしはよいのでございます」

「感じないのか」

「いいえ、快く思っております」

「ならば気をやればよい」

津香は、腰を浮かし、沈め、そして回しはじめた。晴信は精がはじけそうになる。するとみみずの動きが止まるのだ。

「面白い女もいるものだ」

父信虎は、この女にどうして手をつけなかったのだろう、と思う。信虎好みの女だったはずである。

晴信には三十数人の側女がいた。みんな合戦で人質として連れてきた女たちだった。津香はあとで手をつけようと残しておいたのか。

四

三条の侍女である八重《やえ》という女が使いにきた。この八重は、侍女頭として京から三条についてきた女で、館の裏方を三条の代理として取りしきっている。

おそらく、おここを殺させたのは、この女であろう。だが、何の証《あかし》もないことである。

この八重を斬ったところで、どうにかなるものではない。

おここが殺された責任は、むしろ晴信にあるのだ。あまりにおここに溺《おぼ》れて三条を忘れていた。

「裏方にお成りあそばしますよう、お願いいたしまする。三条の方さまは、夜毎、お淋《さび》しくお過ごしでござりまする。おここのこと、わたしどものせいにされては迷惑でござりまする。わたしどもは何も知らぬこと。

晴信は、津香を体の上に乗せ、精を放つところであった。それが八重の声で引っ込んでしまったのだ。

八重は襖のむこうに坐り込んでいる。答えがあるまで動きはしない。この八重は山国の領主である晴信をどこか軽く見ているところがある。

「お成りあそばしませ」

と津香が囁《ささや》く。彼女の腰が微妙に揺れ動いたとき、晴信は呻き声をあげ、したたかに精を噴出させていた。

壺の中で一物が急速に萎縮《いしゆく》していく。津香は、懐紙を自分のはざまに当て、再び懐紙を柔らかく揉んでから一物を拭《ぬぐ》った。その指つきも巧みであった。

三条とおここは、終わったあとは一物を口で清めた。壺に自信のある津香は、口ではせぬものらしい。それを無理に口でせよとは言いたくない。

顔を見ると津香は笑っていた。

妙な女だ。だが悪くはない。こんな女も一人くらいはいてもいい。この女のこのような異能を知ったら、信虎は口惜しがるだろうなと思う。

晴信は、子供のころから侍女たちに手をつけてきた。だが、この津香を知って、女にもさまざまあるものだということを知った。

これまで、晴信は女の違いなどということは考えてもいなかった。津香は変わった女だ。世の中にはもっと変わった女がいろいろといるのに違いない。

武将というものは、敵を攻め、敵の女を手にすることも合戦の目的ではないのか、と思えてくる。父信虎は敵の城を落とすと、必ず女を連れ帰る。

女を抱くことで、合戦に勝った実感を得るのかもしれない。つまり征服感というのは、敵の女を抱き、その女を歓喜させることかもしれない。

「裏方へ、お成りあそばしませ」

と再び八重が言った。

毎夜のように、三条の侍女八重が、裏方にお成りあそばしませ、とやってくる。晴信はそれがうるさくもあった。

部屋を出たところに、山本勘助《やまもとかんすけ》が庭から声をかけた。山本勘助は、駿河の今川義元から贈られた密偵である。勝手に使ってくれと言われた。

乱波、透波のたぐいではない。今川家が育てた諸国御使衆の一人である。敵国の情勢を探るために、大勢の乱波を雇ってはいる。だがこの者たちは金が目的である。裏切りはしないが、武将はおのれの家臣の中から、忍びの役に立つ者を育てなければならない。

もちろん、武田家にも多くの忍びがいて、各国に散っている。

山本勘助は、今川の忍びであるのだ。

「お館さま、諏訪の動きが怪しゅうございます。小笠原《おがさわら》と組んで、この甲府を攻めようという動きがございます」

「わかった。そのこと、信方か虎泰《とらやす》に伝えておけ」

板垣信方、甘利《あまり》虎泰は、重臣であり、武田四天王といわれる武将でもあった。

「はっ、そのように伝えまする」

と勘助は、庭から消えた。この男は足音をたてない。

「お館さま、お成りにござりまする」

と八重が声をあげた。三条が嬉々《きき》とした姿を見せる。寝間にはすでに夜具がのべてあり、枕もとには湯だらいが置かれている。晴信の股間を拭い清めるためである。

半刻（約一時間）ほど前に、裏方を訪れることは告げてあった。

「ようお越し下されました」

ようは来ぬ、義理で来たまでだ。そう言いたいところを、ぐっと呑み込んだ。

「ささ（酒）など運ばせましょうか」

うむ、と彼は答えただけだった。酒膳の用意はできていたものとみえ、三条が手を拍《う》つと、酒膳が運び込まれた。三条が酌をする。

口を開くと、おここのことになる。

「諏訪をお攻めになるとか」

三条も、話題を別の方向に持っていく。

「早う、京にお上りなさいませ」

「そう簡単にはいかぬ」

京へ上れということは、天下を取れということだ。すると三条も京へもどれる。

晴信が酔って夜具の上に横たわると、三条は待ちかねたように、腰のあたりににじり寄ってくる。そして裾を左右にはねると、下帯を解く。

一物は股間にうずくまっていた。三条は、一物を摘み上げ、股間を湯で絞った布で拭いはじめる。一物はその間にゆっくりと立ち上がってくるのだ。

三条は酒を口に含み、その口で一物をくわえる。そしてゆっくりと根元まで呑み込み、うむ、とくぐもった声をあげた。

口に含んだ酒が、一物にしみ、一物は猛《たけ》く怒張する。三条は指をのばして、ふぐりの下から蟻《あり》の門渡《と》りをなぞり、押し揉んだ。

そこには、一物の埋まった部分があるのだ。その埋まった部分も膨れ上がっていた。

男の手がのびてきて、腰を引き寄せ、裾から手が入ってきて、腿や尻を撫でまわす。尻の溝から、手がのびてきて、はざまを指がさぐる。

「あっ、あーっ」

と声をあげ、せつなげに腰をくねらせる。晴信が来ると聞いたそのときから、三条の体は潤みはじめていたのだ。

潤みは切れ込みに伝わっていて、男の指をぬめらせる。指が切れ込みに躍り、菊の座（肛門）がキュンと締まり、同時に壺も締まり、新しい露を湧かせるのだ。

女とは哀しいものだ。京からこの山国に嫁いできて、たのしみというものはない。ただ晴信に触れられるのだけが生きがいになっていた。

だから、晴信と褥《しとね》を共にするときには、せいいっぱいのめり込もうとする。たのしみが晴信の訪れだけというのは哀しく、淋しすぎる。だから、晴信が他の女を抱けば、嫉妬もするのだ。

「あ、あーっ、気持ちようござりまする」

　と声に出しては、目の前の一物を吸いしゃぶる。夢中になって頭を上下させる。唇の間を一物が出入りし、唇がめくれる。めくれるほどに唇をすぼめるのだ。

「立て」

　と晴信が言った。そして、

「その柱に抱きつけ」

　と言った。晴信が何を求めているのかはわからなかった。柱に抱きつき、尻を突き出す。男の手が裾をめくり上げ、尻をむき出しにすると、その尻を抱いた。

　一物が襞を分けて滑り込んでくると、三条は甘い声をあげて、腰を振る。晴信が要求するままである。

　一物が尻から突き刺さる。男のはざまが尻に叩きつけられ、一物の尖端が子壺の根元を突く。晴信の動きは荒々しかった。

　一物が短刀ならば、三条の体を貫くように、おここの恨みがこもっているのではないか、と思った。

「もっと、荒々しくなさりませ」

　と声をあげていた。腰をゆすり、そして声をあげる。

「あーっ、気がいきまする」

三条の目には涙が浮いていた。このときだけは倖せなのだと。明日のことを考えまい、女としていまを生きるのだと。三条は柱にしっかりとしがみついていた。

佳人里美

一

晴信が里美《さとみ》にはじめて会ったのは、天文十一年五月、海野棟綱《うんのむねつな》の芦田城を諏訪頼重が攻めたあとである。

里美は、諏訪家の分家筋、禰津正直《ねづまさなお》の三女だった。彼女は、戦勝祝賀の席で小鼓《こつづみ》を打ち、居並ぶ武将たちの目を集めた。

小鼓の名手であり、乗馬も巧みで、槍《やり》もよく使った。それで晴信と諏訪頼重が里美の奪い合いになった。

おここに死なれた晴信は里美が欲しかった。里美ならば、三条の方も文句は言えまいという思いもあったのだ。

頼重は、里美は家来筋に当たる禰津家の娘だから、自分になびくものと思っていたが、彼女は晴信になびいたのである。

頼重が甲斐《かい》の武田を攻め滅ぼそうとしているのは、女の恨みもあったのかもしれない。

晴信は盛大に里美との式を挙げると、側室として置いた。父信虎は三十六人の側室を置いていた。晴信は、この里美がはじめての側室だった。

もちろん、里美は三条ともおこことも違っていた。三条のように肥りすぎでもなく、おこのように小さな女でもなかった。美丈夫というのにふさわしいような女だった。切れ長の双眸《そうぼう》に鼻も低くなく、唇は小さく可憐《かれん》だった。若い女らしく、肌はなめらかで色よく、乳房も大きくなく、腰は快く締まっている。

もちろん、男ははじめてで、晴信が肌をさぐりはじめると、瞼《まぶた》を閉じてじっとしていた。衿《えり》を開いて、胸をさらす。快い膨らみの頂きに桜色の乳首が小さかった。

まぐわいを楽しみたければ、津香がいる。津香は男をたのしませる技には長《た》けていた。里美を抱くのは、また別のたのしみでもある。

この里美の体を女にするには、まだ月日がかかる。少しずつ女になっていく。それもまた男にとってはたのしみの一つである。

里美を全裸にして、うつ伏せにさせる。そして背中から尻のあたりまで撫《な》でまわす。快く締まった美しい裸身だった。

急ぐことはない。じっくりと時間をかければよい。馬を駆けさせ、槍術《そうじゅつ》で鍛えた体でもある。背丈も五尺三寸（一六〇センチ）ほどある。当時の女としては背は高いほうだろう。

「うむ」

と里美が声をあげた。腰は細くくびれ、足が長かった。腰は厚く横には広がらない。脇腹を摘み、尻を揉《も》む。仰向けにすると、下腹部を眺める。黒々とした茂りが逆三角形に生えている。剛毛でよく縮れていた。その茂りを手で撫でまわし、そして腿《もも》を開く。

里美はされるがままだった。手をはざまに滑り込ませる。そこまでは茂りは及んでいず、つるんとなめらかだった。晴信は毛深いのは好きではない。切れ込みの左右までびっしりと毛におおわれている女もいるものだ。

彼女はじっと息を詰めているようだった。もちろん、男ははじめてだから、息を呑《の》んで当然だろう。

切れ込みには潤みを伝わらせてはいたが、その潤みはさらさらとしていた。もう少し粘って欲しい、と思っても無理な相談だ。そのために油が用意してある。椿《つばき》の油である。それを水で溶いたものを切れ込みに塗りつけると、切れ込みはなめらかになる。

指を壺口《つぼぐち》に使った。そこには未通女《おぼこ》のしるしとして膜がある。その膜は指を通す。指をさし入れ、時間をかけて広げていく。里美としては、そうされるのが当たり前なのだろう、と思っている。男ははじめてなのだから。

「あーっ」

とせつなげな声をあげた。息を詰めているのに耐えきれなくなったのだろう。まだ、そこに感覚はないはずだ。

小さな肉の芽には触れなかった。

「頼重め」

と低く呟《つぶや》いてみる。頼重には妹の禰々《ねね》が嫁いでいる。つまり義理の弟になるわけだ。なのに頼重は義兄の晴信を攻めようとしている。

壺口が次第になめらかになる。一指で掻《か》きまわし、もう一指を送り込もうとする。膜は広げられる。

里美はかすかに呻《うめ》き声をあげた。

「痛いか」

彼女は首を横に振った。二指が埋まった。膜は裂けない。弾力があるのだろう。指をゆっくり抜き差し、なめらかな指で小さな肉の芽をなぞり上げると、

「あっ！」

と声をあげて、体をふるわせた。指の腹を芽に当て、指をふるわせる。それに応えて、厚い腰がゆらめく。

「何やら、おかしくなりそうです」

「気持ちいいのか」

「それとは違うようです。足指までヒリヒリするような」

この芽はまだ男の指には馴《な》れていない。このあたりで体をつなぐべきだと思った。晴信は自分の一物を手にした。そして油を塗り込むのだ。

一物は猛々しくなっていた。油に濡《ぬ》れて、光っている。それを手に、里美の腿の間に割り込み、腰を進める。そして尖端《せんたん》を壺口に当てる。腰に力を加えると、尖端がつるりと滑り込んだ。

「痛いか」

里美は首を横に振る。一物は軋《きし》むように根元まで没入していた。張りめぐらされた膜は裂けなかったようだ。裂けずに一物を受け入れたのである。

「お館さま、里美を可愛がって下さい」

晴信は頷《うなず》いてみせた。

二

晴信は、軍をひきいて諏訪の上原城を攻めた。信濃を攻略するには諏訪頼重が邪魔でもあったし、諏訪を拠点としたかったのだ。

山本勘助は、忍びとして軍より先に上原城に向かった。乱波たちも一緒である。乱波は人は殺さない。主人を持たず、一族として武将に雇われているだけだからだ。

勘助のいまの主人は晴信である。もとは今川家の臣だった。夜陰に乗じて城内に潜入し、城内から攪乱《かくらん》するのが目的である。

勘助は、神陰流《しんかげりゅう》の達人であった。神陰流は剣術としては古流である。古流では刀法だけではなく、柔《やわら》、空手、鎧通《よろいどお》し術、さまざまな技がある。つまり殺人術なのだ。

刀法というのは、弓、槍、馬術などの表芸に比べ、裏芸である。だから陰流という。

合戦のとき刀を抜くのは愚かである。鎧を着ている敵を刀で斬《き》れるわけがない。鎧に刀を打ちつければ刀は折れる。刀は矢つき、槍折れたのちに抜くものである。刀を抜くときには負け戦さなのだ。

勘助は、城壁を登る。忍びだから体は軽い。刀は差していなかった。腰には刃渡り一尺二寸（約四〇センチ）の鎧通しがあるだけだった。鎧通しは重ねも厚く、刃幅も広い。刃の先半分ほどが双刃になっている。

勘助は城内に入ると、闇《やみ》の中を見張りの兵に近づく。鎧通しを抜いて、背中から抱きつき、左手で兵の口を押さえ、咽首《のどくび》を掻っ切った。

血しぶきが飛ぶ。血の噴き出す音を聞き、あたりを見まわす。なまぐさい血が臭った。腕の中で敵兵の体が急に重くなる。声もたてずに死んだのだ。

兵の笠《かさ》をかぶり、槍を奪いとる。

城内に入ればまず敵兵に変装する。かがり火は焚《た》かれているが、見分けがつくわけではない。

かがり火の中に敵兵の姿が浮き上がった。その兵は、ちらりと勘助を見たが、気にとめた様子はなく、背を向ける。

勘助はその背中にとびつき、口を押さえ、鎧通しで、首根を掻き切った。腕の中で兵は痙攣《けいれん》し、死んでいく。

刀法にも虚と実がある。実は向かい合って斬り合うこと、虚は敵の隙《すき》につけ込んで殺すことである。勘助は虚の術にすぐれていた。

三人、四人、五人と殺していく。城内の者たちが、このことに気づくまでには、まだ時間があった。

侍がむこうから歩いてくる。夜の警固の侍だろう。もちろん、勘助には気づかない。だが、侍は勘助の体にしみ込んだ血の臭いに気づき、

「うむ」

と足を止めたときには、背中から抱きつかれていた。おのれの咽が切り裂かれ、おのれの血がほとばしる音を聞く。

乱波たちは、城に火を放った。そして、

「武田勢が来たぞ」

と叫びまわる。

城内が騒然となる。あちこちで火が燃え上がる。その火によけい侍や兵たちは、うろたえ騒ぐことになる。

たしかに、この火を合図に武田勢は攻めてくる。乱波たちは、仕事がすんで引き上げていく。

勘助は、槍を手にしていた。鎧通しは収め、槍で突くのだ。

「わっ」

と敵が叫ぶ。

槍は鎧をも貫き通す。刀をはじき返す鎧も槍には貫かれる。一ひねりして引き抜く。

勘助は闇の中で風のように走りまわり、一人ずつを刺していく。何人もいるように見せかけるためである。

周りにいる者たちはみな敵である。同士討ちの危険はない。人影と見れば、突きまくる。

目の前に、侍が立ちはだかった。

「おのれ、何者ぞ」

忍びはおのれの名を告げることはない。どの程度の侍かは、鎧のものものしさでわかる。

奉行衆か侍大将ほどの者だろう。

刀を抜いて叩《たた》きつけてくる。勘助は、それを躱《かわ》しておいて、腹に槍を刺し込んだ。胴にめり込んだ槍を摑《つか》んで叩っ斬る。槍は半分になった。

その手に残った槍を侍の顔に突っ込んだ。人の顔には四つの孔がある。両眼、鼻に口である。槍の斬られた先は口に入り、そして、後頭部に突き抜けていた。

合戦における恩賞は、いかに位の高い敵将の首をいくつ取るかにある。この侍の首もそれなりに価値があるのだろうが、忍びには賞というものはないのだ。

勘助は、鎧通しを再び抜いた。走り抜けながら、鎧通しで敵の首筋を薙《な》いでいく。首筋の動脈を裂かれては、血の止めようがない。彼の鎧通しは正確に、咽もとから首筋へと入るのだ。

叫び声をあげて、一人二人と血しぶきをあげて倒れていく。

すでに目的は達している。勘助は、城塀に登った。そして体を浮かす。体が斜面を転がり落ちていく。
十四、五人は殺しただろうか。もちろん、合戦の勝敗には影響はないだろうが、勘助の仕事はここまでだった。
翌朝、諏訪軍は白旗を掲げた。武田軍に囲まれて、諏訪頼重は家臣に説得され、降伏したのである。

頼重は捕らえられ、晴信の妹禰々と共に、甲府のつつじヶ崎館に送られた。

勘助は、川の流れで返り血を浴びた体を洗う。いまはまだ今川義元の忍びでもあるのだ。今川にも合戦のことを知らせることになる。

三

上原城を攻め落とし、敵将諏訪頼重を捕らえてつつじヶ崎館にもどってきた晴信は、そのまま足を里美の部屋に向けた。

居間に坐っていた里美は、

「まずは、三条の方さまにお成り下さいませ」

と言った。きつい顔である。

晴信は苦笑した。

「お方さまより先では、側室としてのわたしの立場がなくなります」

「その通りだな」

それを考えなかったために、おここは三条の侍女八重に殺された。気のおもむくままというわけにはいかない。まず正室を立てなければならない。

合戦で、気持ちは荒ぶっている。この調子なら三条でもその気になれるだろう、と思う。里美をまたおここのように殺されたくはなかった。

三条の部屋に行く。体を洗って待っているはずである。

「ご戦勝、おめでとうございます」

「ふむ」

寝間《ねま》に入ると、そこで晴信は着ているものを脱いで裸になった。そばには湯だらいが用意されてあって、三条が湯で絞った手拭《てぬぐ》いで彼の体を拭いあげる。

「お疲れでございましたろう」

三条は機嫌がいい。

「明日には里美どのを抱いてさし上げなされませ」

自分が先ならば、矜《ほこ》りも面目も保つのだ。武将が側室を持つことは当たり前、ということは三条にもわかっているのだ。おこのときも、そうすればよかった。三条を立ててやれば、殺されずにすんだ、といま悔やんでみても遅い。

三条は股間《こかん》と一物をていねいに拭った。一物はすでに怒張していた。合戦の間は、女を近づけるわけにはいかない。家臣の手前もある。ほんとは里美を連れていきたいところだった。

三条は、うれしげに晴信の一物をくわえた。そして舌の上で転がすようにする。一しきり、しゃぶらせておいて、彼は三条の体を夜具の上に突き転がした。

「あれ、むたいな。まだ、まだ」

と言いながら白い腿をさらす。まだまだ、と言いながら、はざまにはとうに潤みが伝わっていた。

切れ込みを指でさぐると、あれ、あれ、およしなされませ、と言いながら腿を開く。

晴信は、一物を切れ込みに突き入れた。

「あれ、もう、いやでござります」

と口走りながらも、三条は晴信の体に両腕をのばすと、しがみついてきて、腰をゆすり上げる。

襞《ひだ》がうねり、しきりに一物をとらえようとする。三条が奇声を放った。


翌朝――。

晴信は、馬に乗って館を出る。早駆けである。供をするのは、甚三郎と与兵衛である。

それを里美が追ってきた。

里美は佳人でありながら、馬術は巧みである。馬に乗って槍も使う。彼女が馬を走らせる姿は、侍たちの目を奪う。華麗であった。

彼女は、甚三郎と与兵衛を追い越し、晴信とくつわを並べた。

「昨夜は、よくおやすみになれましたか」

「おう、里美か」

晴信は苦笑した。合戦で疲れてもいたが、三条に挑まれて更に疲れ、交わりの途中で眠ってしまった。

三条は欲が深いのではなく、精が強いのだ。それに好きものである。晴信が応えてやれば、夜明けまでも続けるだろう。彼女は晴信が眠ってしまっても、腰にまたがり、腰をゆすっていたのである。

「よく眠った」

と言った。たしかによく眠った。一人で眠るよりも女のそばで眠ったほうが、眠りは深いようだ。

もっとも領主たるもの、女と共に眠ってはならぬ、といわれている。女でも寝首を掻くことはできるのだ。

笛吹川沿いに馬を走らせた。

六月の少し暑い日ざしだった。汗ばむほどに暑い。河原に馬を止めた。馬を降り立木につなぐ。河原の草むらも、川むこうの森も青々としていた。

深い緑色が川面に映ってこれも青い。草むらに坐り、そして寝転ぶ。里美がそばに坐った。甚三郎と与兵衛は、むこうに馬を止め、あたりを見張っていた。

館から一歩外へ出れば、敵がいるものと思わねばならない。乱波や透波は情報を取るだけだが、晴信の命を狙《ねら》う敵もいるかもしれない。

旅人、ものもらい、旅僧などに身をやつして隙を狙っている者もいる。

晴信はそばの里美の体に、甘い女の香りを嗅《か》いだ。手をのばして腿を撫でた。もちろん、乗馬用の袴《はかま》をはいている。

彼は、里美の体を抱き寄せた。

「お館さま」

と腕を突っぱる。

「よいではないか」

「今宵、部屋でお待ち申し上げております」

「わしはいま、里美を抱きたい」

「このように明るいのに、わたしは羞恥《しゅうち》に耐えきれませせぬ」

「羞恥は羞恥でよい」

抱き寄せ、やつ口から手を入れた。肌は汗ばんでいた。指でたぐるようにして、乳房を手で包み込んだ。

「あっ、お館さま、人が見ます」

と拒むのにかまわず、乳房を揉む。

領主というのは、わがままなものである。もっとも側室というのは、領主の所有物でもある。

晴信は、小さく笑った。手の中で乳首がしこってきたのだ。彼はこの六月の陽の中に里美の白い肌をさらしてみたかったのだ。

手を抜いて、衿を押し広げた。

「お許しを」

と声をあげたが、乳房が躍り出ていた。

「美しい」

と声をあげた。

女は、夜の暗い燭光《しょっこう》の中でしか肌をさらさぬものと決まっているわけではない。再び乳房を掴み、揉みしだく。そして、乳房の膨らみに唇を押しつけた。

「よい香りがしておる。これがそなたの肌の香りじゃ」

汗ばんでいるせいもあるが、肌は白く、きめこまかく、光沢を放っていた。同じ白さでも、三条の肌はこのように輝きはしない。

乳首をくわえると、

「あ、あーっ」

と声をあげた。晴信に揉みしだかれて吸いしゃぶられた乳首は、まだ色こそ変わっていないが、吸えるだけの大きさになっていた。

「もう諦《あきら》めよ」

「羞恥のきわみでございます」

「美しきものは、陽にさらして、色を失うものではない」

袴の紐《ひも》を解いた。里美はそれを拒もうとはしなかった。諦めがどこかにあった。お館さまがこれほどに求めるのであれば、いたし方ないと、覚悟のようなものもできていたし、すでに乳房を揉まれ、乳首を吸われて、体も応えはじめていたのである。

「せめて、あの木蔭に」

と里美は、近くにある木を指した。葉が茂っていて、根元のあたりは蔭になっていた。

その木蔭で、晴信は里美の体を抱き寄せ野袴を脱がせた。乳房を舐《な》めまわし、乳首をついばみながら、手を裾《すそ》のあたりから入れる。そこになめらかな腿があった。

肉づきはよいが、武術をやるだけに、三条のように柔らかい肉ではない。快い弾力のある肉である。内腿を撫で上げると、手ははざまにたどり着く。内腿の肉は若い女らしく柔らかい。

はざまの切れ込みの左右の肉は膨れ上がり、快い弾力があった。指で切れ込みを分けて滑り込ませる。そこは薄く潤んでいた。汗をかいているように。

里美は、しっかりと晴信の体にしがみついていた。はざまは男の指が動くだけの空間があった。切れ込みに指を躍らせる。それに応えるように、腰が動いた。

彼女は、かすかに声をあげる。甘い声である。晴信はくすぐられるような気持ちになり、自分の野袴の紐を解くと、下帯を解いて、怒張した一物を摑み出した。

その一物を、里美の手を誘って握らせる。彼女はためらいながらもそれを握った。すでに女の悦びを知っているが、まだ知りはじめたばかりである。

「あーっ」

と声をあげて腰をふるわせた。指で肉の芽をとらえたのである。あるかないかの小さな芽ではあるが、小さいだけに感じ方は鋭いようだ。三条の芽はもっと大きい。指で摘めるほどである。

芽を指の腹で押さえ、その指をふるわせた。すると里美は腕に力を加えて、よけいしがみついてきて、はざまに押しつけてくる。すでに兆《きざ》している。女は兆せばあたりが見えなくなる。

晴信は、里美の下肢に目をやった。白い光沢のある肌がみどりに染まって見えた。はざまを覗《のぞ》くようなまねは遠慮しておこう、と思う。この明るい中で覗き見たい気もしないではなかったが。

合戦に敗れて、つつじヶ崎館に幽閉されている諏訪頼重の身をちらりと思い浮かべた。頼重とこの里美を争ったのだ。里美の父は諏訪家の支流である禰津正直である。だから頼重は里美を自分のものにできると思い込んでいた。

「お館さまの命をいただかせて下さいませ」

せかせるように、里美は手にした一物をしごいた。はざまには潤いが充分に伝わっていた。指が濡れる。もう一指を加え重ねて壺の中に送り込む。

「あ、あーっ」

と声をあげて、体をのけ反らせる。指は根元まで埋まった。柔らかい襞が指に絡みついてくる。この感触は男の気持ちをなごませた。

青い草の中に、晴信は里美を這わせた。そして裾をめくり上げる。白い輝くような尻がむき出しになった。美しい尻である。陽の光にさらして眺められるような尻は、そうあるものではない。

その風が尻を撫でて通る。このまま眺めていたい尻でもあった。

「早く、お館さまのものを」

と里美はしきりにせつながる。晴信は指で壺口をさぐりながら、一物を当てた。尖端が目標を失って外にそれた。

「あっ」

と声をあげて、里美はせつながる。尖端が切れ込みに埋まり、一物が壺の中に滑り込んでいく。里美は、

「あーっ、お館さまァ」

と尾を引く声をあげ、晴信もまた呻いていた。壺そのものが伸縮するというのではなく、

壺口が狭かった。そのためにしごかれるような感触があり、根元まで呑みつくすと、根元をしっかり締めつけられているような感覚を覚える。

壺口が狭いというのは、馬に乗るせいでもあるのか。これからまだいくらも掘り起こせる女体でもあるのだ。

晴信は、しっかりと尻を抱いた。尻の大きさも快い。一物は柔らかい襞に包み込まれている。男の気持ちがホッとなる瞬間である。彼は膝立ちの姿勢で首を回した。

そのあたりに、甚三郎と与兵衛がいるはずだが、馬がつながれているだけで、姿は見えない。どこかで遠慮しているのだろう。もちろん、名を呼べば、はっ、と答えて出てくるのだろう。

里美はしきりに腰を左右に振りはじめていた。まぶしいばかりの尻が妖《あや》しくくねっている。

「野合もときにはよいものだな。これからも里美を連れて遠駆けしよう」

と呟いてみる。彼女は息を荒らげていた。いまは草におのれの両肩をつき、蚤《のみ》のような姿になっていた。

晴信は、ゆっくりと出し入れをはじめる。七浅三深法を使う。つまり七回浅く出し入れして、そのあとに三回深く突くのである。三条には九浅一深法が効果的であった。

里美にはどのような抽送法がよいのか、いまのところは探っているところだった。眼下の眺めは、また絶景であった。

四

晴信は、館にもどると広間に重臣たちを集めた。重臣の筆頭というべき板垣信方は、諏訪にいて、睨《にら》みをきかせていた。

諏訪頼重は、晴信との合戦に敗れ、いまはこの館に人質としている。諏訪を拠点にして信濃を攻めなければならない。

頼重には湖衣姫《こいひめ》という妹がいることを聞いた。この湖衣姫が美貌《びぼう》だという。また晴信の好色が頭をもたげてくる。

「湖衣姫を探し出せ、会ってみたい」

上原城が落ちたとき、湖衣姫は諏訪から逃れていた。湖衣姫を探せ、と言ったのは、ただの好色からではなかった。姫が諏訪の者たちを集め反乱を起こすかもしれないという思いもあったのだ。

夜になると、晴信は裏方、里美の部屋に足を向ける。里美は、酒膳を用意して待っていた。

笛吹川の河原での交情は悪くはなかった。だが、晴信にしては満ち足りるものではなかったのだ。満足するには寝間でなければならない。

里美に酌をさせて酒をのむ。彼女は目を伏せ、晴信を見ようとしない。昼間のことがよほどこたえたのだろう。

「ときには、野山でたのしむのもよい」

「いやでございます」

と体をくねらせる。男まさりの里美も、かなりこたえたようだ。

「そちものめ」

と盃を与え、彼が酌をしてやる。のめるほうである。徳利が空になり、侍女に酒を運ばせる。

寝間は隣である。場所を寝間に移した。酒をのみながら、里美の体を抱き寄せ、乳房に手をのばした。

片手に酒、片手に美女の乳房というのもよいものだ。将たるもの、女を抱けないでは話にはならない。

このところ、越後の長尾景虎《ながおかげとら》の名が晴信の耳にも入ってきていた。この景虎は女は抱かないという。

晴信は股間の一物を掴み出すと、里美の手に握らせる。寝間には燭台に灯があるだけである。昼間の陽光とは異なり、女も大胆になれるものだ。

里美は酒を口に含み、その口で一物をくわえた。酒が一物の尖端にしみ、ぐっと怒張する。そこに舌を躍らせる。手はふぐりを包み込んでいた。

このころの側室にとって、口取りはごく当たり前の女の技であったのだ。正室三条などは、晴信を迎えるときのために、しきりに壺の収縮力を強める稽古《けいこ》をしていた。つまり菊の花を伸縮させ、それをくり返すことによって、壺の締まり具合はよくなるのだ。努力がなければ、お館さまを側室たちに奪われてしまう。側室もまた同じである。

晴信は、夜具の上にあぐらをかき、里美の帯紐を解かせると、自分の前に膝立ちにさせた。

着物の前を広げると、乳房から腿まであらわになる。晴信は女の肌を眺めるのも好きだった。若くて美しい体ならばである。

目で舐めまわし、そして手で撫でまわす。灯が白い肌を浮き上がらせ、下腹は黒々としていた。よく縮れた剛毛であるらしい。

「美しい体だ」

嘆賞されると女はうれしいものだ。乳房は快く膨らみ、弾力がある。乳首はまだ桜色だった。これがやがては色づきはじめるのだ。

手を下腹に当て、茂りをさぐる。ざらざらとした感触で、その下はつるんとしていた。指で切れ込みを割る。

「あっ」

と声をあげ腰をひねる。すでに兆していて切れ込みの中に指が滑った。にじみ出てくる露はいくらか粘るようにもなっている。

手で撫で上げると、肉の芽がわずかに指に引っかかる。その度に、里美は、あっ、あっ、と声をあげる。同時にひくっ、ひくっと腰が動くのだ。その動きが男にはたまらぬ光景である。

顔を上げて里美を見る。彼女の目は潤んで光っていた。女というのは、晴信の訪れを予期すると、体を潤ませて待つもののようだ。手を触れられて更に潤む。

二指を露にまみれさせて、壺の中に滑り込ませると、里美は彼の首に両腕を巻きつけてきた。

指で天井をさぐると、そこには粒々がびっしりと詰まっている。女には誰にでもあるものだが、女によってその量は異なるものだという。壺の中はのっぺりしているよりも、変化があったほうがいい。襞は長く数多く、粒々もまたびっしりあったほうが男をたのしませる。

指を使うにつれて女の腰は、くねりはじめる。深くに送り込むと、子壺に指が当たる。粒々よりも入口に近いあたりをさぐると、

「そこ、そこがいい」

と里美が声をあげた。このあたりに女が歓喜するものがあることは知っていた。ここは肉の芽と同じような感覚があるらしい。

「せつのうございます」

と里美は泣くような声をあげた。

そのとき、石和甚三郎の声がした。

「お館さまに、申し上げます」

「何だ」

「諏訪頼重どのが自刃されましてございます」

「そうか、わかった、わしは明朝まいる」

はっ、と答えて甚三郎の足音が遠ざかっていく。

予期していたことでもある。妹の手前、頼重を斬るわけにはいかなかった。敗将にしては頼重は従順ではなかった。諏訪家の当主だという矜りがあったのだろう。自刃してくれて、晴信はかえって助かった。

湖衣姫

一

天文十三年十月、晴信は、荒神山《こうじんやま》に陣を敷き、伊那郡《いなごおり》箕輪《みのわ》の福与城、荒神山城に、藤沢頼親《ふじさわよりちか》を攻めた。このとき、晴信は二十四歳になっていた。

合戦のときも城攻めのときも、将は神経を使うものだ。砦《とりで》のような小さな城でも意外に苦戦することがある。すると苛立《いらだ》ってくる。もちろん、味方の将兵は失いたくない。

つつじヶ崎館に帰ってきたとき、朗報が待っていた。諏訪頼重の妹、湖衣姫の居所が見つかり、この館に連れてきているという。

晴信は、さっそく湖衣姫に会った。彼はおここではないか、と思った。おここによく似ていた。

だが、よく見るとそれほどには似ていなかった。湖衣姫のほうがずっと美しく、気品もあった。もともと諏訪家というのは美貌の系統である。兄頼重も疳性《かんしょう》ではあったが美貌だった。

晴信は、頼重を自刃させ、諏訪を攻め滅ぼしているのだ。湖衣姫は恨んでいるのに違いなかった。

その夜——。

湖衣姫は、無垢《むく》の白衣を着て、夜具に横たわっていた。戦国のならいとはいえ、敵将に体をまかせるのは、哀しかった。

諏訪は晴信に攻め滅ぼされ、兄頼重はこの館で自害して果てたと聞いた。彼女はわずかの兵と侍女たちに守られて隠れていたが、武田の手の者によって探し出されたのだ。

あつかいは丁重だった。だが、姫の胸は重くふさがっていた。戦国の女に自由はないのだ。戦さに敗れれば、敵将のものになると決まっていた。

美しくなければ、その場で斬り殺されるのがおちだった。敗れて生き残れるのは、美しい女だけである。敵将に抱かれるのがいやならば、自害して果てるしかない。

湖衣姫は、死ぬには自分が哀れすぎた。いま少し、女として生きたかったのだ。耐えきれなければ、そのときに死ねばよい。

足音がして、寝間に晴信が入ってきた。そして、そばに坐った。

「湖衣姫、わしの側室になれ」

いやだ、と言えるわけがない。

「諏訪のためでもある。諏訪の者たちは、主を失って困り果てている。そちがわしの子を産んで、諏訪家を立てるのだ。諏訪家はそれでもとにもどる」

晴信は袴を外し、着物を脱いで下着姿になると褥《しとね》に入ってきた。姫は体を抱き寄せられ、固くなっていた。

「わしは、そなたが好きだ。だから、もっと気を楽に持て」

このとき湖衣姫は、十八歳になっていた。もちろん、まだ男を知らなかった。小さな体が晴信の腕にすっぽりと包み込まれている。

どちらにせよ、男を受け入れなければならないことには変わりはない。もちろん、抵抗する気はない。無駄なことなのだ。十八にもなれば、それくらいのことはわかる。

薄衣の上から男の手が肌を撫でまわしていた。男は荒々しくもないし、せっかちでもなかった。そのことで救われる思いがする。

衣が少しずつたぐり上げられる。手が腿から尻に触れてきた。そこで姫はかえって気分が落ちついてきた。

思ったよりも優しい手だった。荒々しく凌辱《りょうじょく》されるのかと思っていたのだ。もちろん、それでも仕方のないことだった。

手が膝の間に入ってきた。そして内腿を撫で上げていく。恥ずかしいことではあるが、耐えられないことではなかったのだ。

晴信が体を起こし、膝が折り立てられ開かれる。いよいよだと思う。姫は目を閉じた。

そこに異様な感触があった。

目を開いてみて、あっ、と声をあげた。晴信がはざまに顔を埋めていたのである。

「そのようなこと、なりませぬ」

と声をあげていた。女のはざまに顔を埋めてくるなど、思ってもいないことだった。

舌が切れ込みの中を這う。腰まですっぽりと男の腕に抱き込まれている。舌がなぞり上げてきて、肉の芽をとらえた。また、

「あーっ」

と声をあげ、湖衣姫は腰をくねらせた。男は知らないが、そこに妙な感覚があるのは知っていた。月役《つきやく》のときには、もちろん手当てをする。そのときには芽に触れることもあるのだ。

十八歳はすでに女である。芽に舌を当てられていると、自然に腰が動く。舌がわずかに動いて、

「ヒッ」

と声が洩《も》れた。舌はそこから離れて別のところを舐めまわす。女の不浄なところに口をつけられた感動が、姫の気持ちを変えていた。

両足が押し上げられ膝頭が両乳房を圧する。切れ込みが指で左右に分けられるのがわか

った。

　羞恥はある。だが耐えられないほどのものではなかった。体では知らないが、男と女のまぐわいは、頭では知っている。

広げられた切れ込みに舌が躍る。壺の入口に張りめぐらされた薄膜を、舌が押し広げようとしている。

　そして舌が再びもどってきて、芽に触れた。あーっ、とまた声を発した。今度は芽を下から舐め上げられる。

「おかしくなります」

　と声をあげ、腰をひねった。とたんに体の奥のあたりに、何か熱い珠のようなものが生じたような気がした。その珠が転がりはじめたようだ。舌は薄膜に移動する。しばらくしてまた芽にもどってくる。

　その度に感じ方が違ってきているように思えた。十八歳の湖衣姫は何度か妖《あや》しい夢を見たことがある。その夢に似ていた。

　姫は自分で両膝の裏に両手を当てて両足をかかえた。

「あーっ、よい気持ちです」

　と口走っていた。いやな気持ちではなかった。切れ込みが唾液《だえき》でぬめっている。腰がだるくなり、そこが熱くなっていた。

晴信が体を起こした。そして一物をさし向けた。姫はちらりとそれを見た。大きなものである。こんな大きなものが入ってくるのか、とわずかに恐怖を覚えた。尖端が薄膜を裂いた。ちくりと痛みが走った。とたんにそのあたりが痺《しび》れたようになり、感覚がなくなっていた。どうなったのかよくわからない。一物は埋まったようだ。

二

天文十五年、湖衣姫が四郎勝頼《かつより》を産んだ。この勝頼が将来、武田家を継ぐことになる。この年に、晴信は、大井貞清《おおいさだきよ》の内山城を攻略し、降参させている。合戦につぐ合戦である。晴信は二十六歳、湖衣姫は二十歳になっていた。

戦さからもどると、鎧姿のまま、湖衣姫の部屋に行く。三条のことも、里美のことも忘れていた。ただ湖衣姫だけがいとしかった。

湖衣姫の部屋で鎧を脱ぎ、すべてを脱ぎ捨てて裸になる。一物は猛々しくなっている。姫も三条の方にお成りをと言うが、晴信は聞く耳を持たなかった。

姫が汗にまみれた体を拭う。首筋から背中、全身である。そして最後に股間に向かう。拭いあげたところで、晴信は湖衣姫を押し倒すのだ。

そして裾を分け、股間をさらすと、そこに顔を埋めた。

「お館さま、お待ち下さいませ」

「いや、待てぬ」

もちろん、姫は体を洗って待っていた。はざまに晴信が口をつけるのはわかっていた。

体を洗って待っていたのは、三条も里美も同じである。もう一人津香という侍女もいる。里美と津香は諦めきれる。だが、三条は諦めきれない。

正室であるから、第一番に来るべきである。その気で待っているから体は潤んでいる。それがむなしくなり、恨みが重なる。一物を受け入れられない女の恨みは深く陰湿なものになる。

晴信が湖衣姫を抱いているのはわかっているのだ。

「あーっ」

と声をあげて、湖衣姫は腰をくねらせる。舌が切れ込みに躍り、芽を唇でついばまれて悲鳴をあげる。四郎を産んだ姫は、女としての体も熟していた。反応も敏感になっている。

はざまからは透明な露がにじみ出てくる。その露には芳香さえあった。

伽羅《きゃら》の香りを持つ女がいるという。女体そのものが、高価な香木の香りを発するのだ。伽羅ではないが、湖衣姫の体にはいい匂いがあった。いわば体臭なのだろう。体温が高い、そのために体の香りも発散するのだ。

にじみ出た露を舐めとる。女の腰がしきりに弾んでいた。

「口取りいたしまする」

と姫は身を揉む。

晴信が仰向けになると、姫は体を起こし男の股間に向かう。そこに屹立《きつりつ》している一物を手にして、指でなぞる。すぐには口にくわえない。しばらくは眺めている。

手は優しくふぐりを包み込む。ふぐりの中の二つの玉を手の中で転がしながら、一物の形を眺める。こんなに大きなものが壺に入ってくるのだ。そして、自分を狂わしてしまう。信じられない思いである。

この肉の棒にそのような威力があることが信じられない。はじめのころは恐ろしい棒であった。それがたちまちいとしいものになってくる。

尖端は黒々としていて丸い。そして胴がいかに硬くなろうとも、この尖端だけは弾力がある。つるんとして光沢を放っている。これが壺の襞を掻き分けて入ってくるのだ。

姫は、尖端に舌を這わせ、なめらかにする。首と胴のつなぎ目、そして裏の縫い目、そして小さな尿道口と舌を這わせていく。

晴信は、姫の尻を引き寄せて、二年前よりは豊かになった丸い尻を撫でる。尻は青白い。またその形も絶品であった。

姫の小さな口が一物をくわえ、呑み込んでいく。上顎《うわあご》の部分に尖端をすりつけて、彼女はくぐもった声をあげて体をくねらせる。

「お館さまの精をいただかせて下さいませ」

と姫は股間で言う。精汁を口に受けて呑むようになったのは、いつごろからだったろうか。放出する精汁を呑む女はこれまでにもいた。

だが、呑んで、おいしいと言ったのは、湖衣姫がはじめてだった。とろりと寒天のような精汁が、咽《のど》を通っていくのは、気持ちのよいものだと言う。

精汁は空気に触れると栗の花の臭いがする。その臭いがいやだと言う女もいる。だが、口中に放出して、そのまま呑めば臭いはしない。

「まだ出すのはもったいない。あとで呑ませてやる」

晴信は、姫の体を仰向けにさせると、壺の中に一物を滑り込ませた。

「あーっ、体が溶けまする。気がいきまする」

と声をあげ、しがみついて体をゆする。おのれの腕の中で湖衣姫が身悶《みもだ》えして、歓喜に没入していくのは、またいとしい。

「腰の骨が外れてしまいます。あーっ、このまま死んでしまいたい」

湖衣姫は、さまざまな言葉を吐く。晴信の一物は女の壺の中でほんろうされていた。勝頼を産んでからは、襞も充分に動くようになっていた。

壺の底が盛り上がってきて、一物を押し出そうとする。晴信は押し出されまいと押しつける。そこに摩擦が起こる。それが快感になるのだ。

抱いている姫の体が熱い。熱があるのではないのか、と思うほどに。実は湖衣姫はこのころ発熱していたのである。

「また、気がいきます」

と泣くような声をあげる。晴信が出し入れをはじめると、ヒーッ、と叫んで体を強直させ、こきざみに体をふるわせる。痙攣《けいれん》である。

そして、力つきたように手足をのばしてがっくりとなる。小さな体である。体力はあるほうではない。女が気をやるには、体力がいるもののようだ。だが、湖衣姫は、もうやめてとは言わない。

「このまま死んでしまいたい」

と泣く。あるいは、死ぬ思いなのかもしれない。このまま死ねたら、どんなにか倖せでしょうと言う。だが、まだ二十歳である。死ぬには早すぎる。

晴信は、じっと押しつけたままでいる。失神したようになっていながら、壺の底は蠢《しゅん》動《どう》しているのだ。襞が尖端に、そっと絡みついてくる。それが実にいい。

湖衣姫は目を開いて、晴信を見た。

「わたしは倖せでございます」

潤んだ目は笑っていた。

「お館さまに、これほど可愛がっていただいて、思い残すことはございません」

あるいは、このとき姫には予感のようなものがあったのかもしれない。

「そのような、不吉なことを口にするな。そなたがいなくなっては、わしが困る」

晴信が腰をゆすると、あーっ、と声をあげ、目の焦点がぼやける。ゆっくりと腰を持ち上げ、引き抜いておき、尖端だけを残す。それからねじ込むように押し込んでいく。急抜緩入《きゅうばつかんにゅう》という技がある。文字通り、急に一物を抜き、そしてゆっくりと没入させる方法である。急に抜くというのは一物に絡みついている襞をめくり返させるという作用があり、ゆっくりと没入させるのは、収縮している襞を押し分け進むことを意味している。

「あーっ、また気がいきまする。気が狂いまする」

と叫び、しがみついてくる。気をやると、またぐったりとなる。胸が喘《あえ》いでいた。それは苦しみに似ていた。歓喜と苦悶《くもん》は女にとっては紙一重であるらしい。とそう思わせる湖衣姫の悶え方であった。

三

山本勘助は、越後の春日山城の城下町にいた。長尾景虎との合戦に備え情報を仕入れるためである。晴信は景虎のことをしきりに知りたがっていたのだ。

城下町は賑《にぎ》わっていた。路上にさまざまな露店商が並び、商店もある。諸国からやってくる商人も多いようだ。濁酒《どぶろく》をのませる店もある。

勘助は、浪人のみなりだった。浪人が仕官する機会はある。諸国には雇ってくれる武将も多い。

勘助は、旅の者と見える若い女とすれ違い、振り向いた。そこで女と目が合った。どこかで会ったことのある女だ。が思い出せない。

女が走りだした。それを勘助が追う。路地をいくつか曲がると芦《あし》の原に出た。背丈ほどもある夏草におおわれている。

その草の間に、女を押し倒した。ただの女ではない。くノ一だろう。押し倒して、衿を広げる。まぶしいほどの胸があらわになった。

乳房をわし摑みにした。弾力のある乳房だ。乳房の感触に、勘助はボーッとなる。女の肌に触れなくなってどれくらいになるだろうか。

乳房を揉みしだくと、女が呻き声をあげた。女は暴れたが、勘助の力に及ぶわけはない。肌の白さが、彼を欲情させる。

「うぬは、どこのくノ一だ」

もちろん、すぐに喋《しゃべ》るわけはない。城下には、どこでもそうだが、各地の間者が入っている。

「うぬは、どこかで見たことがある」

顔は汚れているが、体は豊かで白い。乳房を揉みしだき、乳首をくわえてしゃぶる。女が声をあげる。

着物の裾をはね、手を肌に滑らせる。快い手触りである。

「やめて」

と女が声をあげた。ていねいに乳房を揉みあげる。乳房は女の急所である。乳房を押さえられると動けなくなる。

はじめは強く揉む、もぎとるように。痛みが走るのに違いない。その痛みがそのうちに快感に変化していくのだ。女体のあつかいも忍びとしての術の一つである。

「いやです。いやです」

と声をあげ身を揉む。

膝と膝の間におのれの膝を割り込ませる。女が体をひねる。膝を割り込ませないと、手をはざまに入れることはできない。

こういうときには焦ってはならない。時間をかけることだ。女の体は少しずつ解いていかなければならない。

「あーっ」

と溜息《ためいき》に似た声をあげた。女の体の力が半減する。勘助は、乳首を吸いしゃぶり、歯を立てる。女の体が自分の腕の中で躍動するのは快いものだ。手をはざまにのばした。ざらりとした感触で毛深い。

「やめて、やめて」

と女は声をあげる。体をくねらせる。その感触が何ともいえず淫《みだ》らだ。

毛を掻き分けたところに切れ込みがあった。切れ込みの左右も毛におおわれている。はざまそのものが長い剛毛でおおわれている。

それを掻き分けて、切れ込みの中に指を埋めた。しっとりと汗ばんでいるように、そこは湿っていた。

まだ足りない。それをしとどに濡らさなければならないのだ。

指を使い、毛を引っぱる。女に苦痛を与え、その痛みを快感に変えてやらなければならない。

脇腹をつねる。痛みとくすぐったさで体をくねらせる。それが悦びにつながっていくのだ。

女のはざまの感触というのは、男の気持ちをなごませる。男の手は、完全に女の女たる部分をとらえていた。

しっとりとして柔らかい。それが次第に潤いを伝わらせていくのだ。女はすでに抵抗をやめ、股《また》を大きく開いていた。腿の内側の柔らかい肉がぶるぶるとふるえている。

女の顔を見ると、目が中央に寄っている。この女は悦びを覚えると目が寄るものらしい。

いまは、ぐったりと体をのばし、体を勘助にまかせていた。

はざまを男の目にさらしながらも、ひくひくと腰を動かし、その度に透明な露を湧《わ》き出させている。


もうそろそろよかろう、と勘助は自分の一物を摑み出した。そして尖端を切れ込みに向ける。にじみ出た露を左右の毛に撫でつける。

一本でも、毛が切れ込みの中に残っていると、没入するときに、一物の尖端に毛切れを起こす。これがひどく痛むことは、勘助も知っていた。

左右に撫でつけ、毛が残っていないのを見てそろりと尖端を沈ませた。女が呻き声をあげてしがみついてくる。一物は女の壺に没入した。女の襞が一物にまつわりついてくる。

女が声をあげ、腰を弾ませる。女の尻を抱き寄せ、夢中になりかけたところで、勘助は目をむいた。

「うおっ！」

と叫んだ。あわてて女の体を突き離した。女は腰にしがみついて、離れようとしない。それを無理やりに離して、立ち上がった。むこうに、小さな流れがあるのを覚えていた。

そこに走り、腰まで浸る。そして一物をしごくように洗う。

「やはり、そうであったか」

脳まで痺《しび》れている。ふつうの男だったら痺れて動けなくなっているところだ。くノ一はどこかに仕掛けを持っているものだ。

それを考えないではなかった。考えてはいたが、つい夢中になって、男になりきっていた。

もちろん、勘助も忍びである。それだけの心得はあった。女の壺の中には毒が仕込まれていたのだ。もちろん、女はその毒に馴らされている。

少しずつ毒を使い、長い間をかけて毒に反応しない体になっているのだ。その毒に馴れない者は、一物の尖端から毒がしみ込んでいき、悶絶することになる。勘助なればこそ、悶絶しないですんだ。

一物を洗い、その尖端にくすりを塗りつけた。毒を中和させるくすりである。
もとへもどると、女は逃げもせず、ぼんやりとその場に坐っていた。

「名を何という」
「お銀《ぎん》」
「どこの者だ」
「今川の手の者でございます」

そうだったのか、それでどこかで見た女だと思った。勘助はよく覚えていないが、女のほうはよく勘助を知っていたものとみえる。

彼は、お銀を抱き寄せた。おそらくどこかに武器を持っているのだろう。相手が勘助だと知って、それを使わなかった。

勘助は、今川義元から晴信に贈られた忍びだった。いまは晴信の諜者《ちょうじゃ》であるが、義元にも通じている。つまり二重諜者というわけだ。

味方のような、敵のような、お銀とは微妙な関係にあった。完全に敵ならば、勘助の命はとうになかったかもしれない。

お銀は、手を一物にのばしてきた。そしてそれを手にすると、それをしごきはじめた。

「お銀、体を洗ってこい」

彼女は、頷《うなず》いて流れに入った。そしておのれのはざまに指を使いはじめる。くすりを洗い流すためだ。

洗ってすぐに一物を壺の中に収める。冷たい壺がゆっくりと熱くなる。お銀が腰を使いはじめ、声を洩らしはじめた。

四

晴信は、湖衣姫の部屋にいた。このところ湖衣姫にこだわっていた。小さい体が交わると火のように燃えるのだ。

まだ未熟だった体も、いまは馴れてきている。四郎勝頼を産んだからかもしれない。彼の股間に手をのばして、一物を手にするのもためらいはない。

「お館さま、湖衣は死んでも、本望でございます」

晴信は、自分の一物を握らせ、好きなようにさせ、湖衣姫の乳房を弄《もてあそ》んでいた。乳房の膨らみも大きくなったし、勝頼に乳首を含ませるために、乳首も大きくなっている。

彼の指が濡れた。乳が出るのだ。

「不吉なことを言うではない。わしのために湖衣は死んではならん」

「わたしは、倖せでございます。女はほんの何日間でも倖せならば、死んでも悔いはないものでございます」

一物は猛々しくなっていた。それに湖衣姫の指が這う。一物の尖端からも、透明な液があふれ出ていた。男もまた濡れるものである。

尖端の丸いところに指が這い、なめらかにする。そこをかすかに指が撫でていく。その手がふぐりまで及ぶ。一物とふぐりを大事にあつかうことも覚えた。

湖衣姫を膝立ちにさせておいて、裾から手を入れた。柔らかくてなめらかな内腿を撫で上げその感触をたのしみながら、はざまに手を届かせる。

はざまはつるんとなめらかで、そこは二つに割れている。その割れた中は、熱く潤んでいた。

「あーっ、せつのうございます」

と片手で晴信の首にしがみついて、腰をゆするのだ。手はしっかりと一物を握って離さない。一物は男のものである。

「わしの膝にまたがれ」

「はい」

と湖衣姫は、立ち上がって、晴信の膝をまたいでくる。そして手にした一物を自分のはざまに誘い込む。一物をいっぱい呑み込んで、

「あ、あーっ、こたえられませぬ」

と声をあげ、腰を振るのだ。晴信は彼女の尻を両手でしっかり抱きかかえる。

一物は柔らかい襞に包み込まれ、その襞がうねっている。子を産んで、襞も微妙に動くようになっていた。

「このような女は他にはいないな」

と呟く。湖衣姫の体は白いというより半透明だった。この体をいつまでも愛したいと思う。飽きるということがなかった。

「お館さま、お館さま」

と湖衣姫は声をあげる。居茶臼《いちゃうす》という、つまり男があぐらをかいて坐っているところに女がまたがり、体をつないでいる形だ。

晴信は坐った形で体を浮き上がらせ、ストンと腰を落とす。女の体も落ちて、一物が壺

を突き上げる。

湖衣姫は、その度に悲鳴に似た声をあげる。

「お館さま、湖衣は死にまする」

「死んではならん」

「このまま死んだら、どれほど倖せか」

柔らかい襞がしきりに一物をとらえようとしていた。一物を壷でとらえることができるのは、女として最も倖せなのだ。

そのとき、部屋の外に人の気配がした。

「申し上げまする。勘助にございます」

「おお、勘助、もどったか、申せ」

「越後の様子、うかがってまいりました」

「そうか、長尾景虎という男、いかなる人物じゃ」

「景虎という男、女人を近づけません」

「わしとは違うということか」

晴信は苦笑した。晴信自身は女好きである。女なくしては夜も日も明けない。女がいればこそ合戦もできるのだ。

女なくして何の男かな。いまは湖衣姫にのめり込んでいる。女には子を産ませなければ子孫が絶えてしまう。武田家の将来はないことになる。

いま晴信には三人の男の子と一人の女の子がある。

「神徒というのは、女を寄せつけぬものか」

「おかしな噂《うわさ》がございます」

「何だ」

「景虎は女だという噂です。お虎という女だと」

「なに、女だと」

勘助が、お銀という今川のくノ一から聞いたことだった。

「女だとすれば、頷《うなず》けるところもございます」

「女だから、女を近づけぬということだ」

「景虎というお方、勘のいい方にございます。おそらく天性のものでございましょう。この勘は女のものではないかと」

「それを確かめる方法はないのか」

「ございませぬ」

「景虎が女か、それは面白い」

勘助は、報告を終えて去った。

晴信は、そのまま仰向けになった。湖衣姫が上である。腰をくねらせ弾ませる。姫の体は汗ばんでいた。

それでも腰を弾ませ、回す。姫はしきりに声をあげていた。

「わたしの体ではいきませぬか」

「いかずともよい。いつまでも湖衣姫とこうしていたい」

湖衣姫は、晴信の体を降り、露に濡れた一物に頬ずりしていた。

そして唇を這わせる。湖衣姫にとって、晴信の一物はいとしいものなのだ。舌で舐めまわし、頬ずりする。

その下にあるふぐりまでも口にほおばる。いっぱいにほおばり、手は一物を握り、わずかに動かしている。

晴信は、湖衣姫の長いさらりとした髪を撫でまわす。彼女はふぐりを口から離すと、一物を咽の奥までくわえる。一物を咽で味わうのだ。

「女か、女とは手強いな」

晴信は呟く。

女であり得ないことではない。そのむかし、土豪の首長はみんな女だった。女が一族を支配していた。いまだそういう国があっても少しも不思議ではないのだ。

景虎は巫女《みこ》かもしれない。

「こいつは手強いな」

頷きながら湖衣姫の唇のあたりを眺める。紅唇の間を一物が出入りしているのだ。唇がめくれ返る。手はふぐりを包み込み、指はその下の菊の座までのびている。

唇が尖端の丸い部分だけをくわえた。そして舌を躍らせる。姫は一物と遊んでいるのだ。

晴信は湖衣姫の腰を引き寄せた。そして下肢をむき出しにすると、上になった腿を折り立たせ、その股間に顔を埋めていく。

お互いに横臥《おうが》したままの〝あいなめ〟である。彼は切れ込みを指で開き、そこに舌をのばす。

「あっ、あーっ、お館さま」

と湖衣姫は声をあげた。

侍女頭八重

一

晴信が信濃を攻めたのには理由がある。相模《さがみ》には北条氏、駿河には今川氏、そして越後には長尾氏がある。信濃には小豪族がひしめいていて、国主というのがいない。

それで、晴信はこれを切り取って甲斐に加えようとしたのだ。だが、その豪族たちが手強い。その中でも、佐久の小笠原長時《おがさわらながとき》、上田原の村上義清《むらかみよしきよ》は勇猛だった。

合戦につぐ合戦で、晴信はいつも出陣である。つつじヶ崎館にもどってきたときは、たいてい湖衣姫の部屋に入りびたり。三条の方も里美も忘れてしまったかのようだ。

里美はとにかく、三条の方はふんまんやる方ない。不満が顔に出る。顔が次第に険しくなる。

晴信は一人の女にこだわるほうである。三条の方、里美、そして湖衣姫と回れば、何も問題は起こらないのだが。

女は男に馴《な》れるものである。湖衣姫の体はすっかり晴信に馴れていた。晴信に触れられると、湖衣姫の体は火のように燃え上がり、狂うのだ。

女の体には、大味小味というのがある。三条は大味の女だが、湖衣姫は小味である。微妙な味わいが晴信をのめり込ませてしまうのだ。

合戦に出ていて、晴信はふと湖衣姫が気になった。おここのように湖衣姫が三条の手の者に殺されてしまうのではないか、と。

それで湖衣姫を、諏訪に移すことを考えた。諏訪は、いまは武田勢の出城のようになっている。それに四郎勝頼を諏訪の主とすれば、諏訪の家臣たちも安堵《あんど》するだろう。一挙両得である。

晴信は、湖衣姫を諏訪に移すことを命じた。すれば、館までもどらなくても湖衣姫を抱ける。三条の妬心《としん》も諏訪までは及ぶまい。

諏訪には各地に温泉がある。

戦いに疲れた晴信は温泉に浸った。露天風呂である。そこに湖衣姫が裸になって入ってきた。ぼんやりした月明かりの中に湖衣姫の美しい裸身が浮かび上がる。

まるで幻のようだ。腰まで湯に浸り、上半身が浮かび上がる。にじり寄って抱きしめようとすれば、かき消えてしまいそうに頼りなくも見える。

湯気の立ちのぼる中、まさに湖衣姫の姿はこの世のものとは思えなかった。晴信はその裸身にしばし見とれていた。そっと手をのばして、その肌に触れる。尻から腰のあたりを撫《な》でまわし、そして乳房に触れる。

「あーっ」

と消えてしまいそうな声をあげる。その体を抱き寄せ、自分の膝《ひざ》の上に姫の尻をのせる。かつて、湯の中でまぐわったことはない。それは寝間で交わるのとは違っていた。姫が声をあげて晴信の胸に顔を埋めてくる。彼は姫の体に手を這《は》わせていた。

「お館さまのものを」

と姫はせつながる。晴信の一物は尻の中にあって、蠢《うごめ》いていた。手にしようにも届かない。しきりに尻を叩《たた》いている。

晴信が手を腿《もも》の間に入れると、腿は自然に開いた。湯の中に白い腿がぼんやりと見えていた。内腿の肉の感触をたのしみながら、はざまに手を這わせ、はざまを手で包み込んだ。そして手を上下させる。はざまはつるんとした感触だった。表に出ているものが何もない。女の道具はすべて内蔵されている。それが不思議のような気もする。男と女の違いとはいいながら、女のそこはなぜ、つるんとしているのか。

もちろん、女のはざまの感触はそれぞれに異なるものだ。中指を折るとつるりと指が滑り込んだ。切れ込みの中は、湯ではないものがあふれ出ていた。

その露が指に絡みついてくる。

「あっ、お館さま」

と声をあげ、湖衣姫は自分から彼の膝にまたがってきた。そして一物を自分の切れ込みの中に埋める。

「はじめてのときには、お館さまのものが、わたしの体の中に半分残っているような気持ちが四、五日も続きました。いまは、お館さまのものが出ていくと、そこは空虚になってしまいます。わたしはいつも体の中にお館さまのものを覚えていたいのに」

「そうもいくまい。わしとて、いつも湖衣姫の中にいたいのだが」

「ならば、お館さまの代わりのものを」

「代わりのものとは」

「同じ形のものを、作って下さいませ」

「はりがたか」

「はい、都には牛角で作ったものがあると聞きます」

「なるほど」

「わたしは、お館さまをこうしていつも体の中に」

湖衣姫は、腰をひねり、声をあげ、体の中の晴信を締めつけようとする。そのうねりが快い。

姫は体を離して、晴信に立つようにうながした。立つと一物が湯面に出る。それを湖衣姫の手が支え握る。

そそり立った一物を、すかして眺め、唇を尖端《せんたん》に押しつけてきて、丸い部分だけを口にくわえ、舌を這わせる。

うっとりとなり、一物を舐《な》めまわし、そして深く呑《の》み込んだ。

そのころ三条の方の侍女頭八重は、牛若丸を抱いていた。牛若丸とは牛の角で男の一物の形に作ったものだ。はりがたである。牛の角だから〝牛若丸〟という名がつけられている。

牛若丸を手にし、その尖端に舌を這わせる。ほんものの一物のようには尖端には弾力がない。だが形は一物そのものである。

中は空洞になっていて、そこに湯を入れると人肌に温まるのだ。

それを夜具の中で舐めまわしながら、一方の手で自分のはざまに手をのばす。そして指を忍ばせる。

切れ込みの中は、すでに潤みが伝わっている。はりがたは京の都から持参したものである。京からこの山国の甲斐に来ては、相手になる男はいない。

これで慰めるより仕方ないのだ。八重はそっと寝間着の裾《すそ》を開いた。そして腿を広げる。指を切れ込みに遊ばせながら、

「うっ」

と声をあげ腰をひねる。下肢がだるくなり快感がしみ通っていく。しばらく指を使う。指の腹で肉の芽をなぞり上げ、腰をくねらせる。八重もまだ女盛りである。

「男が欲しい」

と呟《つぶや》く。男のものに触れなくなって何年になるだろう。それが女としては哀しい。京にいれば、抱いてくれる男がいくらもいた。

あの男、この男と思い出す。頭の中で思い浮かべながら、指を使うのだ。二指を重ねて壺に送り込む。

「あ、あーっ、おとこ、おとこ」

と身悶《みもだ》える。指を壺の中で交叉させる。膝は折り立ていっぱいに開いている。指では思う通りにはいかない。それでもしないよりはましだ。

牛若丸を切れ込みに当てた。その溝に尖端を滑らせる。尖端が肉の芽をなぞり上げ、呻《うめ》き声をあげ、腰を振る。

そのあとに壺の入口に牛若丸を当てる。手に力を加えると、それは中に滑り込んだ。

「あーっ、おとこ、おとこ」

と声をあげ、奥まで送り届かせる。そしてしばらくじっとしていて、しきりに牛若丸を締めあげ締めあげ、それから、牛若丸を出し入れしはじめるのだ。

「気が、気がいきまする」

と声をあげ、体を反り返らせる。腰が弾み、とにもかくにも気がいく。そのあとがっくりとなり、体をのばす。牛若丸から手を離すと、それはつるりと滑って抜け落ちる。

あわてて拾って、またそれを壺の中に送り込むのだ。手をしきりに動かし、出し入れさせるために、手がだるくなる。

せつなくて哀しいが、体が牛若丸を求めるのだった。

二

三条の方の寝所の前に、八重は坐った。

「八重にござりまする」

と声をかけた。うとうとしていた三条の方は、目をさました。

「八重か、何の用じゃ」

「お慰めにまいりました」

しばらく間があって、入るがよい、と答えた。八重は入って、手燭《てしょく》の灯を燭台に移す。

そして、仰向けになっている三条のそばに坐る。

このところ、晴信は三条へはお成りにならない。湖衣姫が諏訪に移されたことは知っている。戦さに出ているのか、湖衣姫を抱いているのか。

諏訪は、信濃攻略の基地になっている。基地があれば、つつじヶ崎館までもどることはないのだ。

「頼む」

と三条が言う。三条には矜《ほこ》りがある。だから、牛若丸を自分で使うことはない。それで、八重がお慰めしてやらなければならないのだ。

山国の甲斐は夏になれば夜も暑い。京都と同じで夏は暑く、冬は寒いところである。だから、三条は薄衣一枚を着ていた。その薄衣の上から、八重は乳房に手を触れる。

その乳房は大きかった。それを揉《も》みしだく。揉みしだいているうちに、乳首がしこってくるのがわかるのだ。

「あーっ」

と溜息《ためいき》に似た声が洩《も》れる。女が女を愛撫《あいぶ》しても、快感はある。自分で自分をいじるのとは違うのだ。

とがった乳首を衣の上から摘む、ひねる。三条の腰が蠢きはじめた。八重は三条の裾をはねた。下肢をさらす。肉づきのよい腿から尻のあたりが、燭台の灯に浮かび上がる。

手をはざまに入れる。そして切れ込みを分けると、そこは哀しいほどに濡れていた。新しい露である。

その切れ込みを指が上下する。女だから女のツボは心得ている。指先が肉の芽をとらえると、三条は自分から膝を折り立て、腿を開いた。

「あーっ、晴信どの、お館さま」

と声をあげる。

大きな尻が敷布から浮き上がり、左右に揺れはじめる。八重は切れ込みを見ていた。わりに茂りの薄いはざまである。

潤んでいまにもあふれ出そうな露だ。その露は熱く、指がふやけてしまいそうだ。

灯の中に、腰が妖《あや》しくくねる。せつないのに違いない。

八重は忠実な侍女である。三条を守るために京からついてきた。三条が哀しんでいるのを見かね、おここを殺させた。悪いのは晴信である。三条を淋《さび》しがらせさえしなければ、殺すことはしなかったろう。

正室であるのに、三条の方さまは、毎夜淋しがっておいでになる。側室をお持ちになるのは仕方のないこと。側室に子を産ませ、子孫繁栄をはからねばならない。

としても、館におられるときには、三日に一度はお成りにならなければならないのだ。側室のところにもおいでにならないというのであればいたし方のないことだが、湖衣姫のもとへは、毎夜お成りになっていたのだ。

三条の方さまがお可哀相。これが八重の思いである。三条の方さまも、閨《ねや》のことがお嫌いなほうではない。

八重の指は壺の中にあった。二本指、三本指を根元まで入れて、掻《か》きまわす。三条の内腿の肉がぶるぶるとふるえていた。

襞《ひだ》が指をとらえようとする。せつなげに襞が動くのだ。浮き上がった腰がくねりまわる。

そしてしゃくり上げる。

「八重、どうにかして、八重」

と声をあげる。いきたいのにいけない。それがせつないのだ。

八重は、牛若丸を手にした。その尖端に露のぬめりを塗りつけておいて、それを壺に送り込む。牛若丸が滑り込んだ。

「あーっ、気が、気が……」

三条は腰を弾ませた。同時に八重は出し入れをする。

「いやーっ」

と体がこきざみにふるえ、そして、あーっと息をつく。気がいったのだ。はりがたを押しつけたままである。手を離せばはりがたが滑り出る。

抜け出ないように押しつけておいて、手をかすかに動かしている。襞はうねっているはずである。はりがたを確かめるように、襞は動き締めつける。

三条の方は体を起こすといきなり八重に抱きついてきた。抱きつくものがないと、むなしいのだ。

「八重、出し入れして」

牛若丸を壺に出し入れさせる。浅く深く。締めつけてくる手ごたえを覚える。襞がしっかり絡みつき、引き抜くのに力がいるし、またさし込むのにも力がいる。

「あっ、また、また」

と悶える。大きな尻が揺れている。手が露ですべった。

「あっ、いやーっ」

と叫ぶ。八重はあわてて牛若丸を手にすると、それを送り込む。

「気がいくぅ」

と声をあげ、八重を抱きしめる腕にも力が加わる。腿は閉じたり開いたり、しきりにせつながって気をやり、そしてぐったりと体をのばす。胸が喘《あえ》いでいる。股間《こかん》は水びたしという感じに濡れていた。

「八重、哀しい」

「ごもっともでございまする」

三条の方は、開いていた股を閉じた。牛若丸はまだはざまに挟まったままである。八重がそれを引き抜こうとすると、

「いやじゃ」

　と腰をくねらせる。

　はりがたでも絶頂に達することはできる。だが男の一物とは異なる。八重がわずかに手を動かすと、三条は腰をひねる。肉づきがよく白い肌だ。はざまにはもやもやとした茂りがあった。

「おなごとは、哀しいものじゃ」

「はい」

　哀しいのは、壺の中にあるものが、一物ではなく道具であることだ。道具には血が通っていない。一物には血が通い、その血が一物を怒張させる。そして尖端には優しい弾力があった。

「八重、そなたにも使ってつかわそう」

「いいえ、わたくしは」

「わらわにしてくれたお返しじゃ」

「それでは、もったいのうござりまする」

「遠慮はいたすな。牛角もけっこうよいものじゃ」

　八重はあわてて逃げようとした。

「逃げてはならぬ。これも遊びじゃ」

三条が八重の薄ものの裾を左右にはねる。

「お方さま」

「わらわに気がねはいらぬ。さあ、ここに寝て、股を広げや」

「あーっ」

押し倒されて、そこに仰向けになった。八重の衿《えり》を押し広げると、牛若丸の頭を乳房に押しつけた。

白い胸で三条の乳房に比べるといくらか小さいが、まだまだ張りがある。押しつけられて形が変わる。

「あれ、お方さま」

「騒ぐではない。そなたも一人で、この牛若丸を使っているのであろう。自分でするのはつまらぬ。八重、覚悟なされ」

と言われては逃げ出すわけにもいかない。乳房を揉みしだかれ、乳首が立ち上がってくる。八重も女である。色ごとが嫌いなわけではない。だが、相手になってくれる男はいない。自分で自分を慰めるしかなかった。

「股を開きゃ」

と言われ、ためらいがちに腿を開く。三条の手がはざまに滑り込んできて、切れ込みを分けた。

「あーっ」

八重のそこは潤んでいた。三条の指が切れ込みを上下する。指の先が肉の芽に触れ、あっ、と声をあげ腰をひねる。

「柔らかいものじゃのう」

三条は自分で自分の切れ込みに触れたことがないのだ。ひとのものに触れるのは、晴信のものだけだった。もちろん女のはざまに触れるのは、これがはじめてだろう。

「手触りのよいものじゃ」

指が深いところへ入ってきて、中で交叉する。

「あ、あーっ、お方さま」

「気持ちよいのかえ」

「は、はい、そのようにされましては、気がいきまする」

と腰を振る。

三条は手にした牛若丸の頭を濡れた壺口に押しつけた。そしてぐいと押し込む。

「あ、あっ」

牛若丸がずるずると押し入ってくる。八重は思わず腰を弾ませた。

「気が、気が……体が溶けまする。骨が外れます」

牛若丸を締めつける。とび出そうとする牛若丸を三条の手が押しつけている。八重は叫んで腰をゆさぶりつづけた。

三

晴信は、正・不正、義・不義とは無関係の力の行動をはじめた。自国の国家的都合を貫くことだ。それを露骨に戦略化していけばいい。

東北信濃の小大名の最後の抵抗者、村上義清との戦いに明け暮れていた。晴信も損害を受けて退却することもあった。

武田の武将たちが戦死していく。

晴信は戦場から諏訪に帰る。いまは諏訪を拠点としていた。諏訪には湖衣姫がいるのだ。荒らぶった気持ちを慰めてくれる。

月明かりの中、露天風呂に入る。湯に浸っていると、いつものように湖衣姫が裸になって入ってくる。青白い肌が、月の光を浴びる。

腿のあたりまで浸った湖衣姫の裸、それは幽玄といえるほど美しかった。丸い腰に、上半身が透けて見えるほどだ。

しばらくは、晴信もそんな裸身をぼんやりと見ていた。触れるのが惜しいような気さえする。ただ眺めているだけで足りる。

そのとき、晴信は、この女は死ぬのではないか、と思った。予感みたいなものである。熱い体をしている。そして肌は透けて見える。

そして、肌を合わせると、いまにも燃えつきてしまうのではないか、と思えるほど、狂い悶えるのだ。

「湖衣姫」

と声をかける。

「はい」

とこちらを向く。下腹部がわずかに黒い。丸い乳房が突き出ていて、乳首が色づいている。四郎勝頼に吸わせた乳首だ。

「こちらへ来い」

湖衣姫はにこりと笑った。この美しさは尋常ではない。抱き寄せると腕の中で溶けてしまいそうだ。

彼女は晴信の膝の上に尻をのせ首に腕を回してきた。

ここにいれば、三条の方も気にならない。三条の嫉妬《しっと》も届かないのだ。いや、もしかしたら刺客を送り込んでくるかもしれない。晴信がつつじヶ崎館にもどらないのは、湖衣姫のせいだと。

女の嫉妬は千里を走る。

「わたしはいつ殺されてもかまいませぬ」

「何のことだ」

「三条の方さまでございます」

「三条のことは考えるな」

「いいえ、諏訪に離れていても、わたしにはわかるのでございます」

乳房を摑んだ。そして体ごと抱きしめる。失いたくないものがただ一つあるとすれば、この湖衣姫だ。だが、いかにもはかない。影が薄いのだ。

「あーっ」

と熱い息を吐く。だが抱いている体は現実のものである。肌は柔らかい。乳首を吸いながら、手を腿に這わせる。下半身は湯の中にある。腿はゆっくりと開かれ、はざまに晴信の手がのびる。

切れ込みの中は優しく、湯ではないもので濡れていた。そこに指が這う。湖衣姫が腰をゆすった。腿の上で尻が揺れる。襞が指に絡みついている。襞が指をとらえようとする。とらえられた指を交叉させる。

「お館さま」

と声をあげ、背を反り返らせる。しなやかな体だった。左腕は背中から回し、左乳房を摑んでいた。左指で乳首を摘む。腰がふるえ、湯面が波立つ。

「心地よい。体が溶けていきまする」

唇を開き、熱い息を吐く。その表情が晴信をこの上もなくいとしく思わせる。月の光が肌を青白く染めあげている。

「お館さまにこのように抱かれるのは、極楽でございます。極楽がこの世にあろうとは、思ってもおりませんでした」

晴信が湯の中に沈むと湖衣姫はためらいもなく、彼の膝をまたいできた。そして怒張した一物を切れ込みに誘う。

「ああ、お館さま」

と哀しげな声をあげる。しきりに襞が一物をとらえようとする。それがせつなくうれしい。

夜の露天風呂である。湯けむりが立ちのぼり、それを月の光が白く照らしている。幽玄の世界だった。二人だけの世界である。森や林が黒々と見えている。

「死ぬまでこのままでいとうございます」

そうもいくまい、とは言わなかった。このままでいたいというのは、女の願望である。しかし、現実には、このままでいられぬことを知っている。

晴信は、彼女の尻を抱いて立ち上がった。

「あ、あーっ」

と声をあげ、湖衣姫は両足を彼の腰に回す。そして両腿を締めつけた。いや、菊の座を締めつけるのだ。すると襞も締まり、そこにある一物を感じることができた。

晴信がいきむと、一物が襞の中でひくひくと動く。

「あーっ、お館さまが、わたしの中にいっぱい」

と声をあげた。

そのときである。

湯が、ざぶっ、と音をたてて開き、黒い影がヌーッと立った。その者が刀を抜き、刃が月の光をはねて閃《ひらめ》いた。

その者は、湯の中を走って、晴信に近づこうとする。湯に足をとられてつんのめる。湯が騒いだ。曲者は焦っている。早く晴信に近づこうとしている。そのためにつんのめる。

再び立ち上がる。刀を振りあげる。

その者に向かって、矢が音をたてて飛ぶ。棒が走る。棒と見えたのは槍《やり》だった。

まず、矢が曲者の背中に突き刺さり、のけ反った。次に槍が曲者の頭を右から左へ貫いた。曲者は前につんのめり動かなくなり、湯に浮いた。

「お館さま」

と遠くから声がした。近侍《きんじ》の塩津与兵衛の声だった。晴信は湖衣姫を抱いたまま、湯の縁へ歩く。そこに黒い影がうずくまっていた。

「勘助か」

はっ、と山本勘助が頭を下げる。

そのころ、三条の方の侍女頭八重は、嫡子太郎義信の養育係であり守役《もりやく》の小賦《おぶ》兵部《ひょうぶ》と会っていた。

小賦は三十三歳になる。武田の部将の一人である。八重から見れば、晴信の家臣のみなが山猿のように見える中で、兵部だけが背が高く、男らしい男だった。

「義信さまのこと、頼みまいらせます」

「それは、わかっております」

「次のお館さまになるお方でござっしゃります」

「まことに、その通りでござる」

「もし、お館さまが、京にお上りになり、天下をお取りになりませぬときは、義信さまが天下人にお成りあそばされねばなりませぬ」

「いかにも」

「それについては、兵部どののお力をお借りいたさねば」

兵部が義信のために働くのは当然である。だが、八重の目的はそういうものではないようだ。兵部は内心ふるえる思いだった。兵部には妖艶《ようえん》とも思える女である。京女であるだけに妖《あや》しい美しさを持っている。甲斐にはいないたぐいの女だ。

もちろん、兵部には妻子がいる。もっとも妾《めかけ》を持つのは男の甲斐性でもあるのだが。

「お近うしていただかなければなりませぬ」

八重はにじり寄る。手をとられて、兵部はギョッとなった。

「八重どの」

「義信さまのために、お近う」

八重は笑った。そして兵部の手を衿の間に誘い、乳房に押し当てたのである。兵部はどきっとなる。柔らかくて、何とも触り心地のよい乳房。兵部は赤くなり、へどもどした。

「わたくしが、お嫌いでござりますのか」

「いや、そのようなことは。だが」

「おなごが、このように求めているものを、まさか、恥をかかせるつもりでは、ござりますまいな」

「恥をかかすなど」

うろたえる兵部。だが考えてみると、たしかにこのように迫るのは、よほど思い余ってのことに違いない。ここは応えてやらなければなるまい、と覚悟する。

「なにも、そのように固くならずとも、たかが男と女のことではござりませぬか」

「いかにも、たかが男と女のこと」

兵部は覚悟して、八重の乳房を摑んだ。あーっ、と声をあげ、兵部の膝の上に崩れてくる。それを抱き止めて衿を開いた。そして目を見開いた。このような美しい乳房を見るのははじめてである。

まさか、この女に挑まれるとは思ってもいなかった。八重は興奮で体をガタガタふるわせながら、兵部の袴《はかま》の紐《ひも》を解く。

「兵部どの、兵部どの」

と潤んだ声をあげながら、手を股間にのばしてくる。

「いちもつさま」

と声をあげた。牛角で作った牛若丸など、似て非なるものである。一物は生きていなければならない。いま手にしている一物は生きている。熱くそしてひくひくと息づいている。何よりもうれしいのは、それが男の体についていることだ。

この手触りが何ともいえない。ああ、と声をあげ、また、

「いちもつさま」

と口走った。恋いこがれていたものである。体が疼《うず》く。早くも襞がひくついていた。切れ込みは熱く潤んでいる。八重はたまらずに一物を口にくわえた。そして根元まで呑み込んだのだ。

兵部は、目をむいてそれを見ていた。

「八重どの」

いきなり一物を口にくわえるとは、何たる淫《みだ》ら、いや、そうではない、これは女の情熱である。押し倒されて仰向けになる。八重が一物にしゃぶりついてくる。そしていきなり頭を上下させはじめた。

「そ、それでは困る」

と兵部は声をあげた。これでは女の思いのままで終わってしまう。ここで男が男であることを見せてやらなければならない。兵部は武田の部将の一人である。

兵部は、八重の頭を股間から離させ、その場に押し倒した。衣の裾をめくる。そして手を裾から入れた。

白い肌である。腿はむっちりと肉づき、脂がのっている。腿を押し広げる。

「いや」

と八重が声をあげた。女は、いや、と言うものだ。手をはざまに押し込んだ。切れ込みはぬめっていた。そこに指をさし込む。

「いやでござりまする」

と腰をひねる。兵部もここまでくればあとはどうなろうとかまわぬ。腿の間に腰を割り込ませると、一気に進んだ。一物が切れ込みに滑り込む。

「あわわ」

と声をあげて、八重がしがみつき、腰を振る。

「ああーっ、これです。これです」

と叫び声をあげ、まさに狂ったように身悶える。兵部は激しく抜き差しした。男と女は抜き差しするものだと思い込んでいる。八重は次々と悲鳴をあげて気をやる。

「おう」

と兵部は吼《ほ》えた。そしてしたたかに注ぎ込む。八重はまたしても狂う。兵部が体の上から降りると、彼女は一物に吸いつく。

「いちもつさま」

萎《な》えた一物を夢中になってしゃぶった。

女武者お蘭

一

晴信は、信濃侵略を開始したが、天文十七年二月、上田原の戦いで、葛尾城《かつらおじょう》の村上義清に手痛い敗北を喫した。

その年の七月には、林城の小笠原長時と戦う。塩尻峠の戦いとか勝弦峠《かつつるとうげ》の戦いとかいわれるものである。この戦いで小笠原を破り、中信濃への足がかりを得たのである。

この戦いに、晴信は側室の里美を連れてきていた。里美は馬によく乗り槍の名手でもある。ただの女ではなかった。つまり女武者である。

ただの女では、士気に影響する。だが、里美は別で家臣たちも納得していた。

本陣は農家を借りていた。この家で作戦を練り、作戦会議を開く。もちろん晴信は本陣にいる。次々と物見の者たちが戦況を伝えてくる。それに応じて、晴信は命令を出す。里美は華麗な甲冑《かっちゅう》を身にまとい、晴信の背後に立っている。凛《りん》とした若武者姿だった。

夜には女になる。晴信が全裸になってうつ伏すと、桶《おけ》に湯を運んできて、手拭《てぬぐ》いを絞り肌を拭いあげるのだ。腰から尻を拭い足を拭う。

次に仰向けになる。胸から腹へと拭っていく。腿を拭い、足指まで拭っておいて、股間はていねいに手拭いを滑らせる。一物を摘んでその根元からふぐりまで、揉むように拭う。

もちろん一物は怒張していた。濡れた手拭いで一物を包み込み、そしてむき出しにし、唇と舌で舐め上げ、それを清める。ふぐりを手で包み込んでおいて、尖端を口にくわえ、舌を躍らせ、しゃぶるのだ。

晴信は一物を里美に与えておいて、合戦のことを考えていた。

小笠原長時の林城をどのように攻めるか。手勢は失いたくない。降伏をすすめているが長時は承知しないのだ。城は囲んでいるが、一方だけは開いてある。落ちやすいようにだ。

これが城の攻め方だった。完全に逃げ口をふさいでしまったら、敵は死にもの狂いになる。死を覚悟した兵ほど強い。それでは味方の損害が大きくなるのだ。

だが、長時はなかなか脱出しなかったのである。手強い相手だった。

「上になってよろしゅうございますか」

と里美が言う。

「うむ」

と唸《うな》るように言うと、薄衣を着た里美が裾をからげ、晴信の腰にまたがってくる、まるで馬に乗るように。そして一物を切れ込みに誘い込むのだ。

晴信が下から突き上げてやると、

「あ、あーっ」

と女らしい声をあげた。そして馬に乗っているように腰を弾ませる。体のつながったあたりに一物が出入りしているのが見える。その度に秘肉がめくれ返るのが見えていた。

「里美、裸になれ」

晴信が言うと、里美は恥じらいもなく衣を脱いだ。馬に乗り、槍を使うせいか体の調和はとれている。牛乳を流したような白い肌は柔らかい肉がついていて、むっちりと肉づいていた。

「こちらへ来い」

と里美の体を抱き寄せる。抱きしめて、背中から腰、尻と何か確かめるように撫でまわす。腰も細くくびれていて尻は快く張っていた。女の肌はどうしてこのように触り心地がよいものだろう、と思う。疲れも里美を抱くことによって回復してくる。

里美の手は彼の一物を握っていた。そしてときおり指を使う。その指を口に運び、唾液《だえき》を一物に運ぶのだ。一物の尖端はすぐに乾いてしまう。乾いたところに指を使われれば男は快感を覚えず、むしろ痛い。

次に、里美は自分のはざまに手をやり、そこに湧いている潤みを尖端に移すのだ。

数日前に、諏訪の湖衣姫が病の床に伏したという報せがあった。労咳《ろうがい》だという。いまの結核である。湖衣姫の体が異常に熱かったのはそのせいだったのか。

急いで諏訪に帰りたい。だが、この戦さのけりをつけないことには動けないのだ。

「何をお考えでございますか」

里美に言われて、晴信はかすかにうろたえた。里美はよい女だ。だが湖衣姫ほど激しくはない。姫は失神するほどに激しく悶える。そして何度か気をやったあとには、死んだようになるのだ。

里美はむしろ晴信をたのしませようという気持ちが先に立つようだ。もちろん、自分の快感を抑えはしないが。

同じように一物を口にするのでも、里美と湖衣姫では異なる。湖衣姫は自分から一物を口にしたがり、里美は晴信の気分を見て、一物を口にする。

里美には、晴信が湖衣姫を思い出しているのがわかっている。だが、そのことについては何も言わない。自分の分というものをわきまえているのだ。

晴信は、里美の尻を抱き寄せ、菊の座に一物を埋める。菊の座を使うのはこの里美だけである。もちろん菊の花には露はない。切れ込みの露を移すしかない。

「あ、あーっ、お館さま」

と里美は腰をくねらせる。奇妙な感触ではあるが、不快ではなかった。前の切れ込みのほうが快感があるに決まっているが、晴信はこの菊の座に入れたがる。それを拒むつもりはない。晴信の思うがままである。

男にはどちらがよいのかは、女にはわからない。収縮力は、壺より菊の部分のほうが強い。

晴信はゆっくりと引き抜き、そして急速に押し込んでくる。押し込んでくるときに、里美は菊に力を加えるのだ。彼は弾力のある尻にはざまをぶっつけてくる。そのときにふぐりが、切れ込みのあたりにぶっつかる。それがまた女には焦れったく快いのだ。

晴信が一物を引き抜き、仰向けになると、里美は枕もとにある水の入った桶で一物を洗った。手拭いを絞っていねいに拭う。それから再び一物を口にする。

晴信は、一物を里美の好きにさせておいて、すすけた天井を見ていた。思うことは湖衣姫のことだけではない。

合戦のこともある。小笠原長時の林城をいかに落とすかが、当面の戦いである。

「もうよい」

と言っておいて、里美の頭を上げさせ、仰向けに横たわらせ、乳房に吸いつき、はざまに手を当てる。はざまは濡れすぎて、何度も手拭いで拭われていた。だが露は次から次へとにじみ出てくるのだ。だからはざまは新しくにじみ出た露で潤んでいた。

膝を折り立てその膝をいっぱいに開き、切れ込みをむき出しにしている。そこに男の指が動く。その指の動きにつれて、里美は尻を敷布から浮かし、腰を回すのだ。

「お館さま、お情けを」

とせつない声をあげる。壺に一物が欲しいのだ。だが、晴信は一物を与えずに、小さな肉の芽を指で摘む。濡れぬめっている芽は指に挟まれて滑る。滑る瞬間に疼きが体の中を走り、

「ヒーッ！」

と声をあげて、体をふるわせる。

晴信はやっとその気になったらしく、体を起こし、腿の間に腰を割り込ませる。里美のほうからはざまを近づけた。

「早く」

と声をあげる。一物の尖端が壺の口を押し分ける。たまらずに里美のほうから迎えにいき、一物を呑み込んだ。

「あーっ、気が、いきまする」

と声をあげ、男の体にしがみつき、里美は体をふるわせ、一気に絶頂にたどり着くのだ。脳が痺《しび》れ白い霞《かすみ》のようなものでいっぱいになり、霞が桃色に染まっていった。

そのころ、侍女頭の八重は、小賦兵部と会っていた。晴信は戦場に出ている。兵部はそ

の留守を守っていたのだ。

「八重どの」

「お気になされますな。そなたの女房にしてくれと申しているのではありませぬ。ただの遊びでござりまする。男と女が肌を合わせるだけでござりまする」

八重の手は兵部の袴の紐を解き、そこから手を入れる。もちろん下帯はつけている。その下帯の上から一物とふぐりを撫でまわすのだ。

「お近うなされませ、さあ」

とうながす。

兵部は八重に押しまくられ、結局は抱くことになる。もちろん八重が嫌いなわけではない。京女である。それに妖艶でもあった。女房とは比べものにならないほど豊満である。その気があるから、兵部も出会いの場所に忍んでくるのだ。だが、八重の攻勢には兵部もどきどきするほどだ。

衿を開いて豊かな乳房を男の手に与えておいて、下帯を解き、手を突っ込んで一物を掴みとる。強く握ったりゆるめたり、その感触を確かめる。握られて兵部は、うむ、と声をあげる。

女房の貧弱な乳房に比べると、八重の乳房は色が白く豊かで、宝物のような気さえする。また女房は彼の一物など握ったこともない。兵部が求めると、じっと終わるまで待っているだけの女である。女とはそうしたものだと思い込んでいる。腰を振り、声などあげてははしたない、と思い込んでいるような女であった。

それに比べると、雲泥の差がある。八重の淫らさは目をむく思いがする。今日も八重に一物を摑まれて、兵部は目をむいていた。手を上下されて、唸り声をあげた。

留守を預かっているが、こんなことをしていていいものかと思う。だが、その反面、この女に狂いたいとも思うのだ。

思わず乳房を摑んだ手に力が入る。よく張ってはいるが、柔らかい乳房だ。その摑み心地はふるえがきそうなほどに快い。

八重は兵部を押し倒して、股間をむき出しにする。そうして一物の大きさ形をじっくりと眺める。三条の方さまに申しわけない。だがこの一物の魅力には抗《あらが》えない。その尖端に唇を這わせる。

「うむ」

と兵部は声をあげた。おのれの一物が女の口に入るなどということは、思いもよらないことだった。もう五、六度もこの八重と出会ってはいる。その度に八重の口に一物がくわえられる。だが、まだ馴れることができないのだ。

「いちもつさま」

と八重は声をあげ、一物を根元まで呑み込む。兵部は女の口に呑まれた一物を見ていた。

二

武田勢は、小笠原長時の林城にいっせいに攻撃をかけた。城に潜入した乱波たちが火を放った。

長時は、信濃でも名だたる武将である。晴信も手こずっていた。

わーっ、と鬨《とき》の声をあげた。武田勢が攻め込む。もちろん城内でも抵抗する。裏の虎の門から五十人ばかりが、わあ、と打って出た。武田勢と絡み合う。一人二人と討ちとられる。兵の首では手柄にならない。討つほうが武将の首を狙《ねら》う。

その中に一人若武者の姿があった。槍を手に突きまくる。美少年である。少年武者に突きまくられ、味方の兵が倒れていく。槍さばきも巧みだし、右へ左へとよく動く。

「あの若武者を狙え」

と組頭が叫ぶ。二十人ほど襲いかかる。一人二人と突かれる。若武者の槍が折れた。折れた槍を投げつけておいて刀を抜く。一人が背後から組みついた。さすがの若武者もそこまでだった。

組み伏せられ、首を掻き切ろうとしたとき、組頭の和田数右衛門《わだかずえもん》が、

「待て」

と叫んだ。

「おのれ、わしの首を打て」

と叫んだ声は女のものだった。若武者と見えたのは女武者だったのだ。鎧《よろい》を脱がせて、胸をさぐってみると、そこに膨らみがあった。

「組頭、どうする」

「よい女だ、お館さまのところへ連れていこう」

女もまた手柄である。

「わしは女ではない。殺せ、殺せ」

と叫んだ。

「死なずともよい。そなたは充分に働いた」

「いやじゃ、いやじゃ、殺せ」

と暴れる。数右衛門はその女武者を縛りあげた。野性味たっぷりの女武者だった。声さえ出さなければ美少年である。体つきも小さくない。

数右衛門は数人の兵と共に本陣に向かった。その間も女武者は暴れ通しだった。林城は落ちようとしている。女武者もさぞかし無念だったのだろう。

「おまえたちに捕らえられるくらいなら、死んだほうがましだ」

叫ぶ。まるで女豹《めひょう》だった。このころはまだ豹という動物の名は知られていなかったが、女豹としか言いようのないほど、双眸《そうぼう》を光らせ、しなやかな体をしていた。

この女は名をお蘭《らん》という、長時の弟の娘だとわかった。晴信の側室里美も槍を使うが、このお蘭にはかなうまい。

お蘭は本陣に連れていかれた。


城には、必ず脱出口があるものだ。小笠原長時は、葛尾城の村上義清を頼って逃れていった。村上の背後には越後の長尾景虎がいる。

信濃において晴信に抵抗するのは、村上義清だけになった。義清を討てば、信濃はすべて晴信のものになる。

勝ち戦さだった。

晴信の前に着物姿になったお蘭が据えられた。体は洗われ髪も整えられていた。お蘭は林城が落ちたと聞いておとなしくなった。

だが、双眸はらんらんと光っていた。野性味たっぷりだが美しい。鼻も唇も小さく、こうして見るとよい女だ。二十二歳になるという。

「どうだ、お蘭、わしの側女にならぬか」

お蘭はうつむいた。晴信もこのような女ははじめてだった。背丈もあり、体つきも女だった。腰つきは里美などとはいくらか異なる。合戦の中で生きてきた女だろう。

そばに、晴信の重臣、駒井高白斎《こまいこうはくさい》がいた。数日、高白斎がお蘭を預かり、戦場の垢《あか》を落とさせたのだ。

いきなり、お蘭の体がはねた。どこに隠していたのか、お蘭は小さな刃物を持っていた。三寸余りの刃物で、晴信の首筋を狙った。

同時に高白斎が動き、お蘭を突きとばした。転がってはね起きた。お蘭がおとなしくなったのは、晴信を刺す機会を狙っていたのだ。

お蘭と晴信との間に高白斎が立った。

「おのれ、どけ！」

刃物は高白斎の右胸を刺した。

「誰かおらぬか」

と晴信が声をあげる。一呼吸あって、侍四、五人が駆けつけた。

「その女、取り押さえよ」

侍たちがお蘭を押さえつけた。そして縛りあげる。お蘭の晴信への憎しみは深いものだったようだ。

「首を刎《は》ねましょうか」

「杭《くい》を打て」

と晴信は言った。

庭に四本の杭が打ち込まれた。侍たちは〝杭を打て〟の意味がわかっていたようだ。四本の杭を打ち込み、その間に畳一畳ほどの台が置かれた。

そして、その台の上にお蘭が仰向けにされ、両手首を二つの杭に縛りつけられ、両足が膝の裏で杭を挟み込むように縛られた。つまり大きく股を開いて、大の字である。

股間はむき出しになった。白い腿が無惨に広げられていた。

晴信はときおり残酷なことをやる。城兵がひどく抵抗したために、城兵、村人三千人の首を刎ね、並べてさらしたことがある。また捕虜は甲斐の金山に送り込み、女たちは男のなぐさみものにした。

お蘭は舌を咬《か》まぬよう、猿ぐつわを咬まされていた。

開かれた股間には布がかぶせてある。その布が取られれば、股間はむき出しになる。

「高白斎は、おまえに刺されて死んだ」

晴信が言った。

死んではいなかったが、重傷である。それに暑い夏である。傷口が膿《う》めば助からない。

お蘭は笑った。だが次の瞬間、目をむいた。衿が大きく広げられたのだ。二つの乳房があらわになった。その乳房に手を当てると、乳首を転がしはじめた。

「すぐには殺さぬ。わしに反逆する者がどのような目にあうか、思い知らせてくれる」

乳房を掴んだ。そして揉みしだく。時をかけて弄《もてあそ》ぶつもりなのだ。両方の乳房を揉みしだき、乳首を摑む。乳首はまだ染まっておらず桜色であったが、二十二歳にもなって、男を知らないわけはない。乳首も小さくはなかった。

着物の腰紐を解いた。着物がはだけられ、白い肌をさらす。股間はまだ布がかけられたままだった。

「死にたかろうが、すぐには死ねん。たっぷりと腰を振るがよい。狂うまで、わしはおまえを許さん」

股間の布が剝《は》ぎとられた。両腿はくの字、逆くの字になり、膝裏に杭が当てられ結ばれている。股は閉じたくても閉じられない。切れ込みはむき出しのまま、開いて、桃色の肌を見せていた。

晴信は股間を眺めて笑った。女としては最も屈辱的な姿勢である。お蘭はくぐもった声をあげた。殺せ、と叫んでいるのだろうが、声にはならない。呼吸は鼻孔でする。

晴信は、その鼻を摘んだのだ。息ができない。お蘭は悶える。苦しさのあまり尿を洩《も》らした。指を離した。

お蘭の顔に、はじめて恐怖の色が浮いた。鼻を摘まれただけで息ができずに死んでしまうのだ。苦しさにお蘭は涙を流していた。

「おまえは、わしに手込めにされるのはいやだ、と思っていたのだろうが、そんなことではすまさん。死にたくても、おまえは死ねんのだ。そう簡単には殺さん」

晴信は、近侍の一人を呼んだ。榊田伝四郎《さかきだでんしろう》という二十二歳になる侍である。

「伝四郎、この女とやれるか」

「はい、やれます」

「ならば、ていねいにあつかってやれ」

伝四郎は嬉々《きき》として、台の上に上がった。手をはざまに当てた。そして手を上下させはじめる。彼はお蘭が尿を洩らしたのも気にならないようだ。次に両手の指で切れ込みを広げると、指を壺の中にねじり込んだ。

「通っておりまする」

と言った。お蘭は二十二歳といった。それだけに肌は張り輝いていた。伝四郎が潤みのない切れ込みに唾液を塗りつけはじめた。桃色のきれいな肌である。女の体の中でも最も柔らかい部分だろう。唾液を塗りつけ、こねまわす。

お蘭は目を閉じてじっとしていた。伝四郎は下半身裸になり、自分の一物にも唾液を塗りつけ、お蘭の開かれた股間に入る。そして一物を壺の中に滑り込ませ、

「うむ」

と呻いた。

晴信は、そばに立ってそれを見ていた。伝四郎の一物が女の切れ込みに出入りする。脳を灼《や》くような強烈な光景だった。

男なら首を刎ねられるだけですむ。女だからこのような辱《はずかし》めを受けなければならない。もっとも晴信を刺すつもりだったお蘭にしてみれば、こういうことも覚悟の上だったろう。

伝四郎は、十回ほど抜き差しして果てた。若い伝四郎にはこらえ性がないのだ。

晴信は、近侍の広田孫兵衛《ひろたまごべえ》と松井三郎太《まついさぶろうた》を呼んだ。二人はお蘭の淫らな姿を見て、目をむき、そして唾《つば》を呑んだ。

「この女を凌辱《りょうじょく》せよ。いやならば他の代わりを呼ぶ」

「いいえ、お館さまの命であれば、どのようなことでもいたしまする」

もっとも若侍たちは女に飢えていた。戦さに来て女に飢えていたのだ。いやと言うはずはない。

切れ込みから、伝四郎が放出した精汁が白濁して流れ出ている。広田孫兵衛はそんなことにはかまわず、一物を摑み出すと、切れ込みに突き刺した、槍のように。そしてすぐさま出し入れをする。

孫兵衛は両手で乳房を摑んでいた。そして牛のように吼えた。

それでもお蘭はじっと動かなかった。三人目は三郎太である。三郎太が果てると、また伝四郎が挑む。若い男たちである。二回や三回では満足しまい。

「気のすむまでやれ」

伝四郎が重なっている間に、孫兵衛と三郎太が乳房を摑み揉みはじめる。

三人の侍たちに凌辱されて、応えてなるものかと、お蘭は必死に耐えていた。ただ女の壺に一物が出入りしているだけだ、と思おうとしていた。

伝四郎、孫兵衛、三郎太の三人が、代わる代わる挑んでくる。技もなにもない。ただ挿入して、出し入れするだけ。そしてどっと噴出させる。

その精汁がたらたらと滴り流れるのがわかる。蟻《あり》の門《と》渡りから菊座のほうへ。若い侍たちは、そんなことにはかまっていられない。女をたのしむのではなく、ただ放出するだけで足りるのだ。

「うむっ、果てる、果てる」

と孫兵衛が声をあげる。たまりにたまったものを、次々に放出する。

晴信は、そばに立って見ていたが、少し離れた縁に坐った。

女とは妙なものだと思う。女であるがゆえの辱めだ。女の豊かな尻がぴくりと動くのを見た。

お蘭は、体のどこかに痺《しび》れに似たものが動くのを覚え、ハッ、となった。二回目、三回目ともなれば、壺の中は精汁にあふれ、なめらかになる。そのために侍たちも、抜き差しの回数が多くなる。

体の中に火花が散りはじめたのだ。こらえようと体を固くする。目を見開いて、侍を睨《にら》みつける、が侍たちはお蘭の顔など見ていなかった。

腰のほうが勝手に動きはじめる。そしていつの間にか、男の動きに合わせて、尻を振りはじめていた。意志とは無関係である。

「あーっ」

とお蘭は、心の中で声をあげた。二十二歳のお蘭は、男は知っていたが、まだ女の悦びは知らない体だった。だが犯されていることに対して抵抗はなかった。

体が快感を覚えはじめている、と知って、お蘭は狼狽《ろうばい》を覚えた。いったいこれは何だろうと。

男に抱かれても、ただ男が終わるのを待つだけだった。それがいまは、終わって欲しくない、と心のどこかで考える。それでも男は放出する。一物が小さくなって抜けていくとき、せつなさを覚えた。

だが、次にすぐ別の猛々しい一物が襞を掻き分けて入ってくる。猿ぐつわがなく、手足を縛られていなければ、男にしがみつき、思いきり声をあげたいところだ。

そんな体の変化に、あわてた。こういう感覚ははじめてだった。そこは男の精汁ではなく潤んできたようだ。

男三人は、四回ずつ放出した。

「逃げないように縛りあげて、納屋に放り込んでおけ。明日また女をなぐさめ。女のことはおまえたち三人にまかせたぞ」
晴信はそう言って、背を向けた。

側室恵理

一

小笠原長時との合戦の間に、湖衣姫は死んだ。労咳《ろうがい》であった。長時は、城を逃れて村上義清のもとに走った。林城は落ちたのだ。

晴信は兵を引き、諏訪《すわ》に引き上げる。湖衣姫の葬儀をあらためて行った。勝頼が残された。この勝頼を諏訪の当主とし、晴信は重臣の一人を後見役として残した。

諏訪の館を出ると、晴信は馬を走らせた。韮崎《にらさき》を過ぎたころには、晴信の心の中から湖衣姫への思いは薄れていた。

府中に入ってから急に馬首の方向を変え、油川源左衛門尉《ゆかわげんざえもんのじよう》信友の屋敷に向かった。門前に馬を止めると、屋敷に入る。油川の屋敷の者たちは、晴信の来訪にあわてた。

このとき、天文二十年、晴信は三十一歳になっていた。

晴信は庭に床几《しようぎ》を置かせ、それに坐って、

「恵理《えり》どのに、茶を所望いたす」

と言った。恵理とはこの屋敷の主、信友の娘である。

恵理はしばらくして、小袖《こそで》のままの姿で、ぬるい茶を運んできた。茶には小梅が小皿にのせられていた。晴信は茶を一気にのみ干すと、

「もう一杯」

と言った。今度は少し熱い茶だった。恵理はこのとき十七歳だった。娘は十四、五で女になる。十七歳は立派に女である。

晴信は、以前からこの恵理に目をつけていた。それで油川信友に嫁にやってはならぬと命じておいた。信友はそれを心得ていたし、やっとお声がかかったか、と思った。

「今宵《こよい》、館のほうへまいれ」

と言って床几を立つ。館へまいれ、という意味は、恵理にもわかっていたのだ。

晴信は、そのままつつじヶ崎館にもどった。留守番の重臣たちが出迎える。まずは湯を浴びて一休み、そして三条夫人のもとへ行く。まずは三条を抱いてやらなければなるまい。そのあとに恵理を抱く。

「長い戦さでございました。よく、ご無事でおもどりなされました」

と三条が両手をつく。

「また少し、肉がついたようだな」

肥っているのが、また肥ったように見えた。肌はむかしのままに白い。三条はこのとき

三十四になっていた。

酒膳が運ばれ、三条が酌をする。

「お疲れでございましょう。寝間で横におなりあそばせ」

「それがよろしゅうございます」

と侍女頭の八重が言う。八重は自分の主人がたのしんでいる間は、小賦兵部と逢引《あいびき》ができるのだ。

どうやら、三条は待ちきれない様子だ。晴信が帰館すると聞いて体を疼《うず》かせていたのだろう。

晴信は、夜具の上に仰向けになった。やはり館にもどって横になるとホッとなる。合戦に明け暮れているのは疲れるものだ。

今度の林城攻めには里美を連れていった。だから、それほど女の肌恋しさはなかった。三条の手が衿《えり》を開いて胸を撫《な》でまわす。いきなり一物に手をのばすのはためらわれたのだ。

だが、いまさら晴信が逃げ出すわけはないのだ。三条は薄い寝間着をまとっていた。

「今度の戦さは、いかがでございました」

「戦さというのは、いつもきついものだ。楽な戦さというものはない」

「でも、里美どのは倖《しあわ》せでした」

一言皮肉を言うのは忘れない。

「いかに里美でも、女の身では疲れるものだ。しばらくは休ませねばの」

胸を撫でていた手が、腰紐《こしひも》を解き、少しずつ一物に近づいていく。一物は股間《こかん》にうずくまっていた。それを三条の指が摘み上げる。

疲れ魔羅《まら》という。疲れたときのほうが欲情は強くなる。それを三条は知っている。刺激を与えると、たちまち怒張するはずだ。

一物に指を這《は》わせる。萎《しぼ》んだ一物も可愛いものだ。萎むから一物である。はりがたは萎まない。八重に使わせて、はりがたにも馴《な》れていたが、そんなもの、ほんものの一物とは比べものにならない。

「お疲れですのね」

と一物に語りかける。その尖端《せんたん》に舌を這わせる。唇をかぶせていく。小さい一物を根元まで吸いとった。

すると一物は口の中で膨れ上がっていく。そして咽《のど》を突いた。あっという間に怒張する。三条は口にくわえたまま、うふふ、と笑った。うれしかったのだ。

晴信の一物を口で覚えるということは、三条にとっては、うれしいことなのだ。つい咽につっかえた尖端を咽に擦りつけて、呻《うめ》き声をあげる。

それだけで、手を触れてみるまでもなく、股間はじっとりと潤んでいた。口から出してはそれを眺める。

「ほんに、亀《かめ》の首のようじゃ」

この亀の首がこれまでいかに欲しかったことか。亀の頭の部分は膨れ上がり、てかてかと光っている。男の一物とは女にとってはいったい何なのか。

晴信を見ると、眠っていた。一物を怒張させても男は眠れるものなのか。

「さぞかし、お疲れでございましょう」

もちろん、三条は晴信が眠ってしまっても困りはしない。一物を再び口にくわえ、自分のはざまを手でさぐる。そこはあふれるほどに熱く濡《ぬ》れていた。それがうれしいような、哀しいような。

はざまに指を使い、思わず、うっ、と声をあげた。

二

その夜は雨になった。大雨が降れば笛吹川が増水し、土堤を破る。

雨の音を聞きながら、晴信は恵理の寝ている部屋に入った。

三条の方の部屋で半刻（一時間）ほど過ごしたのちのことである。

油灯がかすかにゆらめいていた。まだ部屋は与えられていない。仮の部屋である。

夜具が盛り上がっている。恵理が眠っているわけではない。三条の部屋からもどり湯殿で三条の匂《にお》いを洗い流してきたのだ。女は女の匂いに敏感である。そして、恵理が晴上の夏布団をはね、恵理のそばに体を横たえる。そして、恵理を抱き寄せた。恵理が晴信の側室になることは、何年も前から決まっていたことである。だから、十七になっていても、まだ男は知らないはずである。恵理本人が、そのつもりでいるはずだったからでもある。

さすがに恵理は体を固くしていた。男に肌を触れられるのは、はじめてでもあった。おここと湖衣姫は体の小さな女だった。だが、恵理は小さくはなかった。背丈はあるが、男を知らないためか、細い体だった。

その体を抱き寄せて肌を撫ではじめる。薄衣を着ているから、肌そのものが感じられる。肌を撫でられて、恵理は大きく溜息《ためいき》をついた。

胸も腰もまだ小さい。だが、晴信には新鮮な女の体だった。三条を抱いてきたばかりなので、かえってそう思えるのかもしれない。

「お館さま、うれしゅうございます」

と恵理は小さな声で言った。そして体をすり寄せてくる。猫のように。それがまた可愛くもあるのだ。

「お待ちしておりました」

「まあ、体の力を抜くがよい」

「わたしは、お館さまの女でございます。今日のことをいろいろ考えてきました。でも、どうしたらよいのかわかりませぬ」

「何もしなくともよい。すべてわしにまかせればよいのだ」

晴信は、その場で裸になった。恵理もまた素っ裸にした。あーっ、と声をあげて抱きついてくる。肌と肌とが触れ合う。ただしがみついてくる。そうすることしか知らないように。

初交の女でも時間をかけてやれば、女体も応えてくるものだ。背中から尻のあたりを手で撫でまわす。

「男と女が何をするかは存じておろう」

「はい、耳学問だけでございますが」

「耳学問か。男のなり余るものを、女のなり足らざるところに埋めるのだ」

「は、知っております」

晴信は、手をはざまに置いた。指が触れたところには一指だけをやっと通す孔があった。もちろん、まだ潤むわけではないが、そこに油を塗る気はなかった。

これから寵《ちょう》する女である。優しくあつかってやりたい。

恵理の体をうつ伏せにし、背中、腰、尻、裏腿《もも》と撫でまわし、そして唇を這わせる。そして脇腹《わきばら》のあたりを唇でついばんでやる。くすぐったがりの女は、反応が早いという。恵理は、まるで歓喜しているように悶《もだ》えた。

呻き声をあげて体を弾ませる。腰は細くよくしなる体である。肉は薄いが、若い女らしく肌は張っていた。

脇腹に舌を這わせながら、尻を摑《つか》み揉《も》み、そして腿を撫でまわす。

尻の溝に手を回し、切れ込みに手を触れそれをのばすと、思いがけないことにそこはなめらかになっていたのである。

くすぐりがきいたのか、あるいは感じやすい体なのか。もっとも粘りはない。さらりとしたものだが、これは潤みだろう。

仰向けにしておいて、指で切れ込みを開いた。もちろん、切れ込みはまだゆるんでいない。まるで刀傷のように一直線になっている。そこに顔を近づけてみると、かすかに芳香がした。

それは香木の香りに似ていた。この体はもしかしたら香りを持っているのかもしれない。体臭のある女は香を焚《た》くこともある。

貴重な女なのかもしれない、と思う。晴信はそこに口をつけた。

「あっ、お館さま、それはいけませぬ」

と恵理は頭を押しのけようとする。

「もったいのうございます」

「わしのする通りになれ、と申したはず」

「でも、そこにお口をおつけになることは」

と身を揉む。

「かまわぬ、力を抜け」

「でも、でも」

切れ込みを指で広げ、そこに舌を這わせる。

「あーっ、いけませぬ、いけませぬ」

と言いながら、恵理は手を離した。そして逆にはざまを押しつけてこようとする。舌が肉の芽をとらえた。体がぴくんとはねた。

少しずつ香りが強くなってくるような気がする。

「あっ、そこは」

と声をあげる。

舌先で膜のあたりを舐《な》めた。もちろん一物の尖端で突き破れる厚さのはずである。舌を粘膜に躍らせる。女の腰がくねり、弾む。まだ快感はないはずである。なのに悦びに悶えているように思われる。

晴信は、恵理の開かれた股《また》の間に腰を割り込ませた。さすがに彼女は両手で顔をおおっていた。男の余ったものが女の足らざるところに入るのだ。

亀頭を壺《つぼ》の口に押し当てた。力を加えると、うっ、と声をあげる。そしてずり上がる。

また押すと、またずり上がる。

「逃げてはいかん」

「でも」

逃げているのではない。呼吸が合わないのだ。何度かくり返し、恵理は夜具からはみ出した。晴信はあらためて、亀頭を唾《つば》でなめらかにした。もちろん、恵理も露は出しているがさらりとしている。

「いち、にい、さんっ」

と声をあげた。恵理は押しつけてきた。亀頭だけが形を変えてそこに崩れ込んだ。それからがまた一仕事だった。破れそうで破れない。

「痛いか」

「いいえ」

と言う。突き動かそうとする。膜が亀頭と胴の間を締めつけている。このまま無理してはいかん、と思う。

晴信は亀頭を抜きとった。

「どうなされたのでございますか」

「このままでは無理だ」

「どうにでもして下さいませ」

「目を閉じて、じっとしていよ」

「はい」

晴信は、脇差を抜いた。それを切り込みに向ける。指で切れ込みを広げ、剣尖をわずかに触れた。粘膜が切れてぽつりと血の玉が浮いた。

「今夜は、これでやめておこう」

「いいえ、やめないで下さいませ。このままでは、女としてみじめでございます。わたしはどのようになろうとかまいません」

と恵理は抱きついてきた。女をみじめにしてはいけない。女にも女の矜《ほこ》りがある。

晴信はあらためて挑戦した。切れ込みに唾液《だえき》をため、そして一物にも唾液を塗ってなめらかにした。

そして、あらためて亀頭を当てる。ゆっくりと滑り込んでいく。

「痛いか」

恵理は首を振った。ゆっくりと力を加える。一物は少しずつ滑り込んでいく。一気に貫いては、傷が大きくなる。

恵理は、眉根《まゆね》を寄せ、低く呻いた。ようやく根元まで没した。

「できたのですか」

「そうだ、できた。どういう気持ちだ」

「何も感じません」

晴信は、ゆっくりと引き抜いた。今夜はこれ以上無理することはない。切れ込みを見た。たいした出血はなさそうだ。

「まだ、お館さまが、中にあるような」

と恵理は言った。

三

晴信の嫡子義信が元服したのは、この年天文二十年である。

晴信は、恵理と褥《しとね》を共にしていた。恵理を裸にしうつ伏せにならせている。片手で恵理の背中を撫でる。肌はなめらかで若く張っている。細身で肉づきは薄いが、若い女の肌らしく手に心地よい肌である。女の肌というのはこうでなくてはならない。

五日前には、無理に未通の膜を開いた。破れない膜に刃を当てた。こういうことははじめてである。そして無理に通したが、恵理は一度も痛いとは言わなかった。

五日間、恵理の肌には触れなかった。その間に三条の方の部屋に二度行き、里美を二度抱いた。

柔らかい肥った肉の三条の方、武術をやるのでいくらか肉の固い里美、その二人に比べると恵理の体はしなやかで柔らかい。なにも急いで体をつなぐことはない。背中から尻への肌を撫でまわす。尻の二つの膨らみを摑む。丸いものは摑みやすい。弾力があれば心地よい。女というのは、それぞれ感触が異なるものだ。

そしてこの恵理という女は、体に香りを持っていた。男の気持ちをなごませる芳香である。このような女は貴重な存在だろう。大事にあつかってやりたいと思う。

湖衣姫が死んだ。そのあとの寵妾《ちようしよう》となる女である。晴信としても、すべての女を寵愛するというわけにはいかない。気まぐれで、他の女に手を出すことはあっても、その時期には一人の女にのめり込んでいく、ということになる。

油灯の灯に恵理の肌が浮かび上がる。乳房も尻も大きいというほどではないが、腰は快く細く、腿には若い女らしい肉をつけていた。

「お館さま」

と声をあげた。

「そう急ぐことはない。夜は長い」

「でも」

と腰を蠢《うごめ》かせる。その気になってきているのだ。彼女は自分で仰向けになった。羞恥心《しゆうちしん》はそれほど強くない女のようだ。碗《わん》を伏せたような丸い乳房、仰向けになっても乳房の形は変わらない。その乳房を揉みほぐす。

「あーっ」

と溜息に似た声を洩《も》らす。まだ男の精を受けなくても、悦びを知らなくても、女は男に触れられると、せつなくなるものだ。

乳首に舌を当てながら、手を肌に這わせる。三条や里美は安心して抱ける。馴れているからだ。馴れない不安もまた新鮮でいいものではある。

「恵理は息苦しゅうございます」

と悶えた。男の体にしがみつこうとしたり、体をくねらせたり、恵理にも期待と不安があるのだろう。五日前はただ夢中だったに違いない。

晴信の手が、股間に入る。すると腿が開いたり閉じたりする。どうしたらいいのかわからないのだ。

息が荒い。その吐く息が香った。切れ込みを指で開く。中はなめらかになっていた。兆《きざ》しているのだ。だが粘り気はない。さらりとしている。指の腹を小さな芽に当てる。

「あ、あーっ」

と声をあげてのけ反る。背中に空間を作る。そこに腕を回し、しっかりと抱き寄せた。指が切れ込みを上下する。そして壺口に指を当て、力を加える。一指は膜をくぐり抜けて奥へ通っていく。

中は他の女たちと異なって筒状になっているようだ。恵理は荒い息だけをしていた。一指だけでは一物を通すことはできない。晴信はその指を抜き出し唾液を指に塗りつけた。潤みを加えて再び一指を通し、膜を広げようとする。少しずつ広げていかなければならない。二指目を押し込もうとする。やや抵抗があったが膜の部分をやっとくぐり抜けた。

「あーっ」

と声をあげ、また背中を反らす。はざまが手に押しつけられる。指は壺の中で交叉する。

「指の動きがわかるか」

「ええ、少しは」

恵理は興奮していた。快感ではなく、体をさぐられているという心理的な興奮だろう。二指がいくらかゆるめになったと思った。二指を通せば一物を受け入れるはずである。

「お情けを」

と呻くような声をあげて、腰をひねる。その腰の動きはまだ幼稚だった。それがまた新鮮でもあるのだが。

晴信は体を起こし、恵理の股間に分け入った。一物の尖端を押しつける。膜を尖端がくぐった。恵理は息を呑《の》んでいた。

一物が壺の中に軋《きし》みながら滑り込んでいき根元まで没した。

「入ったのでございますか」

「入った。根元までな」

「どうすればよいのでございますか」

「どうもしなくてよい。そのままじっとしておればよい」

「せつのうございます」

「だったら思うがままにせよ。腰を振るなり突き上げるなり」

　恵理は腰をくねらせる。

「痛みはないか」

「ございませぬ。へんな気持ちでございます」

「そのへんな気持ちがそのうちによくなる」

「出し入れは、なさらないのでございますか」

「気を回さずともよい。このまましばらくはじっとしていよう」

　もちろん襞《ひだ》が動くわけではなかった。一物は筒状のものに包み込まれていた。ときおりいきんでやる。いきむと壺の中で一物が動くのだ。

「何やら、動いておりまする」

「動いているのがわかるのか」

「何となく。でも、こうしてお館さまのお情けをいただいておりますと、胸膨らむようでございます」

この女が悦びの声をあげ、身悶えるようになるまでには時間がかかることだろう。疲れているときには相手はできない。疲れているときには三条や里美がいい。もう一人いた。津香という女である。この女は父信虎が残していった女で、屋敷の隅にひっそりと暮らしている。どこか悟ったといったところがある。もっとも、男には熟達している。信虎はこの女に手をつけぬまま晴信に追われた。

晴信は、ゆっくりと抽送をはじめた。


三日後——。

晴信は、津香の部屋を訪れた。もちろん前もって知らせてある。津香は体を洗い、酒肴《しゅこう》の用意をして待っていた。

父信虎は三十数人の側妾《そくしょう》を持っていた。信虎を駿河《するが》に追ったあと、側妾たちは好きにさせた。家に帰りたい者は金子《きんす》を与えて帰し、信虎のところへ行きたい者は行かせた。残りたい者は残して部屋を与えた。このつつじヶ崎館で一生を終えたいという女も三人いた。その一人が津香であった。晴信と同じ年齢である。

「わたしのことは、とうにお忘れかと思うておりましたのに」

「皮肉か」

「いいえ、そのような。思い出していただいただけで光栄でございます」

皮肉を言うような女ではない。どこか悟ったところのある女で、女の情というのを見せなかった。この屋敷にいれば飢えることはない。それだけでも当時としてはありがたいことだったのだ。

晴信が器を手にすると、津香が酒をつぐ。その器を口に運ぶ。

「父のことを思うことがあるか」

「いいえ、とうに忘れております」

無理もない。ただの一度も肌に触れられなかったのだから。側妾として館に連れてこられても、男に一度も触れられずに、一生を終える女もいるのだ。

「何か不満はあるか」

「いいえ、ございませぬ。ひもじい思いをしないだけ、満足しております」

津香の体を抱き寄せて、衿の間に手を入れて乳房をさぐる。三条ほどではないが、柔らかい乳房だった。乳房をこねくりまわし、乳首を摘む。津香は低い声をあげた。

彼女はそっと股間に手を入れてくる。一物はまだ立ち上がってはいなかった。かすかに指を触れ、そしてゆする。摘んでいきなりしごくようなまねはしない。晴信は乳房を揉みしだきながら、酒をのむ。

肌はくすんだように白い。恵理の若い張った肌とは違っていた。くすんだ白さだから濃《のう》艶《えん》な色香がある。この津香の発する体臭も悪いものではなかった。

「久しぶりのことですので、わたしの体が驚いております」

「驚いておるのか」

はい、と言って津香は笑った。

「ここへ来ると、気持ちが楽になる」

「うれしいお言葉です」

女の手の中で一物は一気に膨らみ、怒張していた。淫《みだ》らな気分というのは、突然やってくるものである。

手をのばして、女の股間をさぐる。膝《ひざ》を崩しているので切れ込みはゆがんでいたが、そこには粘りの強い露があふれていた。たしかに体が驚いているのだろう。

晴信は仰向けになる。津香が帯を解き、股間をさらす。

怒張した一物に指を這わせる。それも、かすかな触り方だ。尖端は乾いている。それに口をつけ、唾液でなめらかにし、指を滑らせるのだ。なぞるように指を使う。一物のあつかい方が他の女たちとは異なっていた。

そして、唇をかぶせてくる。舌を這わせ、尖端の丸い部分を口にくわえ、吸い、しゃぶり、そして敏感なところに舌を躍らせる。激情も狂気もない。静かに縫いものでもしている様子である。それでも津香の体は騒ぎ、渦まいているのかもしれない。

晴信は天井を見て、合戦のことを考えていた。一物は津香にまかせておけばよい。まず葛尾城をせめなければならない。真田幸隆《さなだゆきたか》が村上の出城である戸石城《といしじょう》を落とした。葛尾城を落とせば、村上義清は越後の長尾景虎を頼っていく。そのあとには長尾景虎と戦うことになる。

心休まるときはない。合戦につぐ合戦である。前進しているときはいい。これが守りに入ったときには総崩れになる。もちろん、晴信はそれを知っていた。

勝ち戦さのときには兵も力の限り戦う。負け戦さになると、兵は逃げはじめる。兵農分離のできていない時代である。兵はほとんどが農民だった。家族のことや田畑のことが気になる。命あってのもの種と、自分の国へ逃げ帰ろうとする。踏みとどまって戦う気はないのだ。

津香は咽の奥まで一物をくわえていた。そしてかすかに尖端を咽に擦りつけている。少し焦れったいほどのやり方だ。若いときには焦れるが、晴信ももう三十一である。せっかちになるような年齢ではない。

一物を口から出して尖端を乳首に当てたり、一物を乳房の谷間に埋めて体を上下させる。出てきた尖端をペロリと舐める。また、尖端を目に当てている。眼球に擦りつける。すると上下のまつ毛が、尖端をかすかに刺す。もちろん痛いというのではない。微妙な快感だった。

目の中に入れても痛くない、という表現がある。まさにこれは目の中に入れるというやり方だった。瞼《まぶた》をパチパチとさせると、まつ毛が亀頭を刺す。そしてまた口にくわえる。頭を上下させると、一物は唇の間を出入りする。唇のすぼめ方にもコツがあるようだ。

津香は、晴信の腰にまたがってきた。そして一物を壺の中に迎え入れる。壺の中に滑り込むときの感触はまた格別である。

締めるときには菊の座の筋肉を絞る。菊の座と壺の入口には8の字型に筋肉がある。菊の筋を絞ると壺口の筋も収縮する。そして女によっては、壺の中に筋肉を二つか三つ持っている女がいる。この輪状の筋肉を交代に絞る。

男の好みに合わせてこの筋肉を自由に使い分けられる女もいるのだ。もちろんこれは訓練によっても作られるが、本来は天性のもののようだ。

津香は、腰を動かさないで、壺そのものをしきりに伸縮させていた。襞が一物に絡みついてくる。微妙な動きだ。襞が一物をなぞっているようだ。波のうねりのようにうねっているようにも感じられる。

「あーっ」

と低く声をあげ、体を小さくふるわせた。気をやったのだろう。その瞬間には、一物をキュンと締めつけた。自分では気をやらない女だが、久しぶりのことで、つい体が反応してしまったのだろう。

こういう女だから、もっとして、とか、もう少し、そこよ、そこの少し上、もっと強く、などと、男に注文をつけることはない。

津香はゆっくりと腰を左右に振りはじめた。腰を振るのに合わせて壺を伸縮させる。また腰をぶるるとふるわせた。気をやったのだ。

「申しわけございませぬ」

と言った。生身の女だ。気をやりたいときに、思いきり気をやるのがいいのだ。

「わたし、このようなことはじめてでございます」

とせっぱ詰まった声で言った。

出陣の前夜、晴信は側室恵理を抱いた。まだ女としては未熟である。教え込まなければならない。それだけ手間がかかる。

「ご無事でおもどりなされませ」

と恵理は泣いていた。

優しく抱いて、肌を撫でまわす。恵理に教えておかなければならないことがある。それは自分の一物を恵理に覚えておいてもらうことである。覚えさせておけば、戦場に出ている間、晴信の一物を思い出し、一物を思い浮かべることによって時間を過ごせるからでもある。

恵理の手をとって股間に誘った。一物に触れた手をあわてて引っ込める。

「握るのだ」

「でも」

この一物を体には何度か迎えてはいる。だがまだ、その大きさ、硬さ、熱さなどは知らない。壺というのは敏感なようでいて鈍いものである。

彼女は、こわごわと一物を握った。そして目を見張った。その大きさに驚いた。もっとも晴信の一物は巨茎《きょけい》というのではない。人並みと言ったほうがいいだろう。

「このように大きなものが、わたしの体の中に入るのでございますか」

「よく眺めてみるがよい」

「見るのですか」

「そうだ。そしてよく覚えておくがよい」

恵理は体を起こし、坐り込むと、手にした一物を見た。おそらくはじめて目にするものだろう。

「いずれ、それが恋しくなる」

奇怪なものを見るような目で一物を眺める。

「それを口にくわえてみよ」

「口にですか」

「どうすれば男がたのしむか、そのうちにわかってくる」

こわごわと、一物に顔を近づける。

「一物の味わいがわかるようになれば、恵理も一人前の女だ」

はい、とその尖端に唇を当てた。

「舌を出し舐めるのだ」

舌を出した。そして飴《あめ》でも舐めるように舐める。晴信は恵理の顔、唇、舌を見ていた。もう十七にもなっていて、何も知らないわけはないのに。一つ一つ教えてやらなければならない。

「口奥深くくわえよ」

恵理はくわえた。後頭部を押しつけてやると根元まで達した。そして下から突き上げてやる。すると恵理はむせて咳《せ》き込んだ。苦しげに涙を流していた。

敵姫志乃

一

晴信は、二万の軍をひきいて、安曇郡《あずみごおり》平瀬城を落とし、小岩城を攻める。そして村上義清の葛尾城に迫る。村上は信濃最後の武将である。

激戦のときには、略奪を許す。将兵たちは甲府を離れて女の肌に飢えている。それを禁じては士気が鈍るのだ。

小岩城を落とし、将兵が城になだれ込んだ。将兵たちは、先を争って城内の女たちに挑みかかる。だが、女は少ない。一人の女に四、五人から十人ほどもとりかかる。はじめのうちは女の悲鳴が湧《わ》き上がっていたが、そのうちに別の声に変わってくる。

晴信の近侍《きんじ》、榊田伝四郎、広田孫兵衛、松井三郎太の三人は、侍女の一人を確保した。自分たちが満足するまでは、この女を他に奪われたくない。

女を連れて、城内を引きずりまわす。あちこちに兵たちが群れているのだ。女にありつけない兵が、三人の女に目をつける。その侍女が美しく見えたのだ。だから、もの欲しげにあとからついてくる。それを追い払わなければならない。

城の一隅に女を連れ込んだ。松井三郎太が刀を抜いて見張りに立つ。兵の数人がむこうに立って見ている。女にありつこうという兵たちである。

もちろん襲いかかってはこない。三人の近侍たちが女に満足して去るのを待っているのだ。

まず、伝四郎が女を背中から抱きかかえ、両乳房を摑む。孫兵衛が女の前に向かい、帯を解き、紐を外す。そして前をめくって、女の肌をさらす。肉づきのいい女だ。こういうときには瘦《や》せている女よりも肥っている女のほうがいい。

肌の触り心地をたのしみたい。胸から下腹までさらしても女はおとなしかった。諦《あきら》めが先に立つのだろう。敗れた城の女たちはたいてい凌辱《りょうじょく》され、金山の娼婦《しょうふ》にされる。抗《あらが》ってみたところで意味がないのだ。

伝四郎が女の乳房を摑んで揉みしだく。白い乳房が形を変える。孫兵衛が女の股間に手を入れて切れ込みをさぐる。

「伝四郎、この前の戦さのときを思い出すな」

「何だ」

「お蘭だよ。女武者のお蘭だ」

「そうだったな。あの女はよかった」

晴信がお蘭を抱こうとした。するとお蘭は隠し持った刃物で晴信を刺そうとしたのだ。重臣の駒井高白斎がとびかかって刺された。高白斎は十日を生きて、傷口が膿《う》み死んだ。晴信は激怒して庭に杭《くい》を打たせ、お蘭を大の字に縛りあげて、伝四郎ら三人に与えたのである。無惨だった。三人の近侍に四日も五日も犯されつづけ、ついには狂ってしまったのである。自害することさえできなかったお蘭は狂うしかなかったのだ。

その敵の侍女は佐久《さく》といった。二十七、八だろう。体は熟れていた。肉もたっぷりついていて、肌の色も白かった。城中の女としてはよいほうだろう。

よくても悪くても精汁を注ぎ込むにはたいした違いはない。孫兵衛の指が切れ込みをあさり、せせる。はじめの一度だけは唾液を必要とした。

その唾液が乾くころには、女の体から露がにじみ出しはじめていた。まず、待ちきれなくなった孫兵衛が、佐久のはざまに一物を通した。早くも佐久は、

「あーっ」

と声をあげ、腰をひねった。膝の上に抱き上げ、女の尻を抱いて引き寄せる。女の背中から伝四郎が抱きつき、二つの乳房を揉んでいる。

見張りに立っている三郎太は振り向く。

「早く回せ、おれは待ちきれんぞ」

「あわてるな」

と言いながら、孫兵衛は、うっと呻いて放出した。次は伝四郎がかかる。三郎太が女を仰向けにさせて乳房に吸いついてくる。孫兵衛は、刀を抜いて見張りに立つ。

女は三郎太に抱きつき、呻き声をあげ、腰をふるわせる。体をつないでいるのは伝四郎である。

伝四郎は出し入れする。もちろん、はじめの孫兵衛の精汁が残っている。そんなものは気にならなかった。

三郎太は佐久の乳首をしゃぶりながら、はざまに手をのばす。もちろん、はざまには伝四郎の一物が嵌《はま》り込んでいる。

「おい、何をする」

「いいではないか、女の実《さね》をいじってやる」

女は、ヒッ、と声をあげた。そして腰を弾ませる。

「こいつは、たまらん。よく締まるぞ」

伝四郎がたまらずに精汁を噴出させた。

「狂ってしまいます」

「狂うがよい」

伝四郎に代わって三郎太が嵌り込む。はざまは二人の精汁でぬるぬるになり、それは菊の座にまで流れ出していた。

伝四郎が孫兵衛に代わって見張りに立つ。もちろん、たまりにたまっているのだから、一度や二度では体が軽くならないのだ。

「おい、三郎太、女を上に乗せろ」

「わかった」

と三郎太が下になる。佐久は尻をむき出しにして、腰をしきりに回す。孫兵衛がその尻を摑み、深い溝を分けた。そこには小さな茶色い菊の花がある。その花は精汁によって濡れている。

孫兵衛は、その菊の花に指を突っ込んだ。

「あっ、そこは」

と佐久が叫んだ。それにかまわず、菊を抉《えぐ》る。広げにかかる。佐久は悲鳴をあげた。

二

晴信は、筑摩郡苅屋敷城《ちくまごおりかりやしきじょう》、塔原城を陥落させ、村上義清の葛尾城を攻めていた。

敵将浮田長清《うきたながきよ》の娘志乃《しの》が、晴信の前に据えられた。目の大きな小さな女である。わしの夜伽《よとぎ》をするか、と言うと、志乃は大きな目で晴信を見たままだった。

戦国時代の女は哀れなものである。敗れて逃げ遅れれば、凌辱されあげくの果てには殺される。城主は自分が逃げるのがせいいっぱいで、女のことなど考えられない。それに女は足手まといになる。

塔原城が落ちたとき、志乃は逃げられなかった。もちろん死を覚悟したことだろう。兵たちも志乃を捕らえてはみたものの姫だと知って、晴信にさし出したのである。それも恩賞の条件になる。

晴信に名を聞かれたとき、

「志乃でございます」

とはっきり言った。

もちろん、敵の女を捕らえたときには用心しなければならない。女武者お蘭の例がある。志乃は体は小さいが二十一歳になっていた。だが、まだ幼ささえ見せている。

「わしの夜伽をするか」

「するもしないもありません。わたしはとらわれの身でございます」

煮て食おうと焼いて食おうと晴信の勝手である。もちろん覚悟はできている。晴信に体をまかせる気がなければ、とうに舌を咬《か》んで死んでいただろう。

近侍に、志乃の体を洗わせた。

夏である。暑い。もっとも夜になれば緑が多いだけにいくらか涼しくなる。今度の戦さには里美も連れてこなかった。体は女の肌を欲していた。

晴信も、素肌に薄ものの衣を着ていた。疲れてはいたが股間の一物は勃然《ぼつぜん》としていた。男にとって女は必要なものだ。女の体に注ぎ込まなければ、明日の気力が湧いてこない。越後の長尾景虎は女を寄せつけない、と聞いた。それが不思議でならないのだ。男はみんな、女を抱きたがるものだと思い込んでいた。

女を寄せつけない景虎という男、どんな男だろうかと思う。それだけで自分とは異なる男だろうという気がする。春日山城の城下町では、景虎はお虎という女だという噂《うわさ》があると山本勘助が報告してきた。噂だけである。もちろん景虎が女だとは思っていない。あるいは衆道かと思ってみた。衆道とはいまでいうホモである。この戦国の世では美童を寵愛する武将が多いと聞く。景虎が女ならば、そばに美童を置いているのかもしれない。女を求めないというだけで晴信は、景虎を得体の知れない男だと思っている。

志乃は、薄衣を着て、再び晴信の前に姿を現した。小柄だが二十一歳の肉はつけているようだ。長い髪を背中に垂らしていた。黒々とした髪である。

もちろん、体を洗ったのだから、刃物など持っているはずはない。

「近う寄れ」

はい、と膝をにじらせて寄ってくる。胸の膨らみが透けて見えていた。絶世の美女というのではないが、双眸《そうぼう》の大きさがこの女の容貌《ようぼう》を整えている。

「わしが憎いか」

憎くないわけがない。

「短い一生でございます。この若さで命を終えたくはございません」

「そなたがわしのもとへ来たのも運命だ」

「はい」

「合戦とはむごいものだ。無常である」

兵たちに犯され打ち捨てられていたところだ。敵でも大将に抱かれるのなら幸運とすべきだろう。

「こっちへ来い」

と言って、晴信は赤ン坊を抱くように志乃を抱き上げた。そして膝の上に乗せる。重い体ではなかった。ほんのちょっと口を吸った。小さな口である。この口に自分の一物をくわえさせてやりたいと思う。この口に一物が入るのであろうか。

首は細かった。薄衣の上から胸の膨らみに触れた。小さいなりに膨らんでいて弾力があった。

「男ははじめてか」

志乃はかすかに首を振った。側室恵理は未通だった。そのために苦労した。女は適当に男を知っていたほうがよい。それでなければたのしめない。子供を産ませるためだけに女を抱くのではないのだ。疲れや荒らくれた気持ちをほぐすためにも女を抱く。それも女というものが快楽を与えてくれるから抱くのである。

衿から手を通して生の乳房を掴む。これまでの女たちの乳房に比べてやや小さい。だが志乃の体に合った乳房だろう。

おここも湖衣姫も小柄ではあったが、まだ人並みのうちに入っていた。志乃は更に小さいのだ。だが乳房は張っていて弾力があった。

乳房を揉みしだく。さすがにはじめは志乃も体を固くしていた。乳首はいくらか色づいていた。その乳首が硬くなる。その乳首を指で摘んだ。そして一ひねりすると、溜息に似た呻き声をあげた。

腰紐を解いて、手で肌を撫でまわす。腰のあたりには女らしいむっちりした肉をつけていた。乳首を口にくわえると、

「あーっ」

と声をあげ、背中を反らす。小さいながら体はしなやかなようだ。膝から腿を撫で、そして下腹部に触れて、晴信はハッとなった。あるべきはずのものがなかったのである。

「これは、珍しい」

無毛女というのは、戦国の世では珍重されていた。毛がない、は怪我ないに通じるから

である。

手をさし入れてもつるんとしていた。まるで幼女のはざまのようだ。

「珍なるものだ。見せてくれ」

「恥ずかしゅうございます」

と言いながら、男を誘うように体をくねらせる。もっとも志乃は無毛が男に好まれることを知っている。

晴信は、膝の上から志乃を降ろし、そこに仰向けにさせた。そして薄衣をめくる。女の肌が目の前にさらされた。足のほうへ回り、膝を折り立たせ、そして開いた。そこに切れ込みがあらわになった。

それを指で押し分ける。切れ込みは縦長の菱型《ひしがた》になる。武田家の家紋は、武田菱といわれる菱型である。その色は八重桜の色をしていた。左右に木の葉を半分にしたような唇に似たものがついている。下方に壺口があり、上方には半分皮をかぶった肉の芽がついていた。

「あーっ、お許しを」

と志乃が声をあげ、腰をくねらせる。壺口が蠢動《しゅんどう》していた。

「なるほど」

と晴信は独り合点する。

しばらくはざまの光景を眺めていた。もちろん志乃は見られていることを知っている。色づいた切れ込みが少しずつ潤んでくる。壺口が伸縮し、その度に透明な露を湧き出させている。

「あーっ、お館さま」

と志乃はせつない声をあげた。

切れ込みの形も表情もこぢんまりとしていて可愛い。この切れ込みも女によって異なる。大女はどうしても大きい。もっとも壺そのものはたいして変わりはしないのだが。

小さな肉の芽に指を触れた。とたんに、

「あっ」

と声をあげて腰をゆすった。どうやら体そのものは敏感なようだ。小女は小味という。それに無毛である。感じやすくて当たり前なのかもしれない。芽を下から撫で上げてやると、女の腰がふるえ、高い声をあげた。さらに、指を壺口から沈ませた。とたんに志乃の腰ははね、

「あーっ」

と声をあげた。泣き声をあげながら、腰を振りまわす。もう一指を加えて滑り込ませる。小さくても、ちゃんと一物を迎え入れるのだ。二指を深くまで送り込むと、指に襞が絡みついてくる。これまで抱いた女たちに比べると襞が多いようだ。その襞がしきりに蠢いて

指に絡みつきうねる。

無毛だけに、壺も特殊であるようだ。

「あーっ、早く、早く」

とせつながる。

晴信は股間をさらし、一物を振りたてて志乃の股間に割り込む。そして腰を進める。一物の尖端を切れ込みに押し当て、それを手で支え、上下させる。

「入れて、入れて下さいませ」

と身を揉む。腰がひくひくと揺れる。壺口に尖端を押しつけると、それはまるで呑み込まれるように没した。わあ、と声をあげ、志乃は晴信にしがみついてくる。そしてまるで組み伏せられた武者のように暴れる。

続けざまに気をやっている。股を大きく開き突き上げ、そして股を閉じようとして晴信の腰を締めつける。反り返っては苦しげに呻き、そして尻を床から浮き上がらせては左右に振りまわし、そしてしゃくり上げる。

晴信は押しつけたまま、志乃の顔の変化を見ていた。襞は一物を締めつけ、襞そのものが一物に擦りついてくる。

「ウーン」

唸《うな》って、体から少しずつ力が抜けていく。失神したようだ。ほんの三十秒くらいだった

ろうが、目を開いて晴信を見た志乃は、

「恥ずかしい」

と言ってしがみついてきた。

三

古府中、つつじヶ崎館においては、三条の方の侍女頭八重と晴信の留守を守る部将、小賦兵部が、山中の草庵《そうあん》で密会していた。三十女の体が男を求めてやまないのだ。

「あーっ、そこ」

と八重が潤んだ声をあげる。

「もそっと手前」

と言い腰を振る。兵部の手は八重の股間に入っていた。男のふしくれ立った指が切れ込みをさぐる。

「あーっ、こたえきれませぬ」

と濡れた声をあげる。

兵部は、いつも困惑していた。だが、八重の妖艶《ようえん》な魅力には抗することができない。妖魔にでも憑《つ》かれたように、草庵にやってくるのだ。

股間の切れ込みは溶けてしまいそうに柔らかいのだ。その感触は天にも昇る気持ちだ。魅せられて、兵部はおのれを失っていた。身を滅ぼすことになる、と思いながら、つい八重を抱いてしまう。

「これは、どうにもならぬことだ」

と自分に言い聞かせる。

「兵部どの、謀反なさりませ」

「何のことです」

「義信さまを頭に立て、お館さまを討つのです」

「バカな、何ということを言われる」

「あなたは、義信さまの守役、お館さまと義信さまは反目しておいでになります。お館さまが信虎さまを追放なされましたように」

「八重どの、めったなことを申されるな」

「放っておけば、義信さまは、お館さまより切腹をお申しつけなされます」

「そのようなことはない」

兵部はうろたえた。自分が思っていたことを、八重に言われたからである。

どういうわけか、晴信と嫡子義信の間はうまくいっていない。晴信が次から次へと女に手を出すのが気に入らないのか。もともと考え方が異なるのか。

父子の確執の原因については、守役の兵部にも責任あることだった。だが謀反などということは考えていなかった。

信虎を駿河に追ったとき、家臣団のほとんどは晴信についていた。それで追放も成功したのだ。だが、いま義信に重臣たちがみな従うとは考えられないことだ。義信は清潔であり実直だが、晴信ほどの能力はないのだ。謀反はとても不可能だった。

八重が腰をひねった。八重は膝立ちになって、両手を兵部の肩について体を支えている。両腿を開き、男の手をはざまに迎え入れた姿だった。

「あーっ、兵部どの」

せつなげな声をあげる。尻をゆさゆさとゆさぶる。湧き出た露が指を伝って流れ出てきていた。

「謀反せよと言われるか」

「はい、三条の方さまのためでもあり、義信さまのためでもあります」

八重は兵部の胸に顔を埋めていた。嵐《あらし》のあとの静けさである。

「いまのお館さまも、先代のお館を追わなければ、切腹をおおせつけられたでございましょう」

「かもしれん」

「もし義信さまが切腹なされたら、お方さまはどのようにお嘆きになられるか」

「そのようなことはあるまい、と思うが」

「いいえ、義信さまは、お館さまに反感を持っておいでになります」

八重は果てたばかりの力を失った一物を指でこねくりまわしていた。こうして一緒にいるときには一物を手放したくないようだ。

「あなたこそは、義信さまのお味方ではありませぬか」

「それはそうだが」

「お味方をお集め下さいませ」

「失敗したら、どうなると思われる。わしが腹を切るのはいい。そなたとこのようなことになり、未練はない」

「ですから、用意万端整えるのでございます」

「味方をふやすには、ことを打ち明けねばならぬ。その者が裏切ればそれで終わりだ」

武田義信は今川義元の娘を妻に迎えた。駿河、相模《さがみ》、甲斐《かい》の三国同盟は成っている。だが、晴信は裏では今川義元の駿河を狙《ねら》っている。甲斐には海がない。それに駿河の金山も欲しいのだ。

今川の娘を妻にした義信は、父晴信の考えを何となく肌で感じとっている。父子がうまくいくわけはなかった。

父と子が反目し合うのも、政略結婚が原因である。義信は妻を愛し、妻の親元である今川家に傾いていた。

「いま一度」

と八重は言った。そして、まだ力を取りもどしていない一物を口に吸いとったのである。口の中でくねくねと舌に弄《もてあそ》ばれ、一物は一気に膨れ上がった。

「うれしゅうございます」

と言って、八重は一物を深くくわえ込んだ。

四

葛尾城は落ちた。敵将村上義清は北信濃の諸将と共に越後に逃げ、長尾景虎を頼った。北信濃は越後に接している。景虎も晴信の進撃を黙って見ているわけにはいかない。

晴信は、いったんは甲府に引き上げることにした。景虎の反応を見るためである。

晴信は、志乃を連れていた。だが志乃をそのままつつじヶ崎館に連れ込むわけにはいかない。家老衆の一人、小山田信茂《おやまだのぶしげ》の屋敷に預けた。ときおり、晴信のほうから通えばいいのだ。

館に帰ると、風呂を浴びて三条の方を訪れる。その夜はその部屋で眠った。疲れもあった。夜中に目をさますと、三条は力のない一物を口にしていた。

次の夜には恵理の部屋を訪れた。たしかに若い体はいい、だが恵理の体はまだ女にはなっていなかった。もちろん喜んではいるが、三条のように飢えてはいないのだ。放っておいても、恨みごとなどは言わない。となれば、無毛の志乃を抱きたくなる。

翌朝、馬を駆って早駆けに出ると、そのまま小山田信茂の屋敷に入った。もちろん小山田家では、晴信を迎える用意をしていた。別棟に志乃の部屋があった。

「お館さま」

「うれしくはないか、わしが来て」

「うれしくないわけはございません。でもまだ四、五日あとかと思うておりました」

小山田の家臣が用意した風呂に志乃を入れる。その間に酒膳が運ばれてきた。酌をしようとする家臣を追って手酌でのむ。そして薄い夏布団に横たわる。

景虎がどう出るか、もちろん越後には乱波を放っていた。山本勘助を北信濃に置いてきた。景虎が動けば報せが入る。

晴信は天井を見ていた。

嫡子の義信が気になる。女には手を出さない男だ。今川義元の娘を妻にしてからは、妻だけを寵愛している。側妾を持とうとはしないのだ。そのことが妙に腹立たしい。

父信虎は、晴信など足もとにも及ばないほど好色だった。

晴信は、里美に恵理、それに津香にときおり手をつけるだけ、少ないものだ。それなのに義信は非難する目で晴信を見る。

「あいつには甲斐はまかせられん」

女が嫌いで国が保てるものか。なぜ義信はあのように育ったのか。一つは三条の嫉妬《しっと》にある。一つには守役の小賦兵部の育て方にある。

武将は敵を討たねばならぬ。それには残酷にもならねばならない。好色にもならねばならない。

志乃が部屋に入ってきて坐った。

「一生、お館さまのそばに置いて下さい」

と晴信の口を吸いにきた。

晴信は志乃の小さな体を抱き寄せた。まだ朝のうちである。障子から流れ込んでくる光は明るい。だが、志乃はこのように明るいのに、とは言わなかった。

男がその気になったときでないと女は抱かれることはない。女は時と場所を選ばず抱かれることができるのだ。いつまで晴信の寵が続くかわからないのだ。男というのは興が湧かなければその気にはならない。その気にならなければ放っておかれるだけである。

晴信は裾から手を入れて、はざまを撫でた。

「わたしは、お館さまのおそばに置いていただくしか生き方がありませぬ」

「わかっておるが、しばらく待て。いますぐ館に入れるというわけにはいかん」

「お館に入りたいと申しておるのではございません。わたしはここでも充分です。ときおりお訪ね下されば」

「わかっておる。気にいたすな。いずれ都合を見て館に入れる」

「はい」

志乃は手をのばして、晴信の股間に触れた。そして袴の紐を解く。袴を脱がしてはそれを畳む。そして、着物の裾を分けて、下帯を外しにかかった。晴信は、そういう志乃の動きを見ていた。

義信のことが頭をよぎる。気は合わなくても息子である。あまりに義信は潔癖にすぎる。男は汚れなければならない。それに欲が必要だ。欲なくしてはこの戦国の世は生きられぬ。群雄が各地に割拠している。自分の国だけ守ればいいというのでは滅びてしまう。信濃の豪族たちは晴信の手によって滅びた。誰かが天下を取る。するとみな臣従することになる。晴信は天下を取るつもりでいる。

今川義元は京に上ろうとしている。今川に天下を取らせてはならない。だから敵視している。いつかは義元を討つことになる。義信は和睦《わぼく》してうまくやっていけるものと思っている。今川の娘を迎えたのは失敗だったのか。

もともとこの婚姻《こんいん》には晴信は反対だった。三条が勝手に結びつけてしまったのだ。女には先が見えない。今川は滅びるだろうと思っている。京風な公卿《くげ》の姿などしていて、戦国の世を渡れるわけはない。

志乃が一物を手で握り、舌を出してちろりと舐めた。そして尖端に酒を滴らせた。その酒が尖端に伝い流れるのを見ている。そしてまたちろりと舐める。

尖端を小さな唇でくわえた。口から出しては舌を躍らせる。まるで稚女が遊んでいるようだ。もちろん二十一歳の女である。志乃の双眸が潤みはじめていた。

川中島の女

一

天文二十二年（一五五三）六月――。

武田勢は、越後の長尾景虎との一戦に着々と軍備を整えていた。

晴信は、側室恵理の部屋にいた。晴信は恵理の膝《ひざ》を枕にしていた。まだ女の悦びを知らない女体である。時間をかけて育《はぐく》んでやらなければならない。面倒なことだが仕方がない。三条ほどではないが、わりに大きな体つきの女である。もっともまだ若いから肌は張りきっている。

まぐわいが嫌いというのではない。が、男のあつかいをまだ知らなかった。この女は、のちに松姫を産む。松姫は、一族の中ではただ一人生き残り、いまの八王子に八百数十人の家臣と共に領地を与えられ移り住むことになる。八王子千人同心である。その頭として江戸時代を生きることになる。

晴信は膝を枕にして、恵理の着物の裾《すそ》を左右にはね、膝の間に手を入れた。手を奥に進める度に膝頭は開いていく。奥は深く、なかなかはざまままでは届かない。内腿《うちもも》の肉は柔らかい。その感触をたのしみながら指を進めていく。恵理はどうしていいかわからず、顔を赤くし、もじもじとする。指先がやっとはざまに届いた。そこに切れ込みがある。

男と女のまぐわいが、ただ体を重ねるだけでないことを、このごろやっと知ったようだ。前が左右にめくられて、肉づきのいい腿をさらした。

いずれはいい女になる。だがそれまでには時間を要する。たのしい女もいいが、たまにはこんな女もいい。指で切れ込みをさぐる。切れ込みを指でなぞり、そこに指を躍らせる。指を使っていると、少しずつ潤んでくるようだ。

「あーっ、お館さま」

肉の芽に指が触ると、ぴくっと体を震わせる。切れ込みをいじりながら、晴信は、景虎との一戦を考えていた。

指をたのしませているだけだ。他の女ならば、すぐに一物に吸いついてくる。一物さえ与えておけば、女は勝手に遊んでいるものだ。恵理はまだ遊び方を知らない。

「お館さま、恵理は恥ずかしゅうございます」

恥ずかしいとは、気が蠢《うごめ》きはじめたということか。晴信は体を起こした。急いで乱れをつくろおうとする手を止めた。

「そこに仰向けになれ」

恵理は仰向けになる。両足はのばしている。はざまには黒々とした茂りがあった。その茂りを撫《な》でまわす。膝を折り立たせる。ぴったり合わさっている膝を押し開く。

「あーっ、いやです」

と声をあげるのをかまわずに、裂くように広げた。その中心に切れ込みが見えた。恵理は両手で顔をおおう。

晴信は、恵理のはざまを眺めながら、酒をのむ。はざまを眺めながら、別のことを考えていた。

「景虎との一戦は勝たねばならぬ」

いつも頭の中にあるのは合戦のことだけである。女を抱いていても合戦のことは離れない。

白いはざまである。つるんとしていて弾力がある。その上に黒々とした茂りがあった。兵たちは妻や好きな女の毛を摘みとり、それを着物に縫いつけて出陣するという。その毛の下に鋭い刀傷のような切れ込みがある。腿をいっぱいに開いているので、切れ込みはゆるんでいた。

晴信は手をのばし、茂りを撫でまわす。そしてはざまを撫でた。指で切れ込みを広げると、恵理は、あーっと嘆息に似た声をあげた。その中は潤みが伝わり光っていた。

「お館さま、お情けを」

と声をあげ、腰をくねらせる。

恵理の手をとって、はざまに当てた。手はあわてて引っ込む。

「おのれの手で、はざまをせせってみよ」

「そのようなこと」

「できぬわけはない。わしの命令じゃ」

晴信がせせってやるのはたやすいことだ。だが、それでは、いつも体を男のするがままにさせておけばよい、ということになる。

「見ていてやる。自分で指を使ってみよ」

「できません」

「できないわけはない。そなたは未熟じゃ、悦びをおのれのものにしなければならぬ」

そこまで言われれば拒むことはできない。

両手をのばし、切れ込みに触れた。そして指を切れ込みの中に埋める。そこに白い指が動くのを見ながら、晴信は酒をのむ。

はじめはためらいがちだった指が動きはじめる。片手の指で切れ込みを開き、中に指を遊ばせる。しきりに呻《うめ》き声をあげはじめる。羞恥《しゅうち》に耐え、指を使う。晴信は、そこに酒を滴らせた。

「あーっ」

と声をあげ、腰を弾ませた。酒が粘膜にしみたのだ。指が桃色の肉の芽をなぞり上げ、その度に腰が揺れる。恵理には耐えられないことだが、耐えなければならない。晴信の寵《ちょう》愛《あい》を保つにはであるゝ。

晴信は、一物を摑《つか》み出していた。膨れ上がっている一物に触れる。恵理の手を一物に誘う。手がそれを握った。一方の手は切れ込みをせせっている。

「お情けを」

と恵理は訴える。双眸《そうぼう》は潤んでいた。だがそれには応えない。乾いた亀頭にも酒を滴らせる。酒がジーンと熱く亀頭にしみてくる。

白い手に握られたおのれの一物を眺める。白い手が上下する。

「お館さま」

とせつない声をあげる。女の手の動きは早くなる。

「尻を向けよ」

はい、恵理は体を起こして這《は》う。裾をめくり上げて肉づきのいい白い尻をむき出しにした。その尻に向かい、指で女の切れ込みをさぐりながら、そこに一物を滑り込ませた。

「あーっ」

と恵理は声をあげて尻を振った。

越後勢が、善光寺平に向かっていると報せがあった。もちろん先発隊は北信濃の川中島に向かっている。勝敗を決める戦いになる。

明日は出陣。出陣する前に三条の方を抱いてやらなければならない。無事帰還できるかどうかわからないのだ。里美もいるし、志乃もいる。

晴信は出陣を前に疲れたくはなかった。三条もそれを承知している。すでに晴信も三十三歳になっている。若くはなかった。

人生五十年という。だが当時の平均死亡年齢は三十歳である。三条は三十六歳になっていた。もちろんまだ欲情はある。

再び晴信の一物に触れられるかどうか、わからないのだ。今宵限りとなるかもしれない。

「必ず、お帰りなされませ」

「それを言うな」

「義信をよしなに」

三条が産んだ嫡子である。義信も出陣する。三条は、一物を手にし、晴信の腰にまたがっていた。一物の尖端《せんたん》を切れ込みに押しつける。手を前後に動かすと、尖端は切れ込みの中を前後する。そして、

「あーっ」

と溜息《ためいき》をつく。擦りつけ擦りつけして、体をふるわせる。壺《つぼ》の奥には迎えないで、体を引いて頬ずりし、口にくわえるのだ。口から出しては一物を眺める。一生の別れになるかもしれない。そういう気持ちが三条を昂《たかぶ》らせるのだ。

里美は一緒に連れていってくれ、と言った。今度の戦さには連れていけない。恵理はしきりに泣いていた。志乃は勝利のご帰還をお待ち申しております、と言った。

恵理はこのとき子を孕《はら》んでいたのだ。前述した松姫である。

「お情けの露をいただかせて下さりませ」

と三条は言った。精汁を口で受けたいのだ。

「今宵の名残りに」

「わしはもどってくる。心配いたすな」

「でもございましょうが」

口に放出された精汁は呑《の》み込むのだ。精汁が胃に収まれば安心できるのか。

「いいだろう。その前にわしの上になれ」

はい、と三条は晴信の腰にまたがってきて一物を壺に誘い滑り込ませた。とたんに声をあげてしがみついてくる。彼は三条の尻を摑んだ。摑みとれるほど柔らかい。

襞《ひだ》が一物を締めつけてきて、うっ、と声をあげると絶頂に届いていた。どういう姿勢でも気をやれるようになっていた。

そして腰から降りると露にぬめっている一物を口にくわえる。そして頭を上下に振る。

三条もこのところは、晴信の女たちに対しては、それほど悋気《りんき》しなくなっていた。

「果てる！」

と言うと、三条はしがみついてきた。口の中にどどっと噴出させた。

二

晴信は、更級郡《さらしなごおり》大塚に出陣。景虎は善光寺平に陣を張った。そして犀川《さいがわ》を挟んで激戦を展開した。これが第二回の川中島の合戦である。川中島の合戦は合わせて五回行われることになる。

この合戦を宗教戦争だと言う人がいる。晴信はもちろん仏徒である。景虎は神徒である。執拗《しつよう》になったのも当然である。

第一回の合戦は、これよりさき、天文二十二年八月中旬から下旬にかけて行われた。これは先に晴信に追われて越後に逃れた村上義清に突き動かされて起こったものである。義清に頼られた景虎が、晴信にそれ以上つけ入らせないために出陣した。

第二回は、弘治元年（一五五五）七月の衝突である。このときは二百日あまりも対峙《たいじ》が続き、睨《にら》み合いが続いたが、駿河《するが》の今川義元が間に入って、講和となり、両軍兵を引いたのである。

この戦いのとき、景虎は善光寺大御堂の本尊をいただいて春日山城に帰り、城下に御堂を建立し安置した。

同じころ、越後の大熊長秀《おおくまながひで》が景虎に背いて晴信に応じた。このとき長秀は側室の一人奈《な》津《つ》を晴信に献じたのである。長秀に娘がなかったからである。

奈津は目つきの尋常でない美女だった。このとき十八歳。このとき晴信は三十五歳になっていた。目つきが尋常でない女は、女の機能もふつうではないといわれている。

尋常でないというのは、目が潰《つぶ》れているとか、寄っているとかいうのではない。多少、三白眼《さんぱくがん》で、じっと男を見つめる癖がある。目つきというのは、いろいろあるものだ。おとなしい目つき、険しい目つき、好きものの目つき、優しい目つきなど。

このころ、美女は献上品の一つでもあった。もちろん晴信は、美女をもらったからといって気を許したりはしない。充分に探りを入れ、大熊がまことに自分に従順なのかどうかを調べる。その上で、景虎の戦略法などを聞く。

奈津は、細身の女だった。十八歳だが、すでに女である。恵理とは違って閨技《ねやわざ》には馴《な》れているのだろう。献上品は試食してみないのは失礼でもある。もちろん、晴信の気の動かない女ならば手は出さないのだが、献上するだけあって魅力的だった。

奈津をはべらせて、酒膳を運ばせる。戦場ではあっても酒はある。奈津は白く細い手で酌をする。越後にはよい女がいる。生まれた娘が美しく育つと、その土地の支配者に献上し、立身出世を願う。だから支配者のところにはよい女が集まることになる。奈津は大熊に献上され、更に晴信に献上された。

「どのような生まれだ」

「村長《むらおさ》の娘として生まれました」

と言葉少なに言う。だが、目だけは晴信を見つめていた。目がものを言っていた。

「もう酒はよい」

と言うと帯を解き、衣を脱いで、夜具に横になった。よくしなりそうな体つきである。奈津のそばに坐ると、衣の上から体を撫でまわす。そして衿《えり》を開いた。白い胸でわずかに肋骨《ろっこつ》の影が見えたが、乳房は小さくはなかった。乳房の頂きにある乳首は赤く染まってくびれていた。男を知っている証《あかし》である。

奈津は目を閉じた。

「晴信さまに抱かれるのは身の倖《しあわ》せでございます」

と言った。

もちろん、いまの晴信は生娘よりも適当に馴れた女のほうがよい。すぐにたのしめるからだ。生娘はその気にさせるまで手間がかかる。手間のかかる女は面倒でもある。恵理がそうである。よい女になるとわかっても、すぐにたのしめる女がいい。

肉は薄いがなめらかな肌をしていた。乳房を摑み揉みしだく、やがて乳首が立ち上がって喘《あえ》ぎはじめる。その乳首を指の間に挟みつけて乳房を揉む。

「わたしは、晴信さまのものでございます」

「愛《う》いやつだ」

奈津を起こすと、背中から抱いた。そして二つの乳房を摑み揉みしだく。白い乳房が手の中で形を変える。手に快い弾力があった。そして体は熱くない。喘いでいるのに、体は熱くならないのだ。

男にとって、夏向きの女、冬向きの女というのがある。三条などは冬向きというべきだろう。死んだ湖衣姫も小柄な女だったが、体はいつも熱かった。この奈津は夏向きの女だろうと思う。

冬向きの女を夏に抱くと、汗をかいて肌がベタつき、体を重ねると音を発する。

「あーっ、晴信さま」

と奈津は声をあげた。夏向きの女だからといって切れ込みに露を出さないわけではない。乳首を摘んでひねると声をあげる。乳首を指で押さえる、指を回すと、体をよじった。感度はいいのだろう。

「わたしは、晴信さまのような方に、こうして抱いていただくのが夢でございました」

喘ぎながら言う。腰紐はすでにない。前を左右にはねると、下腹までもあらわになる。肩越しにはざまが見えた。そこには霧がかかったような淡い茂りがあった。毛質そのものが細いのだ。黒々としているかと思ったがそうではなかった。腰骨が見えているが、それも美しい。

手をはざまに滑り込ませると、腿が開いた。腿には若い女らしい肉はつけている。腰は快く細い。このような美しさもあったのだと思う。

女はそれぞれの味わいを持っている。女の機能ではない。女の持っている雰囲気である。あるいは肌触りかもしれない。だから多くの女を抱ける。女がみな同じであれば、正室だけでいいわけだ。

晴信の嫡子義信がそうだ。今川義元の娘を妻に迎えると、おのれの妻だけに執着している。すでに元服をすましているのに、他の女には手を出そうとしない。それで多くの女に手を出す晴信を非難する。晴信を憎んでさえいる。

「あやつは、女にもいろいろあるのを知らぬ。愚か者だ」

晴信が仰向けになると、奈津は彼の胸に頬を押しつけてきた。そして男の小さな乳首を舐《な》めはじめる。昏でついばんだりする。

晴信は元服する前から女のたのしみ方を知っていた。女たちが教えてくれたものだ。はじめは年上の女たちが女の体とはどういうものかを教えてくれる。父信虎は多くの側女を持っていた。その女たちに手を出した。それを知った信虎は怒った。

義信は、女に近づこうとはしなかった。女とはきたないものだと思っている。きれいかきたないかではなく、本能的に嫌悪している。女好きでなければ武将にはなれない。また武田家を継ぐこともできない。守役の小賦兵部の失敗である。もっと武将らしく豪快に育って欲しかった。

武将は合戦に出て敵を殺さねばならない。その荒ぶった気持ちをなだめてくれるのが女の体である。

「だが、景虎は女を近づけぬという」

そう呟《つぶや》いて笑った。

「何かおっしゃいましたか」

「いや、景虎は女という説があるが、女ではあるまいな」

「わたしも、そういう噂《うわさ》は聞いていますが、どうしてそのような噂が出たのかわかりません」

「長秀も、何度か会うたが、わからぬと言っていた。もしかしたら女かもしれぬな」

「はい、女の方かもしれませぬ。女だとしたら恐ろしゅうございます。声は男のようだといいます」

「男のような声の女というのはいるものだ。わしは、女と戦うておるのか」

奈津は、晴信の股《また》の間に足を入れてきた。そして胸に唇を触れながら、そっと手をのばしてきて、一物に触れた。触れただけで握ろうとはしなかった。自分の乳房を手で摑み、男の小さな乳首に乳首を押しつけてくる。そして体をずり上げて、晴信の口に乳首を向けてきた。その乳首をくわえて吸った。

「あーっ、晴信さま」

と声をあげた。

三

甲斐軍と越後軍は川中島を挟んで、二百日も陣を張っていた。一進一退、決着がつかない。尖端で小ぜり合いが続いているだけだ。陣を張っているだけでも緊張はある。気は許せないのだ。晴信も景虎も決着をつける気はないようだ。

策がないわけではない、が本気で戦えば、たとえ勝ったとしても、双方とも潰《つぶ》れてしまう。長尾家も武田家も潰れるわけにはいかない。この川中島の合戦は、両家にとって得なことではなかった。二人が戦っている間に、中央は変わりつつあった。

晴信と奈津は、湯殿にいた。晴信のために作られた風呂である。粗末な小舎作りで、湯は外でわかして、竹筒を通して注がれるようになっている。もっとも急場の作りだから、板囲いも隙間《すきま》がある。

その隙間から兵たちが覗《のぞ》くかもしれないが、奈津は平気なものだった。美しい肌を惜しげもなくさらす。

米ぬかを布で包んだもので、奈津は晴信の背中を流す。じっと奈津のするがままになり、晴信は目を閉じていた。彼もすでに三十五歳になる。若くはなかった。もちろんまだ精力はあるが、若いころと違って、女を押し倒してのしかかるというがむしゃらさはない。女を抱くにも、女を遊ばせてのちに交わる。

奈津が前に回ってきて、胸から腹、そして左右の腕を洗う。目の前に奈津の美しい裸身がある。それを眺めているだけでもよい。急いで女の股間《こかん》をさぐるほどの強い欲望はない。美しいものを目でたのしむくらいの余裕はあった。

女の乳房は美しい。よく張った腿も魅力的だ。透けている青い血管が浮いて見える。両腿はぴたりと合わさっている。それをこじ開けようとすれば、もちろん開くだろう。無理に開くことはない。

女の両手は股間の一物からふぐりを洗っている。微妙なあつかい方だ。やがて一物が立ち上がる。それに指を這わせ、ふぐりを洗う。そして指を蟻《あり》の門渡《と》りから菊の座へのばしてくる。微妙な快感がある。噴出したくなるような激しい歓喜ではないが、女の手でそのあたりをまさぐられるのはよい気分である。

「そなたの体は美しい」

「はい」

「美しきことは善きことだ」

「はい、そのように心得まする」

嫡子の義信は、この美しきものを好まない。美しきことを不義と言う。義信は正義だけを行おうとしている。

「この美しきことがわからぬ男は、武田家を継ぐことはかなわぬ」

「晴信さま」

「どうした」

「よろしゅうございますか」

晴信がよい、と言うと、奈津は彼の膝をまたいできた。すでに奈津の切れ込みは潤んでいる。その潤みの中に尖端を当てた。彼はそれを眺めている。これもまた美しきものであり、善きことである。

一物が切れ込みの中に沈んでいく。

「あーっ、晴信さま」

と声をあげた。この女は晴信をお館さまとは呼ばない。まだ側室ではないからだろう。

彼は女の尻を両手で支えた。冷たい尻である。それが快い。女の尻の触感はそれぞれ異なるものだ。異なるからよい。同じであれば義信が言うように妻だけでよいことになる。

四

この第二回の川中島の合戦は、駿河の今川義元の調停で和睦になり、それぞれ出陣を解いて引き上げた。

晴信は軍をひきいて、つつじヶ崎館にもどった。もちろん息子の義信も帰館した。正室の津禰《つね》の方は義信を迎える。義信は、父晴信が戦陣でも奈津という女を寵していたことは知っている。もちろん、それを母三条の方に告げようとは思わない。母を苦しめるだけだからである。義信も男であるから欲望はある。だが正室津禰の方だけで足るのだ。

津禰の方の夜具に入る。そして抱き寄せ、

「わしは、そなただけでいい」

「若殿さま、他のおなごに手を出されてもよろしいのです。わたしは嫉妬《しっと》したりなどはいたしませぬ。父にもおなごは多くございました。殿方は、多くのおなごに興味を持たれるのが、当たり前でございます」

「いや、わしは側女など持たぬぞ」

「それは、うれしゅうございますが」

義信は、津禰の股を広げた。そこにいきなり一物を押しつけてくる。津禰の切れ込みが潤んでいるわけはなかった。だからなかなか一物は壷に入っていかないのだ。彼女は、

「うむ、うむ」

と声をあげる。それを義信は、女の悦びの声だと思い込んでいる。津禰は痛がっているのだ。もちろん痛いとは言わない。

はじめのころは、その入口で果てていた。交わり方さえ知らないのだ。手や指を使って女の体をいじりまわすのは、淫《みだ》らでいやらしいことだと思い込んでいる。

津禰は、交わり方を知らないわけではなかったが、乳を揉んで下さい、とか、はざまを指でいじって下さい、などとは言えない。自分からは言い出せないのだ。

だから、側女をすすめているのだ。側女がいれば、少なくとも側女が女の体のあつかい方は教えてくれる。なのに側女は持たぬ、と義信は言いきる。たいていの男は女に教えられなくても、交わり方くらいは、自分で覚えるものだが、義信には、それすらなかった。

ただ、一物は壷に入れればいいものだ、と思い込んでいる。いまは切れ込みが潤んでいなくて、軋《きし》みひきつれながらも壷の中に入る。だが、入ったとたんに、

「あっ、果てる」

と声をあげて放出するのだ。それが男と女のまぐわい方だと思い込んでいる。津禰は痛さをこらえるために涙ぐんでいた。それを彼は妻がよがって泣いているのだと思う。

嫉妬した。

三条の方は、晴信がすでに知りすぎるほど知っていたために、初夜のときから歓喜の声をあげた。三つ年上だったから、はじめて男を迎えたにしても、体は熟していたし、愛撫《あいぶ》に応えられる体になっていた。歓喜があったからこそ、晴信が次々と女に手を出すのに嫉妬した。

義信は、津禰のはざまには、まだ触れたこともない。女のはざまは不浄のところと思い込んでいる。そう思っているのなら、乳房でも充分に揉んでやればいいものを、ただわずかに触ってやるだけである。

「側女をお持ちなされませ。わたしの侍女の小梅《こうめ》などいかがでございましょう」

叱《しか》られるのを覚悟で津禰は口にした。

小梅というのは可愛いむっちりとした女である。もちろん駿河から連れてきた侍女だった。津禰には、小梅ならば、という思いがあった。だから、できるだけ、茶や酒膳を運ばせるのに小梅を使ったのである。

「そなたは、わしに不潔なことをいたせと言うのか」

義信がこのような男になったのには、母三条の方と守役の教育に責任があった。幼いころから、三条が晴信の側室たちに嫉妬するのを見て育った。もちろん、彼には三条の嫉妬の意味がよくわかっていなかったのだ。

三条には狂うほどの快感があった。晴信が自分と同じように側室に快感を与えているという思いが、激しい嫉妬となって現れたのだということを、義信は思ってもいなかった。

だから、妻に迎えて五年経っても、まだ妻に快感も与えられないでいる。

津禰の壺に押し入りはしたものの、なめらかではなかったからすぐに果てた。しかし、若いから二度目の欲情がある。義信は津禰の股を開き、そこに腰を割り込ませる。

眼下にはざまが見える。それをきたないものでも見るような目で見て顔をそむける。そして、一物だけ突き出すのだ。挿入する場所がわからない。津禰は二度目なのでいくらかなめらかになっている。

一物を摘んで切れ込みに誘導してやりたいのだが、一物に手を出すことができない。一度は思わず一物に手を触れたことがあったが、そのときには、

「きたないものに手を出すな」

と叫んだ。

夫である男の一物がきたないものであるわけはなかった。できることなら、しっかり手で握り、そして口にもくわえたかった。一物を女がくわえるのは、別にいやらしいことでも何でもないことを津禰は知っていた。それをしたくてもできないのだ。

こんな男の妻になった不運を、津禰は嘆いていた。それでいて、父今川義元には、しきりにお世辞を使う。自分の父晴信は嫌い抜いているのだ。

「次々に女を側女にする父の気が知れない」

「それは男だからでございます。英雄色を好むと申します」

「そなたは、父に味方するのか」

「わたしは、あなたさまの妻でございます」

「妻ならば、わしのような男を夫に持ったそなたは倖せ者であろうが」

「はい」

と言うしかなかった。

「でも」

と津禰は言った。

津禰は顔を伏せた。何でもございません、と言う。

「でも、何だ」

「わしは、そなたの父今川義元どのを尊敬している。わしの名、義信の義は、義元どのの義である。わしが武田家を継いだあかつきには、今川どのを父と思い、駿河と手を握り、甲斐を守るつもりじゃ」

なんと気の小さいお方だろう、と津禰は思う。父義元も天下を狙《ねら》っている。義父の晴信も天下を狙っている。どちらが先に天下を取るのかと。それなのに義信は甲斐を守ると言っている。

晴信は、すでに信濃を掌中にしている。その次は上野《こうずけ》国だろう。そしてもしかしたら駿河も武田のものになるかもしれぬ。

「津禰、股を開け」

義信は三度目を要求しているのだ。一回が短いし、ほんの刹那的《せつなてき》である。二回出しても若いから三度も四度もできる。つまり壺に押し入れて精を洩《も》らすだけなのだ。

それを津禰は、いやとは言えない。いや、と言ったらただではすまない。

津禰は、義信が合戦に行っている間に、自分の体をさぐることを覚えた。そのほうがよほどましだった。指でさぐり、そしてはりがたを使う。もちろん、はりがたを使ったあとのむなしさはある。だけどそうしなければ身がもたないのだ。

義信は、一物を壺に入れてきた。切れ込みはきたないところだから見まいとする。するとまた、入口あたりをうろうろすることになる。一物を誘い込んでやりたい。

「あーっ」

と声をあげて腰をゆする。滑り込んできたと思ったら、いきなり出し入れをする。待って、動かないでと叫びたい。とたんにどっと放出するのだ。

側室四人

一

第三回の川中島の合戦は、永禄二年（一五五九）に行われることになる。この年に晴信は、信玄と名を変え、剃髪《ていはつ》したのである。同じころ長尾景虎も、上杉謙信《うえすぎけんしん》と名のることになる。

このころ、信玄は、加賀、越中の一向宗徒を煽動《せんどう》して越後を焼かせることを考えていた。正室三条の方のつながりで、大坂本願寺に、一向宗徒を動かしてくれるように依頼していたのだ。

謙信を直接討つのでは被害が大きすぎる。むしろ信玄の目は京都に向けられていた。京都は変わりつつある。足利将軍家は弱体化してきている。全国の武将の誰もが、足利家を狙っていたのである。このころ織田信長《おだのぶなが》はまだ小物であった。地方の小大名にすぎない。

今川義元が京へ上るという噂は、当時すでにあったのだ。

このとき信玄は三十九歳、四人の側妾《そくしょう》があった。里美、恵理、志乃、そして奈津である。

正室三条の方は、すでに四十二歳、もちろんまだ体は女であったが、むかしほどの激しい嫉妬はなくなっていた。

男は、ただ一人の女では満足しないものだ、ということは知っていたが、妬心というのはそれとは関係のないものである。

信玄の女が四人とは少ない。父信虎は常に三十人以上の女を裏方に置いていた。もっとも抱いたのは四人というのではない。側室にしたのが四人というだけで、手をつけただけの女は数多い。

信玄が側室のもとを訪れるときには、近侍《きんじ》が、前もって知らせる。それで側室は、湯で女を洗い、酒肴《しゅこう》の用意をして待つのである。

だから側室四人は、首を長くして近侍の訪れを待つのである。近侍が来ないときには、落胆し、肩を落とすのである。

その夜の相手は里美だった。

「今宵、お館さまがお成りでござりまする」

そう言われて、里美はどきんとなった。このところ、里美は信玄の手に触れられていなかったのだ。さっそく湯に入って体を洗う。

手をはざまにのばし、指で切れ込みをなぞる。うむ、と声をあげた。里美は指で自分を慰めるようなことはしない。それは恥ずかしいことであり、むなしいことであるのを知っていた。

だが、信玄が訪れるとあって、体が敏感になっていたのだ。乳房を摑んでみては、うっ、と声をあげ、乳首を摘んでは、ごくりと唾《つば》を呑む。体はまだ女盛りである。信玄の一物が目の前にちらちらする。

「どのように奉仕すればよいのか」

信玄に飽きられたくはなかった。里美は最も古い側室である。いかに信玄の気持ちをつなぎとめればよいのかと悩む。指が切れ込みの中の肉の芽に触れていた。

信玄がずかずかと里美の部屋に入ってきた。剃髪して、僧の頭である。剃《そ》りあげて、さっぱりした気分になっていた。

「お久しぶりでございます。わたしのところへお成りになり、うれしゅうございます」

「うむ、そなたを忘れておったわけではない」

男は自分が年齢を重ねても、女は若くて美しいほうがいいのだ。

酒肴が運ばれてきた。酒肴の用意は侍女たちがする。里美が酌をする。それを信玄が一気にのみ干す。信玄と号してから鼻下に髭《ひげ》をたくわえはじめていた。目の細い信玄には、髭がよく似合う。

「里美のところへ来ると、気持ちが落ちつく」

「ありがたきお言葉でございます」

気持ちが落ちつくのであれば、もっと度々足を運んでくれてもよさそうなものだ。もっとも、そういういやみは言えない。他の側室に嫉妬がましいことも言えない。さっそくにでも、信玄の一物に手をのばしたいところだが、そんなはしたないこともできないのだ。

「里美も熟れ盛りだな」

「はい、もううば桜でございます」

「まだまだ女だ。むかしに比べると肉もついてきた」

里美は乗馬と槍《やり》の名手だった。いまは馬を駆って、信玄と遠のりに出かけることもなかった。それで体に肉がつきはじめている。

信玄は、ごろりと夜具の上に横になった。あとはまかせる、ということだ。里美はさっそく袴《はかま》を解きはじめる。

衣の下には、下帯はなかった。一物は膨らんではいるが、まだ立ち上がってはいなかった。里美は、股間を眺め、一物を摘んだ。指を上下させる。尖端は乾いていた。

「あまり無理をなされませぬように」

合戦もほどほどにということだ。

「そうもいかぬ。戦うのが、わしの定めだ」

生きている間は、合戦につぐ合戦である。戦っていなければ、武田甲斐は滅びてしまう。

天下を取れば、それはそれで多忙であろう。

一物を摘んでおいて、その周りを優しく撫でまわす。尖端を舐めてなめらかにし、自分の乳房を出し、乳首を尖端に擦りつける。乳首はすでにしこっていた。一物は膨れ上がり、怒張した。それを手で握り、

「うれしい」

と頬ずりをする。

里美は、信玄の腰にまたがってきて、一物を壺の中に収めた。信玄を疲れさせたくなかったのだ。

一物を壺に収めて腰をゆすり、あ、あーっと声をあげる。体の中に一物があるということは、女にとっては倖せな一時である。

順番として、次は恵理のところだが、信玄は三条の方の部屋を訪れた。以前に比べるとまた肉がついている。四十二歳である。もっとも京女だから色が白い。

三条は信玄が訪れると聞いて、たしかに胸をわくわくさせた。すでにうば桜である。年齢をとっても桜は桜ということか。もちろん、信玄を求めるのに、むかしほどは激しくなくなった。欲望が失せたのではなく、落ちついたのだ。

仰臥《ぎょうが》した三条の衣の裾をはね、はざまに手を滑り込ませると、そこは潤みが伝わってぬ

るぬるしていた。

「義信のこと、よしなにお願い申し上げます」

「義信は、わしに反抗することを生きがいとしているようだ」

「そのようなことはございませぬ」

「よい。義信のことはやめよ」

三条は、女であること妻であることをやめ母親に徹しようとしている。

はざまは、肉づきがよいから切れ込みが深かった。その切れ込みの間を指でなぞると、呻き声をあげ、たっぷりと肉づいた腰をふるわした。

「あ、あーっ、気持ちよい」

と声をあげる。切れ込みの左右の肉は柔らかく、つきたての餅《もち》のような感触だ。二指を揃えて壺の中に押し込む。そして掻《か》きまわすと、襞が指に絡みついてくる。襞がしきりにうねっていた。そこから指を抜いて、あらためて乳房を掴んだ。柔らかくてすでに弾力を失っている。たっぷりした乳房だ。それを揉みくちゃにする。乳首を摘んで引っぱると、

「あーっ、お館さま」

とせつなげな声をあげる。

二

信玄の嫡子義信の妻津禰は、寝床の中で泣いていた。父の今川義元は京風好みで、何人もの京女を呼び、それを寵妾にしていた。津禰はそういう女たちを多く見てきている。京女は羞恥心が淡い。おおらかに育ったせいだろう。恥ずかしいことも平気で口にする。それも、いやらしいとかきたならしいという気はしない。上品に好色話をするのだ。

京には枕絵というのがある。公卿《くげ》たちが絵師に描かせるのだ。男と女が戯《ざ》れ合っている姿、まぐわっている光景、あるいはお互いに一物と切れ込みを舐め合っている光景、そういう枕絵を見て育ったし、嫁入り道具としても持っていた。

それを義信に見せたら、引き裂いてしまったのだ。

「きたならしいものを」

そういうものを見せられて育った津禰は、男と女のことには期待があった。絵の女が男の一物を口にして恍惚《こうこつ》とした顔をしていた。女にとって一物を口にすることは、女としては、うれしいことなのだと思っている。

嫁に入る前には、まぐわい方を女たちが教えてくれる。殿方のなされることを拒んではいけませんよと。もちろん津禰も胸を膨らませて義信に嫁いできた。

それなのに、義信は荒々しく津禰の股を裂き、一物を突き立ててきただけである。膜が裂かれる前に義信は果てていた。膜が破れるまでに一カ月ほどかかった。そのときには津禰は激痛に叫び声をあげた。まさに裂かれるような痛みだった。

けれど、はじめは痛くても、だんだんによくなるものである、と教えられていた。だから、じっと耐えていたのだ。だが、義信は甘い囁《ささや》きもなく、すぐに果ててしまう。これでは快くなりようがないのだ。

それで津禰は指人形を自分で覚えた。指人形と名づけられた一枚の絵があった。女が自分の切れ込みに指を使いながら、恍惚としている絵である。

指で自分の切れ込みをいじって、快くなるものだろうか、と思っていたが、指を使ってみるとたしかに快い。指に馴れてくると、体が痺《しび》れてくるのだ。思わず声が出るし、腰がせつなく動くのだ。

「あーっ」

と声を洩らし、腰をくねらせる。義信に抱かれても、こういう気持ちにはなれない。すぐに果てても、その前の愛撫でもあれば、どうにかなるのだろうが、いきなり突き入れてきて、一呼吸、二呼吸で終わってしまう。もう少し長く壺の中にいて欲しいと願う。一物がそこに入っているだけで、女は悦びを得ることができるのだ。津禰は大きく股を開き、切れ込みに指を躍らせる。あーっ、と声をあげ、腰を弾ませる。指を使うのは哀しいことだった。

「ああ、いちもつ」

と呻いてみる。義信さま、という言葉は出てこない。二指を濡れ壺の中に入れる。自分でいじるのだから、どこがいい気持ちになれるかはよくわかっている。天井に粒々がある。その入口に近いあたりに快いツボがあるのだ。その部分を指で掻き出すようにして、腰をくねらせる。

「あ、あーっ、せつない」

と声に出す。片手をはざまに使いながら、片手で乳房を揉む。充分に膨らんだ乳房だった。男の手で揉んで欲しい、乳首をしゃぶって欲しい。けれど、夫である義信は揉んでもくれない。ただほんの少し触れるだけだ。

「もっと揉んで下さりませ」

と言うと、いやな顔をする。そして濡れてもいない壺に一物を押し込んできて、あっ、という間に洩らしてしまうのだ。

「そのまま、動かないで下さい」

と言っても、きかない。三度も出し入れすれば、うむと唸って放出してしまう。これを三擦《みこす》り半《はん》という。擦らなくてもいい、入っているだけでいい。だが入ったとたんに擦られないともの足りない。衝動である。耐えきれないのだ。おそらく三擦り半をしなくても、義信は洩らしてしまうだろう。

　義信の母三条は、信玄さまに嫉妬するほど倖せな方だった。それを義信は、信玄が他の女に手を出すから、母は不幸な女だと思い込み、信玄を恨んでいる。

　信玄さまが、幼いころから女に馴れておられたから三条の方さまはお倖せだったのだ。それが義信には何もわかっていない。それをわからせようとしても、義信はかたくなに受け入れないのだ。女にはただ精汁を注ぎ込めばいいのだと思い込んでいる。

　だから、自分はこんなみじめな思いをしなければならない。大きく股を開いていても、津禰の股間はうつろなのだ。指で肉の芽を擦り上げ、尻を浮かして回す。一物が欲しくて壺は泣いている。

　指が露にぬめっていた。露に濡れた指で乳首を摘んでみる。ズキンと疼《うず》きが走る。やめようと思ってもやめられない。もう少しというところで止まってしまうのだ。

「気がいきそうでいかない」

　と津禰は泣く。ここで一物が一気に入ってくれれば、そのままいってしまうのに、と思う。

　気がいかないので、津禰は疲れ果ててしまうのだ。指も疲れる。腿も疲れるのだ。ぐったりとなる。体をのばす。だが、気がいかないので股間が気になる。一気に突き抜けてくれれば、どんなにか爽《さわ》やかな気持ちになれるだろうと思う。

　掛布団をはねのけた。白い両腿が哀しい。そこに迎える男がいない。そこに入ってきてくれるのなら、どんな醜い男でもいいと思う。一物さえ持っている男なら。一物が欲しかった。

襖《ふすま》の外に人の気配があるのに、津禰はハッとして、乱れた裾を直し、急いで掛布団を引き寄せた。

「誰じゃ」

「小梅にございます」

「何用じゃ」

「お方さまをお慰めにまいりました」

津禰はしばらく黙った。夜な夜な眠れずに自分の体で遊ぶ津禰を小梅は知っていたのだ。去れ、とは言えなかった。

「お入り」

と言った。襖を開けて小梅が入ってきた。

「お方さまが、おやすみにならないと、わたしも眠れませぬ」

と顔を伏せて言った。

小梅は、駿河から連れてきた侍女である。

「触らせていただきます」

と小梅は、津禰の掛布団の中に手をくぐらせてきた。薄衣を分けて腿に触れてきた。そして手を茂りのあたりに触れ、揉むように手を動かす。毛がしゃりしゃりと音をたてるほどだった。そこは丘といわれるだけあって肉が盛り上がっている。

津禰はためらいがちに股を開いた。小梅の手が滑り込んでくる。小梅は小柄な女である。指が切れ込みを分け、上下に滑りはじめる。

「お可哀相なお姫さま」

と小梅が言った。駿河ではお姫さまだった。小梅は義信がどのような男かを知っているのだ。義信が合戦で館にいないのならとにかく、いるのに津禰は飢えている。その顔色もすぐれない。おそばに仕える小梅には、津禰の苦悶《くもん》がよくわかるのだ。

小梅ははざまに指を使いながら、乳房に手をのばしてきた。そして乳房を揉み、乳首を口にくわえたのである。

「あーっ」

と声をあげた津禰は、掛布団をはねのけた。膝を折り立てて開く。そこに小梅の指が動く。

「小梅、もそっと」

「心得ておりまする」

津禰は、両肩と両踵《かかと》で体を支え、尻を浮かした。そしてその尻を回しはじめる。

「あ、あーっ、いい気持ち、もっと」

「はい、お姫さま」

音をたてて乳首を吸いしゃぶり、手で乳房を揉みしだく。一方の手指は切れ込みをいじりまわす。女だから女の体はわかる。

「あーっ、気がいきそう」

「気をおやりなさいませ」

いきそうでいていかない。もう一つ突き抜けてくれればいい、と身悶える。もちろん、自分でするよりもいい。疲れないだけでも。いつもは、疲れ果て、やめてしまうのだ。不満のまま、眠りについてしまう。だが、今宵は違う。小梅がしてくれている。

「あっ、小梅」

と声をあげたとき、小梅は津禰の股間に顔を埋めていたのだ。そして切れ込みを開き、そこに舌を躍らせる。

「あ、あっ、すごい!」

津禰は、しきりに腰をくねらせる。

「もう少し、もう少し」

小梅が芽をついばむ。そして歯を当てる。ヒッと声をあげる。そのとき、ぬるっと入ってきたものがあった。

叫び声をあげて小梅の体にしがみついた。脳天から閃光《せんこう》がツーンと突き抜けていった。

壁を突き抜けて気をやったのだ。

体の中に一物らしきものがあった。それが何であるかは知っていた。はりがたである。気をやってぐったりとなった。小梅は膝ではりがたの底を押さえていたのだ。

三

信玄は、剃りあげた頭を手で撫でながら、恵理の部屋に入った。二人目の側室である。このとき、恵理は妊娠していた。七カ月目に入っていた。

大きな腹をかかえていた。すでに腹の子は安定していた。薄ものの上から膨らんだ腹を撫でる。乳房も張っていた。この腹では交わるのは無理かもしれない、と思う。指で切れ込みをいじるのもためらわれる。

男のあつかいに馴れていなくても、女は孕《はら》むものなのだ。四人の側室の中では、最も未熟であった。年齢はすでに二十を越えている。当然、女であっていいのだが、まだ信玄の一物を口にすることもできないのだ。

恵理を仰向けにしておいて、腰紐を解いた。腹が丸く膨らんでいる。乳房も張っている。触れると痛いと言う。その白い腹を撫でた。

信玄は、半裸の恵理の腹を撫でまわし、眺めた。孕んだ女というのは奇妙なものである。

手をはざまに滑らせる。そこは潤んでいたが、その気があっての潤みではない。指を切れ込みの間に入れてなぞる。

「あーっ、お館さま、なりませぬ」

と言った。

「触ってもいかぬと言うのか」

「はい、ややが流れます」

流れる時期ではない。だが恵理は何か起こることを恐れている。だが、無理して恵理とまぐわうことはない。女は他にもいるのだ。また一物を手指でさせても、あまりうまくない。この時期に口取りを覚えさせることもなかった。子を産んでしまえば、女の悦びも覚えるだろう。

「よい子を産め、元気な子をな」

「はい」

と言って前を合わせる。孕んだ女と交わりたくもあった。指で触ったところでは、切れ込みはひどく柔らかくなっていた。

座を立ち、孕み女か、と呟いてみる。三条が孕んだときに交わったことがある。奇妙であった。もちろん三条は拒まなかった。

湖衣姫が四郎勝頼を産む前もそうであった。湖衣姫もまた信玄に抱きつき、身を揉んで歓喜した。孕み女というのはそこがひどく柔らかく、一物を包み込む。その感触はどんなによい女でも及ばない。恵理はそれを好まない。押し倒して無理にすることはなかったのである。

「まあ、よい」

と自分に諦《あきら》めをつけた。次に志乃の部屋に入った。

「お館さま、どうなさいましたか」

「気が向いたのでな」

志乃は喜びあわてる。

近侍に、今宵訪れるということは、志乃には告げさせていない。いきなりのことで、志乃はあわてた。信玄が訪れてうれしくないわけはない。幸いに風呂には入っていた。急いで侍女たちに酒の用意をさせる。

「いきなりお成りとは、驚きます」

「悪かったかな」

「そんな、志乃はうれしゅうございます」

意外なときに訪れるのもよいものだ。酒だけが先に運ばれてきた。正室も側室も、褥《しとね》に入る前に酒を出す。体を重ねる前の作法である。

「ふと、志乃を思い出してな」

「思い出していただいて、うれしゅうございます」

側室はみな好きものでなければならない。恵理だけは例外だった。好きではないから、男をたのしませる工夫がない。もちろん志乃は好きものであった。昼間は澄ました女であっても、夜は淫らな女にならなければならない。それが側室の仕事でもあるのだ。正室は淫らでなくてもいい。だが、三条の方はずば抜けた好きものであった。

もちろん、女は男の子を孕むためにいる。だがそれだけでは側室ではない。いかに男をたのしませるか、いかに疲れを癒《いや》すことができるかである。

盃ごとがすみ、寝間に入る。夜具の上に信玄は仰向けになった。志乃はさっそく袴の紐を解き、脱がせる。そして着物の裾を分け、白い下帯の上から股間を撫でまわす。そこから志乃の愛撫がはじまるのだ。下帯の中で一物はすでに硬くなっていた。

「お館さま、はじめからこのようでは、志乃のたのしみがありません」

「わしも、妙に淫らになっているようだな」

恵理の白く膨らんだ腹が、頭の中にあった。それで勃起しているのだ。女とは妙なものだ。恵理には孕む前には、あまり興味がなかった。あまり男をたのしませない。男をたのしませようという気もないのだ。それが腹が白く膨らんでいると交わりたくなるのだ。

志乃の手が下帯を外した。するとぴょんと一物が立ち上がった。いつになく興奮している。志乃はその一物を握った。

「何にこれほど、興奮なさったのですか」

「志乃のカワラケにだ」

「嘘《うそ》でございましょう」

　と言っても、それを深く追及するような女ではない。怒張した一物を手で撫で、指でなぞる。尖端に唇をかぶせてきて、なめらかにすると、また指でなぞる。裏の縫目あたりから、小さな孔、そして首と胴の境目あたりをである。乾くとまた唾液を補充する。

　信玄は、一物を志乃に預け、天井を眺める。

　嫡子義信のことを考える。武田家の将来を思っているのだ。武田家の領主となる器《うつわ》ではない。甲斐だけを守ろうとしている。そして今川義元に従おうとしている。義元は天下を狙ってはいるが、これもまたその器ではない。ただ京風に憧《あこが》れているだけだ。

　京都に上ろうとすれば、誰かが阻むことになる。義元は誰かに討たれることになる。義元を討った者が天下を取ることになりそうな気がする。それは誰なのか、いまはわからない。

　信玄自身が義元を討つわけにはいかない。同盟を結んでいるし、義元には妹を嫁がせている。義元の娘を嫡子義信の妻に迎えている。

　信玄としては義信の妻に津禰を迎える気はなかった。三条が画策したのだ。もっとも信玄が三条を妻に迎えたのは、今川義元と父信虎との話し合いでもあった。だから信虎を駿河に追った。

幾重にもつながった縁がある。そのようなつながりがなければ、とうに今川を討ってい
た。駿河には海がある。金山もある。咽《のど》から手が出るほど、信玄は駿河が欲しかった。

信玄は、ふと義信の妻津禰を思った。この津禰が妙な目で信玄を見るのだ。義信は妻以外の女には手を出さない。だからといって、夫婦がうまくいっていないのは知っていた。

「あ、あーっ、お館さま」

と志乃が声をあげた。志乃は彼の腰にまたがってきて、体をつないでいた。腰をひくひくと動かす。そして、毛のないはざまを擦りつけてくる。信玄の毛が肉の芽に擦りつけられる。それで声をあげて悶える。

「あーっ」

信玄は、志乃の小さな尻を抱き寄せた。小さな尻が巧みに動く。

と声をあげた。尻を弾ませる。

「気がいきます」

と声をあげ、身悶える。壺の中で一物は襞によってしっかり絡まれていた。キュンと締まる。その度に声をあげ、体をふるわせる。そして気をやるのだ。気をやってぐったりと彼の胸にうつ伏してくる。

「津禰か」

と呟いて、まさか、と思う。津禰を抱いたら、どういうことになるのか、息子の妻だからこそ興味もある。津禰もまた信玄を求めているのかもしれない。

義信の妻でも他人である。ということはただの女ということになる。

「津禰は、義信などにはもったいない女だ。義信は女のよさを知らぬ。わしが津禰を抱けば、義信は怒り狂うだろうな」

と思えば、よけい興味が湧いてくる。特に美人というのではないが、いかにも女らしい。男をたのしませることのできる女だ。義信の他は男を知らぬはずだが、あの色っぽさは何だろう。

信玄は、志乃に再び体をつないだ。小さい女だからといって壺が小さいわけではない。むしろ大きい女の壺のほうが狭い。これは不思議なことだ。もっとも三条のように年齢をとれば別だが。

志乃は、信玄の一物をゆっくり受け入れていた。だが締まりはいい。強く締めつけるときに引き抜いてやれば、

「ヒッ」

と声をあげて気をやる。締めつけているから抜かれると襞がめくれ返る。もちろんそのときに信玄も快感を覚えるが、志乃は更によいようだ。

「また、また、気がいきまする。志乃は狂いまする」

声をあげる。

奈津は、謙信の家臣、大熊長秀の側室だった女である。信玄には四人目の側室になる。志乃は小女だが、奈津は背丈は女としては大きいが細い体をしている。といっても若い女の肉はつけている。肌には透明感があった。

男に奉仕するように生まれてきた女だった。長秀も寵愛していたのだろう、信玄に献上するのは惜しかったに違いない。

奈津は緋色《ひいろ》の二布《ふたの》をつけていた。二布とは腰巻のことである。江戸時代の句に、

股倉を尊く見せる緋ちりめん

というのがある。

まぐわいにも演出が必要だ。緋色の二布をつけてきたのは、奈津の演出だった。女にこういう心得があると信玄もうれしくなる。男をたのしませるのは、なにも指技だけではないのだ。

若いときは、ただまぐわうだけでもいい。女がその気になって指を使い、口にくわえるのもいい。だが男も四十に近くなると、それだけではもの足りなくなる。

目でも耳でもたのしみたくなるものだ。信玄は緋の二布を裾からゆっくりとめくっていく。そこに二本足があり膝がある。膝の上までめくり上げると白い腿が見えてくる。透け

るように白い腿だ。緋色に映えて、この世のものとは思えぬ美しさだ。

その腿に手を這わせる。吸いつくような肌である。体が細いのは骨が細いからだろう。肉は充分につけ、このようにして眺めると、肌の白さがきわだって見える。腿の量感が快い。

更に二布をめくると、腿と腿がつきたあたりにほのかに茂りがあった。霞《かすみ》のような翳《かげ》りである。信玄はくくっと笑った。

「何がおかしいのでございますか」

「美しい、と思ってな。美しいものを見るのは目の保養だ」

「女は、美しいと言われれば何ごとも許します。信玄さまの好みに合って、うれしゅうございます」

腿を撫で、腰を撫でる。肌はひややかであった。女の体つきというものは、百人女がいても、同じ体というのはない。それぞれ異なるから女である。

信玄は、奈津の膝を折り立たせ、開いた。底のあたりに切れ込みが見えていた。

奈津のはざまに口を押しつけた。

「あ、あーっ、お館さま」

と声をあげて、腰をゆする。顔を上げ、

「長秀も、ここに口をつけたか」

「いいえ、なさりませぬ」

大熊長秀は、上杉謙信から信玄に寝返った武将である。

「長秀は舐めなかったか」

と言って笑った。女の切れ込みは花である。信玄も若いころは、女のはざまには口をつけきれなかった。いまは美しいものと思うからためらいなく口をつけられる。小さな肉の芽が仏にも見えるのだ。そこに仏が鎮座ましますのだ。女はみな仏を持っている。

男の一物を魔羅《まら》という。仏教修行のさまたげをする魔物という意味だ。一物は魔物だ。女は魔物によって悶え狂う。魔物だから狂うのだ。

「お館さま、狂いまする」

と声をあげて奈津が身悶える。仏は露に濡れてぬめっていた。その肉の仏を舐め上げ、舐め上げする。身をよじり腰をひねる。それがまた美しい。魔物がその美しいものの中に没入する。

一物が魔物ならば、女陰もまた魔物である。妖魔と言うべきか。

「気がいきます」

としがみついてきて、体をゆする。この女の壺は奇妙であった。子壺が男の亀頭に吸いついてくるようだ。タコと呼ばれる女陰はこのようなものであろうかと思う。女によっては壺の底のあたりが膨らみ、一物を押し出そうとする。押し出されまいと押しつけるから、そこが摩擦され快感を覚える。

奈津の壺は逆に吸い込むような動きをする。腰を引くと途中まで子壺が吸いついてきて離れない。押し込むとまた吸いついてくる。

「そなたの子壺がわしに吸いついてくるようだが、わかるか」

「いいえ、わかりませぬ」

もちろん、子壺が吸いついているのかどうかはわからない。一物もそれほど触覚は鋭くない。指でさぐってもそれとはわからないものだ。

「お館さまに抱かれると、わたしは何度も気がいきまする。また、いきとうなりました」

「心ゆくまで、いくがよい」

あーっ、と声をあげ、腰をゆすりあげる。吸い込む力があって襞で締めつける。信玄も思わず呻いた。

小梅斬殺

一

永禄《えいろく》四年（一五六一）九月――。

川中島の合戦は第四回目である。川中島の合戦といえば、歴史上このときのことを指す。このとき、上杉軍がはじめのころは押し気味で、後半、武田軍が挽回《ばんかい》し、両軍引き分けに終わった。

この合戦で嫡子義信の軍が、信玄の策戦に背いて、勝ちを急いだため、敵に挟み討ちにあい、信玄の弟信繁が助けようとして討死した。

激しい戦いであった。武将の一人に加えられた山本勘助も討死、多数の死者を出した。それでも決着はつかなかった。上杉謙信は勝ったと言い、信玄もまた、わが軍の勝ちと言った。

つつじヶ崎館にもどった信玄は、義信を罰しようとした。義信が信玄の命令に従わなかったために苦戦になり、多くの将兵を失った。

「愚か者めが」

「わたしに、切腹お申しつけ下され」

と義信は言う。信玄が罰を申しつける前に重臣たちが義信を去らせた。合戦が見えず、敵が見えない。これでは甲斐《かい》の領主にはなれない。信玄は義信を廃すべきだろうと思う。

義信は反抗的である。信玄が父信虎にそうであったように。だが、義信には信玄のように重臣たちの信頼がないのだ。

義信の守役であり武田家の重臣である小賦兵部は、三条の方の侍女頭である八重に、山中の隠れ家に呼び出された。

すでに四十近くになっても妖艶《ようえん》な女である。女狐《めぎつね》であった。

「兵部どの、謀反なされませ。このままでは若殿さま、切腹申しつけられまする」

「うむ」

と兵部は唸《うな》った。八重は衿《えり》を開いて、兵部に乳房を握らせる。兵部はぞくりとなる。この女は兵部にとって妖怪だった。逃れようとしても逃れられない。

八重は乳房を兵部に握らせておいて、股間《こかん》をさぐり一物を摑《つか》み出した。一物の感触に八重もまた身をふるわせた。

信玄を信虎のように追うには、重臣たちの意を集めないと、ほとんど不可能だろう。信虎のときには、みな信玄についていた。

義信が荒れているのは、それだけではなかった。昨、永禄三年に、京に上ろうとした今川義元が、桶狭間《おけはざま》で織田信長に首を討たれた。義信は、信玄が信長に通じていたのではないか、と疑心暗鬼になっていた。義元は妻津禰の父である。義信は津禰を愛していると思い込んでいる。

「いちもつさま」

と八重が一物にしゃぶりついてくる。一物を吸われた兵部は、またぞくりとなる。

「だが、なるまい」

と兵部は呟《つぶや》いた。一物をしゃぶらせ、兵部は乳房を揉《も》みしだいていた。

兵部は、ほとんど八重にのめり込んでいた。これほど女にのめり込むとは思ってもいなかった。兵部は四十八である。四十八にして惑ってしまったのだ。

不覚である。だが溶けてしまいそうな八重の体には抗し得ない。すでに妻も気づいているようだ。兵部も遊びのうまいほうではない。気づかれて当たり前だろう。

女というのは魔物だ、と思う。魔物に憑《つ》かれてしまったのだ。魔物の中心に指を当てていた。そこがまたとろけてしまいそうだ。

それと知ってか、八重は兵部を仰向けにさせ、彼の顔をまたいできた。兵部は豊かな尻を抱き寄せ、魔物に口をつけた。そして舌を躍らせる。

八重が呻《うめ》き尻を振り、はざまを押しつけてくる。腰の骨がだるくなるほど舌を使う。一物は、八重にしゃぶられている。八重は頭をしきりに上下させている。このままでは果てると思った。八重は兵部が噴出させるのを待っているのだ。

「あーっ、いちもつさま」

と一物を口から離して声をあげる。

「わしは、この女のために果てることになりそうだ。それが運というものか」

八重は兵部の命を奪うことになるとは思っていない。いとしい男である。もちろん兵部を欺《だま》すつもりではない。

肉の芽をついばむ。

「そこがいい、狂ってしまう」

と悶《もだ》える。

館の中で信玄を暗殺する。だが、そのあとである。重臣たちが義信に従うだろうか。義信にはそんな力はない。信玄が殺されたと他国に聞こえれば、上杉謙信も北条氏康《ほうじょううじやす》、それに織田信長、徳川家康《とくがわいえやす》らが、甲斐に攻め込んでくる。

武田家は潰《つぶ》れてしまう。つまり義信では武田家は保てないのだ。

だが、義信を育てたのは兵部である。義信のためにも、八重のためにも、そして信玄のためにも、兵部は死ななければならない。

兵部は、うっ、と呻き、腰を弾ませた。

「果てる！」

と声にした。したたかに八重の口に精を放った。その精汁を八重が、咽《のど》を鳴らして呑《の》み込む。呑み込んでも、一物を離そうとはしない。一物は口の中で小さくなっていた。小さくふるえた。放出する気分は痺《しび》れるほどだった。同じ放出するにも、妻と八重とでは、雲泥の差があった。小さく萎《な》えた一物をまだしゃぶる。兵部は八重の頭を手で押さえた。

「兵部どの、お館さまを、お殺しなさいませ。お館さまが、信虎さまを追われたように」

「うむ」

「お館さまが、お亡くなりになれば、重臣の方々みな義信さまに従いまする。すれば三条の方さまもお喜びになりまする」

「そのようだな」

と兵部は呟いた。それでは武田家が潰れる、とは言えない。八重には、いま甲斐の武田家がどのような立場にあるかを説《と》いても無駄だろう。

今川義元を失った駿河《するが》は、息子今川氏真《うじざね》では保てないのだ。いまは信玄と北条氏康が睨《にら》んでいるので、今川家は安泰なのだ。だが、徳川家康が駿河を狙《ねら》っている。信玄もそのときをうかがっている。氏康だけではどうにもならないのだ。

武田家も信玄でもっている。武田家のためには、義信に死んでもらわなければならない。

兵部が謀反を起こし、切腹すれば、兵部の背後には義信がいるとわかっている。義信もまた首を討たれることになる。

そのことが、八重にも三条の方にもわかっていない。ただ信玄を討てば、義信が大将になれると思い込んでいるのだ。女のあさはかさである。義信に能力があればだが、ただ疳《かん》気《き》が強いだけで、信玄に反抗しているだけなのだ。

一物が再び勃起《ぼっき》した。

「このいちもつを下さいませ」

と言って八重は仰向けになった。

二

義信は荒れていた。今度の川中島の戦いでも、敵の上杉勢が崩れた。それで義信は信玄の命令もきかずに、進め、上杉を討てと、前進した。それは義信を誘い出して討とうという謙信の策だった。前進したために、背後を上杉勢に突かれ、危ういところを助け出された。そのために叔父の信繁が討死した。

義信はその非を認めようとはしない。はじめから信玄の命令に従うつもりはなかったのだ。わたしの間違いでしたと認めれば、信玄も許しただろう。義信はかたくなだった。

その底には、同妻の父である今川義元が織田信長に討たれたことについて、信玄が手を貸したという思いがある。それに近ごろ、信長から信玄のもとに、しきりに贈り物が届けられている。父信玄は、信長と手を結んだ、と思うに足りることだった。

父信玄は今川と同盟している。それを破ることは不正義だと思っていた。しかし、正義だけではこの戦国の世は生きのびられない。裏切りにつぐ裏切りである。

北条氏康と今川氏真が手を組んで、塩が甲府に入るのを断った。武田と北条、今川は同盟国である。それを平気で裏切る。これも義信に言わせれば不正義である。

義信は、信玄に反抗したいのだ。その結果は考えていない。甲斐への塩を断たれたと知った上杉謙信は三倍、五倍の高値で信玄に塩を売りつけた。

義信は、妻津禰の部屋に入ると、津禰を押しつけ、着物の裾《すそ》を分けようとする。

「およしなされませ」

「わしに逆らうのか」

「逆らうのではありませぬ。女には女の気持ちというものがございます。少し女の気持ちもお察し下さいませ」

「女の気持ちだと。女は夫に従うものではないのか」

「従うものでございます」

「なら、つべこべ言うな。わしのしたいようにするのだ」

「女のあつかい、というものがございます。女は雰囲気を好むものでございます。優しくあつかっていただけば、女はうれしいものです」

「うぬ、おのれ、女のくせに何をわかったようなことを言う」

「三条の方さまが羨《うらや》ましゅうございます」

「なに、母が羨ましいと。母は信玄にいじめられて泣いて暮らしておった。父が女を作る度にだ」

「わたしも、三条の方さまのように、他の女に嫉妬《しっと》したいものでございます」

「何を言うか、わしに側室を持てとか」

「はい、お持ちになって下さいませ。そしたら女のあつかいがおわかりになると思います」

「おのれ、わしが女のあつかいを知らぬと言うか」

津禰はこっくりと頷《うなず》いた。

「おのれ、おのれ、わしは津禰にまで背かれるとは思ってもいなかったぞ」

「背いてはおりませぬ」

「そなたの父義元どのは織田信長に討たれた。その信長に父は力を貸した」

「何か証拠がございますか」

「証拠を残すような父ではない」

「ならば、お館さまが、信長に手を貸したとは、わからないではございませぬか」

「うるさい、わしがそうだと言えばそうなのだ」

「白も黒でございますか」

「そうだ」

「それとこれは違いまする」

「これ、とは何だ」

「男と女のまぐわいでございます」

「女が、まぐわいなどと口にすることか」

「女でも、ことまぐわいとなれば言わせてもらいます」

「言われなくても知っておる」

義信は、裾を分けて白い腿《もも》をさらした。その腿をこじ開ける。そして一物を摑み出した。

もちろん不浄な女のはざまは見ようともしない。ただ、そこに一物を突き立てようとする。

もちろん津禰のはざまは潤んではいない。それを無理にねじ込もうとするから、両方とも痛い。刺激が強すぎるから、義信はすぐに洩《も》らしてしまう。

これまでは津禰も耐えてきたが、少し義信を教育しなければならない、と考えていた。

突き入れようとするのを、彼女は腰を引いた。

「そなた、逃げるのか」

「まともにあつかっていただきたいのです」

「まともにだと、わしのやり方がまともではないと申すか」

「まともではございませぬ」

義信には、津禰が逆らうのが衝撃だった。他の女には手を出さない。それだけでも津禰は幸福なのだと思っていた。母のように嘆くことはないと。

「まともにおなりあそばせ」

「まともとは何だ」

「女をその気にさせて交わることでございます」

「その気とは何だ」

「はい、女をうれしがらせることでございます。優しくされれば女はうれしいものです」

「わしが嫌いなのか」

「嫌いなわけではございませぬ。交わるにも、もっと優しく、そして時をかけて欲しいのです」

「女の体をいじりまわすことか」

「心をこめて女の体を愛撫《あいぶ》することでございます」

津禰も必死だった。まるで少年だった。少年ならば年上の女が教え込む。少年は素直に女の教えを受けるものだ。

「ただ、体をつないで果てられたのでは、女はたまりませぬ」

津禰は、義信の一物に手を出した。

「何をきたないことをする」

と義信は手を払った。

「わたしにおまかせ下さりませ。若殿さまをお慰めいたします」

「やめよ、穢《けが》れたものだ。不浄なものだ」

「いいえ、不浄ではありませぬ。わたしにとってはいとしいものです」

「津禰、そなたは気が触れておる」

「わたしは、若殿さまのご一物を一度は手にしたい、と思っておりました。どうぞ、一物をわたしにお与え下さいませ」

「ならぬ、それはならぬぞ」

津禰は握った一物を離さなかった。一物と共に、ふぐりまでも手に包み込んでいた。義信は目を丸くしていた。津禰がこんな淫《みだ》らな女とは思ってもみなかった。

「わたしに、おまかせ下さいませ。あなたには不浄なものでも、わたしにはいとしいものでございます」

「バカな、よさぬか」

と手を払おうとするが、ふぐりを摑まれていたのでは動けない。指が輪になって一物を握っている。その指が上下する。

「わしは、そなたの思い通りにはならぬ」

指を上下され、義信は、うっ、と呻いた。そこに痺れるような快感が走った。思っても
みなかった快感に義信はうろたえた。

「な、何をする！」

と叫んだ。津禰は一物の尖端に唇を触れようとする。

「ならぬ、ならぬぞ、そんな不浄なことを」

叫びながら、思わず腰をひねる。もっともこれまでは放出の瞬間だけ痺れた。そのため
に妻と交わる。もちろん、放出しなければ体の中に精汁がたまる。放出しなければ夢の中
で放つことになるのだ。夢からさめてみると、股間がべっとり濡れていることもあった。

そのほうが、津禰を抱いて放出するよりも、何倍も気持ちよかったのだ。

津禰は一物をくわえていた。義信は女がいやいやするように身を揉んだ。こんな淫らな
ことがあろうか、と思う。

「おのれ、ならぬ、やめよ」

と声をあげ、腰をくねらせる。口の中に洩らしてしまいそうなのだ。

「離せ、離せ、もう間に合わぬ」

と声を発し、したたかに口の中に放出してしまった。口の中に放出するとは、何たる異

常と義信は思った。そしてもう一度、目をむいた。津禰がその精汁を呑み込んでしまったのである。

津禰が口を離すと、裾の乱れを直し、そそくさと部屋を出ていった。

義信は、自分の寝間にもどった。夫婦でも寝間は常に別々である。もっとも信玄などは三条の方や側室の部屋で、つい眠り込んでしまうことはある。

夜具の上に坐って、いまのできごとを思い出し考える。妙であった。妻の津禰があのようなことをするとは。たしかにおのれの一物が津禰の口にくわえられていた。そんなことが許されていいものか。だが、痺れるような快感が全身を走り抜けた。津禰の体で放出する感じとも、夢の中で精を放つ感覚とも違っていた。

「これまでの、わしの考えは違っていたのか、そんなはずはない」

義信は、夜具に仰臥《ぎようが》して目を閉じてみたが眠れない。

男と女の正義とは何なのか。男と女の間には正義などない、とおのれを叱《しか》りながら、あの快感は忘れられそうにない。

悩み抜いたすえに夜具を出て立ち上がった。股間の一物が妙に疼《うず》いていたのである。津禰の部屋を訪れたときには、三度津禰の体に放出する。それが習慣のようになっていた。三度注ぎ込めば、何とかさっぱりする。今宵は津禰の口に一度放出しただけだった。忘れものをしたような気になって、津禰の寝間にもどる。

だが、どう言って津禰の寝間に入る? とためらう。行きかけてはもどる。わがままな性格だが、気の弱いところもあった。もどって寝るには頭が冴《さ》え冴《ざ》えとしている。一物は勃起しているのだ。このままでは眠れない。

思いきって津禰の寝室の襖《ふすま》を開けた。燭台《しょくだい》の灯がある。その灯に浮かび上がっている妙なものがあった。彼は津禰が眠っていると思ったのだ。

その光景が、はじめは何だかわからなかった。津禰が白い下肢を高く掲げて悶《もだ》えている。股間に何かがいた。はじめはけものかと思った。よく見ると侍女だった。

義信は目をむいた。侍女が津禰のはざまを舐《な》めているのだ。猫が水を舐めるように。そして津禰は、恍惚《こうこつ》と悶えている。

肌をさらし、腰を振り、体をくねらせているのだ。もちろん、こんな光景は見たこともないし、思いもしなかった。津禰が声をあげてのたうちまわるのを、茫然《ぼうぜん》と見ていた。信じられない光景だ。

侍女の舌の動きまで見える。そこに女陰があった。まだ見たこともない女陰である。そこを舐められて、津禰は悶え狂う。

彼には、侍女が仏敵に見えた。魔物に見えたのだ。

「おのれ、仏敵!」

義信は叫んで、脇差《わきざし》を抜いた。津禰も小梅も気づかない。津禰ははじめて義信の一物をくわえ、放出した精汁を呑んで、はざまを潤ませていた。このままでは眠れない、と思い小梅を呼んだのだ。

「おのれ、化け物」

脇差で小梅の肩に斬《き》りつけた。

ヒッ、と声をあげてのけ反る。また斬りつける。血がパッと津禰の白い肌を染めた。義信は狂ったように小梅に斬りつける。小梅は悲鳴をあげて逃げる。

「若殿さま！」

と津禰は叫んだが、義信には聞こえない。血がとび散る。それでも小梅は転がり逃げる。義信はまた狂ったように斬りつけた。

三

恵理が産んだ子はお松《まつ》と名づけられた。すでに体がもとにもどっても、信玄が体に触れてくるのを好まない。好まないというだけで拒みはしないが、妙に信玄のほうが白けてしまう。

他の側室たちは、信玄の訪れを首を長くして待っているのに恵理だけは違うのだ。その気のない女を抱いても仕方がない。若ければ押し倒してでも目的を達してしまうのだが、それだけの気力はない。

もちろん、女の体に興味が失せたというのではない。まだまだ精力はある。だが、女に対しても素直になれないのだ。里美もまだいい。志乃も奈津も美しく魅力ある女になっている。だが、いまひとつ燃えないのだ。それがどういうことなのか、よくわからない。

越後の上杉謙信とは、一応の決着がついた。これ以上、越後に攻め込むのは被害が大きく得策ではない。越後侵略が目的ではないからだ。

それに新しい勢力が中央を狙っている。うかうかとはしていられない、と思っても、今川義元のように京都に向かって動きだせない。

途中には、北条氏康がいるし、織田信長、徳川家康がいる。甲斐という国の位置がよくなかった。織田信長は、信玄に贈り物をしているが、腹の底はわからない。信長は上杉謙信と同じ神徒である。

信玄は、志乃の部屋を訪れ、志乃の小さな体を抱いていた。そして乳房を揉む。乳首をいじる。

「あーっ、お館さま」

と声をあげ、体をくねらせる。一物にのばそうとする手を払いのけた。

「口取りいたします」

「よい、あとだ」

小さな体を撫《な》でまわす。柔らかでなめらかな肌だ。その肌を手でたのしんでいるだけだ。小さな尻の膨らみがある。手を前へ回す。つるんとしていて毛がない。

志乃は、しきりに一物を手にしたがる。

「静かにしていろ」

つるんとしたはざまに手をのばし、撫でる。切れ込みに指を滑り込ませる。そこはしっとりと潤み、指をなめらかにした。指を躍らせると、志乃は身をふるわせ、声を出す。

信玄は、志乃の股《また》を広げさせ、一物を滑り込ませる。志乃はいつものように、しがみついてきて、体をふるわせる。

「あーっ、お館さま」

と声をあげて気をやる。気のりしないわりには一物は怒張していた。女とはどこかで飽きるものだな、と思う。一物に襞《ひだ》が絡みついてくる。抜き差しすると、襞がめくれ返ってきた。

信玄は、義信と対面していた。信玄のそばには三条の方がいる。義信のそばには津禰がいた。

信玄は上野国に目を向けていた。上野の倉賀野城《くらがのじょう》を義信に攻めさせようと思ったのだ。津禰が、ときおり上目遣いに信玄を見る。その目が気になる。三条が気づかぬかとはらはらする。津禰の目に潤みがあった。義父を見る目ではない。男を見る目だ。

「義信に手柄を立てさせて下さりませ」

と三条が言う。

「倉賀野城を落としてみよ」

倉賀野城は堅城である。策がなくては落とせない。ただ力をもってしては落ちない。

「五日で落としてごらんに入れます」

「おまえも、武田家の嫡子だ。立派に戦ってみせよ」

「はい」

義信は津禰と共に座を立っていった。


出陣の前夜である。義信は妻津禰の部屋を訪れた。津禰の部屋は血に染まった。侍女小梅が義信によって斬り殺された。以来、その部屋には小梅の幽霊が出るといわれはじめた。

もちろん津禰は部屋を移った。侍女の一人が斬り殺されたくらいでは騒ぎは起こらない。無礼討ちということですんでいた。しかし、それ以来、義信の津禰を見る目が違ってきた。

酒をのみ、寝間に入ると、義信は坐ったままじっとしている。津禰が股間に手をのばすと、いままでのように払いのけたりはしない。その手の動きをじっと見つめている。手が怒張した一物を掴み出した。その一物に指がまつわりつく。もう一方の手はふぐりを包み込む。

指が微妙に動いている。やがて、義信は仰向けになった。股間が空気にさらされる。尖《せん》端《たん》に舌がのびてくる。

「わしは、仏罰を受ける。地獄に堕《お》ちる」

と呟く。尖端を口にくわえられて、ううっ、と呻いた。音をたててしゃぶる。咽深くまで呑み込む。

津禰は、一物を口にくわえ、おのれの股間をさぐるのだ。そこは次第に潤んでいき、潤みが伝わる。義信が去ったあと、小梅が死んで、慰めてくれる者がいなくなった。自分で自分を慰めるしかなかった。

切れ込みをなめらかにしておくと、義信もいくらかは保ってくれる。だがそれでも、津禰が気をやるまでは耐えてくれなかった。

一物をくわえて、くくっ、とくぐもった声をあげる。指を肉の芽に当てていた。片手で一物の根元を締めつけていた。

ものは馴《な》れるものである。義信はここまではどうにか馴れていた。だが、津禰のはざまには手をのばそうとはしない。まだ、仏罰が当たると言い、地獄に堕ちると言う。

もう二十歳をいくつも過ぎていて、この有様だ。信玄十八歳のときの子である。信玄は十五歳のころには女体のあつかいを心得ていたと聞いた。祖父信虎に似て早熟だった。信虎の側女に夜這いをかけたという。それほどでなくてもいい、人並みの男であって欲しいと思う。

口の中で一物が一段と膨れ上がった。放出するところだ。津禰は一物の根元を強く親指で締めつけた。

「果てる。果てる」

と義信は女のように身を揉んだ。

側女三輪

一

永禄八年——。

信玄は四十五歳になっていた。

この年、将軍足利義輝《あしかがよしてる》は、三好《みよし》三人衆と松永久秀《まつながひさひで》に殺されている。

信玄は、上野国に軍を進め、倉賀野城を落とした。このころから、信玄は織田信長を気にしはじめる。桶狭間以来、信長は勢力をのばし、少しずつ大きくなってきているのだ。

もちろん、信長も信玄だけは恐れていた。

はじめに縁組みを申し入れてきたのは信長だった。信長には娘はいないので、姉の娘を養女にし、四郎勝頼の嫁にという。

もちろん、三条の方はこれに反対した。三条の方の息子義信の妻津禰は今川の娘である。織田との縁が濃くなれば、今川との縁が薄くなる。

更には、義信は信玄に反抗しているのに反し、勝頼は素直に信玄の言うままであった。

信玄にしてみれば勝頼のほうが可愛い。

義信は嫡子だが勝頼は庶子である。つまり側室湖衣姫の子なのだ。当然、義信が武田家を継ぐべきであるが、信玄は勝頼に継がせようと思っているようだ。

そんなとき、重臣の岡部丹後守《おかべたんごのかみ》が、娘三輪《みわ》を信玄の側室にと申し入れてきた。信玄は三輪に会った。岡部丹後守は謀反の噂《うわさ》のあった人物である。その真偽のほどはわからないが、義信と密議をしたといわれ、また義信の守役小賦兵部とも親しい間である。その噂を消すために、娘三輪を側室にと申し込んだのである。

三輪は二十歳になる女で、一度嫁したが夫に死なれ、岡部のもとにもどっていた。それを側室にと言うのだから、自慢の娘だったのだろう。三輪はたしかに美しかった。丸顔だが、目鼻立ちははっきりしていて色白である。

「よしなに」

と岡部は頭を下げた。

一度嫁したのであれば、まぐわいにも馴れているはずである。四十五歳の信玄は、すでに未通女は、いかに可愛くて美人でも、面倒になっていた。若いころは自分の手で掘り出し、彫りあげることも苦ではなかった。自分の思い通りに女が染まっていくのはたのしいものだった。だが、いまはできあがった女をたのしむほうが、手間がかからなくてすむ。

「よかろう」

と信玄は言った。抱いてみて気に染まなければ、側室として置いておくだけでよい。断っては角が立つというものだ。

このころ信玄は義信の妻津禰に興味を抱いていたが、それはそれである。三輪がどういう味わいの女であるか試してみたい気もする。丸い体つきの女だ。どこか湖衣姫に似ている。顔がではなく雰囲気がである。もっとも湖衣姫ほど小柄な女ではなかった。

しばらくして、その三輪が側室として、つつじヶ崎館へやってきた。

さっそく、信玄はそのもとを訪れると添い寝をした。

信玄は三輪の寝巻の衿から手を入れて、乳房を摑んだ。弾力はあるがまだいくらか固い。だが、すぐに柔らかくなる乳房である。それほど手間のかからない女だろう。

もちろん、三輪は信玄に抱かれるのははじめてだから体を固くしていた。まだ女の脂はのっていない。乳房を揉みしだきながら、信玄は別のことを考えていた。

この三輪の父岡部丹後守政直《まさなお》は、重臣小賦兵部と親しかった。兵部は義信の守役で、初陣のときから義信についている。兵部に謀反の噂があった。信玄の耳に入れる者もいるのだ。

義信はことあるごとに信玄に反抗する。息子というのは父親を否定しながら育っていくものである。だが、義信の反抗は常識を越えていた。戦場に出ては信玄の命令を無視する。軍議の席ではことごとく信玄の言うことに反対する。義信の態度に顔をしかめる重臣も少なくなかった。同情する余地がないのだ。義信は正義、正義と言う。気性が激しいのはいい。だが正義を振りかざしては、この戦国の世は生きていけない。それに加えて、仏教派と神道派がある。周りの国々は神道派ばかりと言っていいだろう。まず上杉謙信が神徒である。織田信長も、徳川家康も神徒なのだ。そのはざまで生きのびていくには、それだけの気力がなければならない。

裏切りは日常茶飯事である。同盟を結んだ国々も明日は敵となるかもしれないのだ。大勢を見なければならないのに、義信は信玄に反抗することだけで生きている。目を外に向けよ、と叫びたい。

三輪が低く呻き声をあげた。先ほどから乳房だけを揉みしだいていた。ふと気づいて腰紐を解くと、肌を撫ではじめた。若いだけに肌はよく張っている。丹後守の自慢の娘だけのことはあった。

肉づきはよく、その肉は柔らかである。衣を脱がせ、全裸にすると、うつ伏せになるよう命じた。しばらくはその裸身を眺めて、背中から腰、尻、腿を撫ではじめる。三輪は素直な女だった。信玄の言いなりになる。肉づきはいいが、細腰は快くくびれていて眺めは悪くない。肌を撫でまわしては、肉を揉む。

裸になるにはいくらか寒いが、ふるえるほどではない。尻の二つの隆起は快い形をしていた。次第に三輪は息が荒くなり、低く呻きはじめた。もちろん信玄はせっかちになることはなかった。女のたのしみ方も若いころとは違ってきている。白い尻に二つのえくぼができていた。

信玄は三輪の体を反転させて、仰向けにさせた。そこには二つの乳房があり、そしてはざまには切れ込みがある。そして恥丘には黒々とした茂りがあった。

三輪は軽く双眸《そうぼう》を閉じていた。乳房を揉みしだき、乳首を摘んで引っぱりひねる。女が呻き声をあげた。呻きをあげながら腰をひねる。両足は折り立てられていた。はざまの茂りを撫でる。黒い剛毛がよく縮れている。そこを撫でるとざらざらと音を発するようだ。熱い息を吐き、そして腰を微妙にひねる。はざまに手を滑り込ませると、足が開いた。腿を閉じようとしてためらっている。

はざまはつるんとしていた。そこに刀傷《かたなきず》のような割れた部分がある。そのはざまにも弾力があった。快く肉づいているのだ。何もなく、つるんとしているのが、何か不思議な気がする。女の器は内蔵されていることは知っている。それでもなお奇妙なのだ。指で切れ込みを広げた。その中は潤んで露がキラキラと光っていた。三輪は、かすかにあっ、と声をあげ、せつなそうに腰をひねった。

はざまを眺める。いつもながらの光景がある。どこが異なるのだろう、と思う。女にはすべてこの光景がある。多少の違いはあるのかもしれないが、おおよそにおいては同じものだ。女の顔がそれぞれに違うほどには違わないのだ。

信玄は、おのれの一物を摑み出した。そして開かれた腿の間に腰を割り込ませる。一物の尖端を切れ込みに当てた。そしてわずかに腰に力を加えると、尖端がつるんと滑り込んだ。そのまま奥まで没入し、一物は完全に壺の中に消えた。

「あ、あーっ」

と声をあげて、三輪は信玄に抱きついてきた。腰を持ち上げて回す。襞がうねっているのを覚える。女の襞はけんめいに一物を締めつけようとしているのだ。

「お館さま！」

三輪は腰を揉み、身を揉んだ。

「あっ、いきます、いきます」

と声をあげた。

「お館さまは」

「わしのことなど気にしなくともよい」

勝手に気をやってもらったほうがよい。手入らずの女だと、このようにはいかない。手間をかけてやらなければならない。それは信玄にはすでに面倒なことだった。

「また、いきます」

と激しく腰をゆさぶる。女の腰はよく動くものだ。腰の振り方も馴れている。二度、三度と気をやった。

「お館さま、このようなことはじめてでございます」

と低く泣くような声で言った。

「はじめてとは」

「気持ちがいいのでございます」

「気持ちがいいのは当たり前であろう」

「いいえ、このように何度も気がいくのがでございます。殿方はわたしが気をやれば、すぐに放出されるのかと」

「死んだ亭主がそうであったのか」

「は、はい」

と言った。なるほどと思う。男は女が気をやると、安心して放出するものらしい。

「気がすむまで、気をやるがよい」

「あーっ、またでございます。このように何度も気がいくなどと、思ってもいませんでした」

女は男を映す鏡である。女を抱いてみればその女の夫であった男というのが、何となくわかってくるものである。

「お館さま、いつまで気がいくのでございましょう」

と泣く。男をはね返すように腰を下から突き上げる。

「納得するまで気をやるがよい」

信玄は腰をひねった。

二

小賦兵部が謀反を起こした。もっともそのことは弟の三郎兵衛に伝えてあったのだ。兵部は、信玄の嫡子義信のために死ぬつもりになった。

義信に、父信玄に反抗するように教えたのは兵部ではないが、その責任はとらなければならない。もう死ぬときだと兵部は思ったに違いない。自分の兵三十人ばかりを集め、一緒に死んでくれと頼んだ。謀反に加われば死罪である。

謀反は、三条の方の侍女頭八重にそそのかされたからではない。武田家の重臣として信玄に謀反するのはつらい。

子が親に反抗するのは武田家の血のようだ。それに殉ずるより仕方ない立場にあった。

信玄は、三郎兵衛の報せで、侍を配して待っていた。そこへ兵部が三十人を連れて押し寄せ、簡単に縄になった。

重臣を失うのは惜しい。だが謀反を許すわけにはいかない。もちろん、兵部が武田家のために死ぬつもりであることはわかっていた。当然、兵部の背後には義信がいる。

義信も許すわけにはいかない。座敷牢《ろう》に押し込めた。信玄も息子の義信に腹を切らせるのはつらい。だが、放っておいては家臣たちにしめしがつかないのだ。

兵部の首は刎《は》ねさせた。義信を救う道はないものか、と考える。義信は妻津禰の親元である今川家につこうとしている。いまや今川氏真は信玄の敵である。今川家は滅亡するのだ。今川は義元の死以来、力を失っていたのだ。それに今川は、甲斐に塩止めをしている。山国である甲斐にとって塩が止まるのは困るのだ。

今川義元の娘を義信の妻に迎えたのは間違いであった、と思ってもどうにもならない。三条の方が、信玄のもとに、義信を助けてくれ、と頼みにきた。義信を牢に押し込めたその夜のことだった。

すでに三条は四十八歳になっている。

「ならぬことだな」

と信玄は冷たく答えた。

「そなたにも、責任のいくばくかはある」

「あなたの息子ではありませぬか」

「息子だから困るのだ」

三条はすごすごと帰っていった。

一方では四郎勝頼に織田信長の養女を迎える話が決まっていた。心休まる暇はない。いまのところ、信長が気になる敵であった。

襖の外に衣ずれの音がした。

「誰だ」

「津禰でございます。お願いにまいりました」

入れ、と声を発した。襖が開いて、津禰が入ってきた。そしてそこにうずくまる。

「義信のことならば無駄なことだ」

義信が腹を切れば、津禰は今川にもどることになる。二人の間にしばらく沈黙が流れた。

信玄は、去れ、とは言わない。津禰も去る気はないようだ。

信玄は立ち上がって津禰を見た。いま津禰を抱かなければ二度と機会はないだろう。津禰もその気でいるようだ。信玄にしてみれば嫁である。

津禰の肩に手を触れると、ぴくっとふるえた。背中から津禰の体を抱き寄せた。彼女は逃げようともしないし、抗《あらが》おうともしない。息を詰めているのがわかった。勇気ある女だ。男にはこのような勇気はない。四十五歳の信玄が胸をふるわせた。

おのれの身に仏罰がかかる。地獄に堕《お》ちる。地獄に堕ちてもよい。ずいぶん前から津禰を抱くことを思っていた。津禰は自分から抱かれにきたのだ。

やつ口から手をくぐらせた。乳房を手で包み込む。他の女たちとは変わらぬ乳房であったが、信玄には特別の乳房に思えた。

津禰が、あーっ、と溜息《ためいき》を洩らした。心臓がふるえた。まるで少年のように。彼もまた息苦しくなった。

乳房を揉みしだく。こんなことが許されるわけはないのだ。義信が知ったら狂うだろう。もちろん、義信の妻でなければ、ただの女である。男と女のまぐわいというのは所詮《しょせん》、心の問題である。義信の妻であるということに価値があるのだ。

両手に二つの乳房を包み込んで揉みしだく。彼女は、せつない声をあげた。それもあたりをはばかるような声である。人には聞かれてはならない声である。

乳首が手の中で硬くなっていた。二つの乳房は全く変わりはなかった。義信には揉んでもらえなかった乳房なのか。男に揉まれた乳房はどうしても左乳房が大きくなる。乳首も左が充実してくるものだ。

「お館さま」

と低い囁《ささや》くような声で言った。喘《あえ》ぎが伝わってくる。せつながっているのだ。津禰は体をよじった。

「苦しい」

と言った。心臓が早鐘のように鳴る。信玄も同じだった。気を楽に持とうとする。ただの女ではないか、と思おうとする。たしかに信玄も苦しかった。だが苦しいだけに、そのあとには大きな快楽がはじけるのだ。

かつて信玄は、このような気持ちになったことはない。少年のころから、父信虎の側室の部屋に忍び込んだ。また侍女にも手をつけた。女の乳房の感触は早くから知っている。だがそれを特別なこととは思わなかった。女たちは乳房を揉まれてその気になった。信玄にとって津禰の乳房は特別なものだったのだ。息子の妻の乳房に触れるということは罪悪である。罪悪だからこそ快楽も強い。

津禰は信玄に抱かれてふるえていた。少なくとも信玄は義父である。たしかに義信が牢に押し込められたのはつらい。

だが、これが信玄を求める唯一の機会だった。義父でありながら、ずっと以前から信玄を求めていたような気がする。ためらっていては永久にその機会は訪れないのだ。

不義である。義信がいつも口にする不正義であった。だが不正義だから、ズキンと胸がふるえるほど魅力がある。

信玄の部屋に入って、おのれのやろうとしていることが信じられなかった。義信が知れば狂って死ぬだろうと思う。何も言わずに思いは信玄に通じたようだ。信玄の顔が見られなかった。自分の度胸に自分で驚いていた。

信玄が背中に回って抱きついてきたとき、思わず声が出た。京都の公卿は仏徒ではない。神徒である。父義元は公卿風、京風であった。当然、神徒である。津禰ももちろん神徒だった。神徒であれば神罰を思う。神の祟《たた》りがある。もちろん、それも覚悟の上だった。大きな手が、乳房を包み込んできた。それだけでふるえてくる。息苦しくなって、

「苦しい」

と声を発した。女の歓喜はどこかで苦しさに似ている。男の両手が両方の乳房を揉み上げる。思わず声が出た。こんな歓喜が二度と得られようか。神を辱《はずかし》めている。そんな思いが歓喜につながってくる。

もうそれだけで、はざまが熱くなりぬめりはじめているのがわかった。ズキンと疼《うず》きが走る。乳首から子壷に何かの線がつながっている。子壷がキュンと収縮するのがわかった。乳首が指に摘まれた。疼きが走り、思わず声をあげていた。そしてハッとなる。聞かれてはならない声である。津禰は思わず袖《そで》を咬《か》んでいた。声をあげてはならない。乳首がひねられ、体の中に火花が散った。あちこちで火花が散る。かつてこれほど火花が散ることはなかったのだ。

「お館さま」

と声をあげた。女としてこれほどの快楽があろうか。神雷に打たれて死ぬことになっても恨みはない。体がふるえた。首がねじ曲げられた。そこに信玄の口があった。彼女はその口に自分から吸いついた。そして舌を男の口の中に押し入れる。それを男が吸ってくれるのだ。

呻き声をあげ、信玄の頭に手を回した。体がひねられている。頭はつるんと剃りあげてあった。津禰は体ごと信玄に向けた。狂わしいほどである。

このまま死んでもいい、と思う。だが、まだその先があるのだ。信玄の一物が体に入ってくれれば、もうそれだけで死んでしまう。

男の手が裾を分けて入ってくる。津禰は膝立ちになった。手が少しずつ奥へ入ってくる。

「わしも、そなたを思っていた」

あーっ、と彼女は声をあげた。思いは同じだったのだ。同じように罪悪をなすことだった。罪悪がどれほど魅力的なことであるか、信玄も知っていたのだ。

息子を裏切り、三条を裏切る。そして何よりも仏を裏切ることだった。

喘《あえ》ぎながら津禰は、

「うれ、しゅう、ござ、います」

ととぎれとぎれの声をあげた。指先が肉の芽をとらえた。芽もいっぱいに膨らんでいた。

信玄は乳首を離し、体をずり下げ、開かれた腿の間に体を入れてきた。彼はそこに口をつけた。

「あっ、お館さま、そのような」

と津禰は声をあげ、頭を押しのけようとした。びっくりし、そして歓喜したのだ。信玄は思った以上の男だった。

夫義信のことが頭の隅をかすめた。夫婦なのに夫婦らしいことは一度もしてくれなかった。潤んでもいないのに一物を押し込めてきて、ほんの一呼吸で放出してしまう。女の体はただ男の精汁を放出されるだけのものではないはずだ。

三度に一度、ほんの少しだけ乳房に触れてくるだけ、そしてはざまには触れもしないでねじ込んでくる。それでも長く保ってくれればまだましだが、津禰が快感を覚えるまでは待ってくれないのだ。それが正義ならば、女にとっては正義など不要なものである。妻一人満足させることができなくて男といえるだろうか。

義父に抱かれるのは不義である。だが、なんと不義というものは甘美なものであることか。

股間に剃りあげられた頭がある。舌が切れ込みに躍っている。あーっと叫んで、尻を浮かした。すると信玄の両腕が腰を抱きかかえたのである。その両腕の中で腰をゆすった。

もちろん、このようなことははじめてである。津禰は恍惚となった。信玄は自分を女としてあつかってくれるのだ。しっかり尻を男に抱きかかえられるということが、これほどまでにうれしいことだったのか。

義信は不浄のところとして手も触れなかったのに、信玄は口を押しつけ舐《な》めまわしているのである。舌先で肉の芽が舐め上げられる。ヒーッと叫びたいところを袖を咬んで耐えた。

腰がふるえる。こういうことが天国にいるようだというのだろう。止めようがなかった。悦びが体の隅々まで広がっていく。信玄の一物が欲しい。だけど、こうして自分のすべてをゆだねていることが最上の快感だった。

信玄の舌の動きがよくわかる。舌が壺口をなぞっている。その舌を壺の中に吸い込みたいと願う。自分のはざまを信玄の口に押しつける。夢中で擦りつけた。

「あーっ」

と声をあげた。このような悦びが、自分の一生にあるとは思えなかった。この信玄の寝間に来るのには勇気がいった。だが、来てよかったと思う。

信玄も、津禰のはざまに顔を埋めて、極楽だと思っていた。仏を裏切ることがこれほどまでに悦ばしいことだとは思ってもいなかった。

しっかり津禰の腰をかかえていた。その腰が蠢動《しゅんどう》する。それが腕に伝わってくるのだ。しきりにせつながっている。股間では一物がいつになく怒張していた。はじけてしまうのではないか、と思うほどである。

信玄は、切れ込みに舌を這わせながら呻いた。この瞬間は、天下を取るなどということはどうでもいいように思えた。

壺口が、しきりに伸縮して舌をとらえようとしている。そういう津禰をいとしいと思う。

「お館さま、倖せでございます」

泣くような声をあげた。仏の教えの通り生きていたら、人生は味気ないものになる。仏を裏切ることこそ、人間のたのしみなのだ。

謀反を起こした小賦兵部は、信玄を裏切ることはできなかった。だから、おのれの死を覚悟して弟の三郎兵衛に謀反を告げたのだ。これも兵部の正義なのだろう。

裏切るということはたのしいものなのだ。仏よ、このおのれの姿を見てくれ、と信玄は叫びたかった。どんなに傍目《はため》には醜悪であろうが、そのようなことはかまわぬ。この快楽のためには、である。

顎《あご》がだるくなるほど舌を使う。それに応えて津禰は腰をふるわせる。

「このまま、死にとうございます」

まさに泣き声だった。

自分のやることに体をすべてゆだねている。可愛い女だった。

「不善、これ快感なり」

と叫びたい。小さな肉の芽を唇でついばんだ。女の腰が躍動する。津禰は、お館さまの一物を、とは言わなかった。まぐわいをせがまないのだ。たいていは、すぐ入れてくれとせがむ。

信玄は体を起こした。摑み出した一物を手で支えて腰を進める。津禰はそれを見ていた。大きな一物に見えた。それが体の中に入ってくる。思っただけで体がふるえる。それなのに現実に入ろうとしている。あーっ、と思いきり叫びたかった。

尖端が入口に押しつけられた。そこは存分に濡れている。義信のように軋《きし》んで入ってくることはない。一物が壺に滑り込んできた。襞が掻き分けられるのがわかった。

「あーっ」

と声をあげ、信玄の体にしがみついた。

女忍あかね

一

信玄は子四郎勝頼に、織田信長の養女を迎えた。もちろん、政略結婚である。このことで三条の方は怒った、今川はどうするかと。

義元の死んだ今川家には何の力もない。北条氏康と手を握り、甲斐《かい》に塩止めをした。今川氏真は、上杉謙信に頼んで、越後の塩を止めさせようとしたが、謙信は相手にしなかったのである。

三河の徳川家康も駿河《するが》を狙《ねら》っている。今川家を滅ぼして、駿河を信玄と半分わけにしようという話になった。もちろん家康の背後には織田信長がいる。

戦国の世である。戦って敵地を切り取るしかないのだ。盟約など反故《ほご》同然だった。とにかく、勝ち残らなければならない。

信長はまだ若いし、国も小さいが、あなどれない相手である。盟約もただの気休めであることは信玄も知っていた。

弱者は滅びる運命にある。今川家は風前の灯火《ともしび》なのだ。義信はそのようなことは全く考えていない。今川と手を組んでは、武田が滅びることになる。その辺がもう少しわかっていれば、義信を助ける方法があったのだ。

座敷牢《ろう》に入っても、義信は正義を主張していた。正義では合戦には勝てないのだ。裏切りなど当然のように行われる時代であった。

近侍《きんじ》の一人が居間の廊下に膝《ひざ》をつき、駿河からの使者が来た、と言った。

「用向きは何だ」

「それが、お館さまに直接申し上げる、と申しております」

「ならば通せ」

「しかし、刺客《しかく》かもしれませぬ」

今川家が刺客を放つことは充分考えられる。

「よい、通せ」

はっ、と近侍が去る。やがて現れたのは旅姿の女だった。駿河からの使いというから今川からと思ったが、父信虎の使いだった。二十五、六の見目《みめ》のいい女だった。

「父上は、健在か」

「はい、ますますお元気にございます」

「用向きは何だ」

「はい、お館さまのおそばにお仕えせよ、と申しつかってまいりました」

「おまえは、何者だ」

「忍びにございます」

「なに、くノ一か。父上も変わったおなごを送ってきたものだ。名は何と申す」

「あかねにございます」

「あかねか」

信虎の忍びならば、今川のことにはくわしいに違いない。それで信虎が送ってよこしたのだ。つまり今川を早く攻めて駿河を奪えということだろう。そばに仕えろということは、側室にしろということでもある。閨房《けいぼう》で今川のことを語るつもりか。

いつもならば、気持ちが動くところだが、いま胸中にあるのは津禰のことだけである。

信玄は苦笑した。

「お館さまのおそばにお仕えしとうございます」

「父上の贈り物ならば、受け取らないわけにはいくまい」

忍びならば何かの役に立つ。それに容姿も悪くない。磨けば光る珠《たま》だろう。

「おりを見て、家臣たちにも披露しよう。ゆるりとするがよい」

「よろしくお願いいたします」

信玄は、高坂弾正《こうさかだんじょう》を呼び、あかねを預けた。すぐに側室にというわけにはいかない。

だが、信玄の思いはすぐに津繭に移った。会いたいからといって、津繭の部屋に行くわけにはいかない。会えないとなると、思いはつのるばかり。

入牢中の義信が切腹することになれば、津繭は今川へ返さねばならない。誰にも言えぬ思いだった。誰にも知られてはならないことでもあった。

「この年齢《とし》になって、このような思いをするとは」

信玄は溜息《ためいき》をついたのである。

罪深ければ深いほど快楽も強くなるものだ。この年齢になって、ほんとの快楽を知った。女は美しければよい、というものではないことをもはじめて知った。

女を抱くということは罪なことなのだ。正室以外は、である。だがその罪は軽い。軽い罪では快楽も少ない。側室は何人かいる。その女たちを抱いても、悦びが少なかったのは、そのためだったのだ。近ごろは女を抱いてもたのしめなかった。形をどのように変えようと、側室の閨技《ねやわざ》がどれほど巧みであろうと、たいした違いはなかった。

三日経って、信玄はあかねの部屋に行った。旅の垢《あか》を洗い落とし、すっかり美しくなっていた。津繭を思いながら、憂さを晴らすためにあかねのところへ来たのだ。

あかねに酌をさせて酒をのむ。うまい酒ではない。酔うための酒であった。国主でありながら、思い通りにはならぬものだ。人倫というものがある、と呟《つぶや》いて苦笑した。三条や近臣には知られてならぬことだ。

あかねの体を抱き寄せた。忍びというだけあって、体はしなやかそうだ。父信虎が忍びを養っていたとは知らなかった。

このあかねが今川の忍びであったらどうなるのだろうか。毒を盛るのか、それとも刃物で刺すのか、とふと思ってみる。あるいは女の壺《つぼ》に何か仕掛けがあるのか。忍びというのは、いろいろ怪しい仕掛けをするものだ。

抱き寄せて、衣の衿《えり》から手を入れた。そこに丸い膨らみがあった。それを手に包み込む。そして揉《も》みほぐす。あかねは彼がするままになっている。しばらくしてから、

「あーっ」

と声をあげた。野山を走りまわっている体だ。だが、肌は女らしく柔らかくなめらかだった。

「徳川家康が、駿河を狙っておりまする」

「徳川がか」

「はい。今川には、すでに力は残っておりませぬ」

「そうであろう」

あかねを抱き寄せ、裾《すそ》から手を入れる。よけいな肉はない。だが、腿《もも》、尻、腰には女の肉をたくわえていた。内腿を撫《な》でまわす。そしてはざまに手を滑らせた。恥丘のあたりに

は、もやもや、と茂りがあったが、はざまはつるりとしていた。

津禰のはざまに触れたときにはふるえた。やはり罪の深さだろう。罪を意識しないでは、もはや快楽はないのだ。若いときはただ女の壺に一物を押し込み、出し入れし、そして精を放てばそれでよかった。好きな女もいた。美しい女、体のいい女、さまざまいた。だがいまはうたかたのようだ。

はざまを指で分け、そこに指を遊ばせた。あかねは、あーっ、と声をあげ、腰をひねった。そこは薄く潤んでいた。指が突起に当たると、あかねは、ヒッ、と声をあげた。

湖衣姫を愛したのは、遠いむかしのような気がする。湖衣姫は諏訪《すわ》の姫だった。信玄は諏訪を攻め、そして頼重を自害させた。湖衣姫はその頼重の妹だった。

それゆえに湖衣姫を愛したのだろう、と思う。湖衣姫にとって信玄は兄の仇であった。だから、姫は信玄に抱かれて、狂うほどに悶《もだ》えたのだ。いまとなれば、それがわかる。仇に抱かれて、女が歓喜しないわけはないのだ。

信玄には、いまになって、津禰を抱いてみて、湖衣姫の気持ちがわかったような気がする。

「罪に快楽ありか」

「は？」

とあかねが顔を上げた。

「いや、何でもない」

信玄は一時、湖衣姫に溺《おぼ》れた。そういうことだったのだ。正当な快楽は快楽ではない。

「あーっ、お館さま」

とあかねが再び声をあげた。

まぐわいのたのしさというのは、罪の意識に他ならないのだ。つまり気持ちの問題である。

年少のころ、よく父信虎の側室たちの部屋に、胸をときめかせて忍び込んだ。あのときは、相手が父の持ち物だったからなのだ。思い出して信玄は苦笑した。

二

信玄はたのしまなかった。

織田信長の養女が四郎勝頼の子を産んだ。だが、産後の肥立《ひだ》ちが悪く、養女のほうが死んだ。信長は、嫡男・奇妙丸（のちの信忠）に、信玄の娘お松を嫁にくれ、と言ってきた。

信長も信玄が恐ろしかったのだ。縁組みをしておかないと安心できない。

信玄がたのしまなかったのは、嫡子義信に腹を切らせなければならない、ということだった。謀反をはかったのだから、放っておくわけにはいかない。助けてはやりたいが、それでは武田の重臣の気が揃《そろ》わない。

反逆はしても息子である。三条が義信の助命に来る。信玄は応えなかった。

織田信長も、弟信広《のぶひろ》を殺している。親子兄弟、殺し合わなければならない世の中である。

四郎勝頼は、信玄には従順だった。反抗の色は全く見せない。武田家を継ぐのは勝頼ということになる。

信玄は、側室奈津の部屋に行き、あかねを呼びにやらせた。あかねが入ってきた。あかねは座につき頭を下げた。あかねはまだ側室にはなっていない。ただの信玄の女である。立場が違った。

だが、あかねのほうが勘がよかった。信玄が求めていることがわかったのだ。

「失礼いたします」

と言って奈津ににじり寄った。

「触らせていただきます」

「えっ」

と奈津はあかねと信玄を見た。あかねの手が衿から入って乳房を摑《つか》んだ。奈津は狼狽《ろうばい》した。信玄は黙って見ている。

奈津は、いやとは言わなかった。信玄の意図するところがわかったのだ。奈津もまた愚者ではなかった。自分からあかねの唇を吸った。

信玄は酒をのみながら、女と女が口を吸い合うのを見ていた。くノ一だけに、人の気持ちを見抜くことができるのだろう。奈津もまたあかねの乳房を揉みはじめた。

あかねが先に、奈津の着物の裾から手を入れた。裾が乱れて白い足をさらす。呻《うめ》き声をあげたのは奈津だった。

夜具の上に奈津が横たわる。衿を開いてあかねが、奈津の乳首を吸う。

「あーっ、あかねどの」

と奈津が声をあげる。

あかねが言った。奈津の太腿があらわになった。あかねの手がはざまに届いているのだ。

「奈津さま」

信玄の目を気にしているのは、奈津のほうである。

女だから女の感じるところはわかる。たちまち、思ってもみない自分の姿態を信玄に見られている、ということで、奈津はあかねに溺《おぼ》れていく。奈津の白い腿が大きく開かれた。

そこにあかねの指が躍る。

信玄は、二人の女が妖《あや》しくもつれ合うのを見ていた。

二人の白い肌がさらされていく。それは奇妙な光景だった。喘《あえ》ぎはじめたのは奈津だった。

「あかねどの」

と声をあげ、腰をゆする。信玄の目などすでに忘れていた。いや、ときどき思い出すらしく、ちらっちらっと信玄を見る。

あかねの指が奈津の股間《こかん》にしきりに動く。二指が壺を搔《か》きまわしていた。そこが湿った音をたてる。淫《みだ》らな音だった。その度に奈津の白い腰がくねる。あかねは忍びである。女のあつかい方も心得ているとみえた。

あかねは、信玄をたのしませようと必死なのだ。

二人の女は乱れに乱れる。あかねは奈津の股間を信玄に向けた。濡《ぬ》れた切れ込みに白い指が躍る。奈津の腰が弾み、濡れ光った切れ込みが伸縮しているのがわかる。内腿の肉がぶるるとふるえる。

奈津の尻が浮き上がり、激しく回り、そして弾む。見ものである。信玄は盃に酒をつぎ、それをのみながら、あかねの指の動きを見ていた。

「たまりませぬ」

と奈津が声をあげた。濡れたはざまは淫らであり美しい。その切れ込みが、そこだけ別の生きもののように蠢《うごめ》いているのだ。

「お館さま、お情けを」

と声をあげた。

あかねは帯を解き、奈津の肌をさらした。おのれの帯を解く。そして、あかねは、奈津の股間に顔を埋めた。そして舌を躍らせる。

「いやーっ、もう気が」

と声をあげた。豊かな肉がたぷたぷと揺れる。波打っているようだ。

「いきます」

と叫んだ。ついで、あかねは奈津の顔をまたいで、おのれのはざまを奈津の口に押しつける。奈津はあかねの腰に両腕を回し、舌を使いはじめる。

あかねは、奈津の両足を引き寄せ、そこに舌を使う。尻から切れ込みが丸見えだ。その尻がくねる。

「ヒーッ」

奈津がくぐもった声をあげた。美しいけもの二匹のもつれ合いである。

信玄にははじめての光景である。二人の女の肌はぴたりと合わさり、擦れ合っている。乳房が揉みくちゃにされている。まだ、あかねのほうは正気のようだ。

奈津も負けじと、あかねの上になった。あかねの恍惚《こうこつ》となった顔には、薄く汗が浮いていた。それが光って美しい。

三

永禄十年十月――。

嫡男義信は座敷牢の中で自刃《じじん》した。

正室三条の方は号泣した。信玄に背けば、そうなるより仕方なかったのだ。通るはずのない正義を貫こうとした。乱世に正義などあろうはずはなかった。裏切りに裏切りを重ねなければ生きていけぬ世の中である。正義の通らぬ世の中に、義信は切歯扼腕《せっしやくわん》したことだろう。

「おのれ信玄！」

と呟いたのは三条の侍女頭である八重だった。八重はいとしい小賦兵部を失ったばかりである。八重の主人は、あくまでも三条である。三条の息子である義信に武田家を取らせようとして失敗した。また、そのために義信は自決することにもなったのだ。

ささやかな葬儀が行われた。僧侶《そうりょ》が三人来て、読経をする。人々の居並んだ中で、義信の妻である津禰は、顔を伏せたままだった。義信の自刃によって武田と今川の縁は切れる。

信玄は、その津禰の姿を見ていた。泣いているようにも見えた。信玄にとっては、いまはいとしい女である。僧の読経を聞きながら、津禰を抱いたときのことを思い出す。脳の中は津禰が悶え狂う姿でいっぱいだった。

さぞ仏もお怒りだろうと思う。仏はお見通しのはずである。俗人の悪事はお許しになるのか。天井の隅で義信は見ているかもしれぬ。魂だけになった義信には、何もかも見えるはずだ。妻と父の姦通《かんつう》もだ。死んではじめて姦通を知ったのかもしれない。

夜になり、信玄は居間にこもった。座敷の中はシンと静まり返っている。十月もなかば、冷え込んでいる。火鉢を運ばせて手をあぶっていた。

戸が静かに開き、黒い影が入ってきた。そして戸が閉まり、影はそこにうずくまった。津禰だった。

「こちらへまいれ」

津禰が忍んでくるだろう、と思っていた。忍んでくるとすれば今夜しかなかったのだ。まさかと人が思うときにやってくる。

「悪い女だ」

「はい、悪い女でございます。でも、もうお会いできぬかと思うと、矢《や》も盾《たて》もたまらずにまいりました」

「わしも、そなたが来るだろうと思うて待っていた」

「悪いお館さまでございます」

「義信が天井の隅から見ておる」

「おお、恐ろし」

と津禰は、信玄に抱きついてきた。媚態《びたい》であった。胸に顔を埋めてくる。

「わたしは、誰に見られていてもかまいませぬ。お館さまとこうしていられれば」

義信の妻でなければただの女である。側室たちのほうがむしろ美しい。だが女は美しいだけではだめなのだ。

津禰にとっても、信玄が夫義信の父だからいとしいのだ。罪の歓喜を知っている女だった。

「お別れがつろうございます」

「これも定めだな」

「もう、わたしの心はふるえておりまする」

「わしも同じだ。津禰のことを夢にも見た」

「うれしゅうございます」

信玄は、津禰の腰に手を当て、仰向かせると唇を吸った。どうしてこのようにいとしいのかわからぬ。かつてこれほどいとしい女がいたであろうか、と思う。

舌を吸った。柔らかい甘い舌であった。その舌が口の中で動いた。そして信玄の舌を吸いだす。その舌を痛いほどに吸う。

人に知られてはならぬことである。極秘にしなければならないことだ。

人はみな罪人である。人は正義の人を求めるが決して正義の人などおらぬ。人は善を求める。どこに善などあろうか。

信玄は衿から手を入れ、乳房を掴んだ。乳房は熱く柔らかい。罪な女の乳房である。それが熱く弾力がある。

津禰は信玄を抱いたまま仰向けになった。そして呻いた。男の手に掴まれた乳首はすでに充実していた。体が甘い。腰が蠢く。揉まれている乳房が疼《うず》いていた。思わず声をあげそうになる。

津禰は目を開いた。天井の片隅の闇《やみ》がうずくまっているあたりに、義信の霊がいると思った。義信が怒るならば、それも受け入れようと思う。罰が与えられるのなら、どんな罰でも受けよう。それらのものには代えられない歓喜がある。

「あーっ、この世の極楽でございます」

「共に地獄に堕ちようぞ」

信玄は、乳首を口にくわえた。

「あーっ」

と津禰が声をあげ、裾を蹴《け》った。裾が乱れて足をさらす。脛《はぎ》のあたりを信玄の手が撫でる。体がぞくりとなる。

信玄の手が、少しずつ這《は》い上がってくる。手がたどり着くところははざまである。

なぜ、もっと早く信玄に抱かれなかったのかと悔やむ。今日で二度目である。もっとたくさん罪を犯したかったと思う。けれど、二度だけでも、女はその思いを抱いて一生を生きられる、と思う。女は思い出だけで足りるのだ。罪の思い出である。なんと甘美なことなのか。

信玄の手がはざまを撫でていた。

つるんとしたはざまだった。そこを上下に撫でる。女の性器は内蔵されている。それはわかりきっているのに、津禰のはざまだけが、いとしく思われる。

手に快かった。そのはざまは二つに割れている。そのはざまを割ろうとはしなかった。いつまでも撫でている。割るのがためらわれるのだ。

乳首を口にくわえ、しゃぶる。歯で甘く咬《か》む。せつなそうに体をくねらせる。

「お別れがせつのうございます」

別れなければならないことは、お互いにわかっていた。

津禰の手が股間にのびてくる。そしてさぐった。信玄は体を起こし、下帯を解いた。一物は怒張していた。津禰はその一物をしっかり握った。そしてその大きさ、形を確かめるように指を這わせる。

「あーっ」

と声をあげ、頬ずりをする。信玄はその手指を見ていた。ジーンと痺《しび》れが体に走る。亀頭から根元まで、いとしげに撫でまわす。

信玄は仰向けになった。股間がさらされる。津禰が一物をじーっと見ていた。目に焼きつけるかのように。

「これを持って駿河へ帰りたい」

「できることならばな」

唇を尖端にかぶせてきた。すぐにでもこの一物を切れ込みに欲しいのだろうが、じっとこらえている。

「どうして、もっと早くに」

「それを言うてもせんない」

赤い舌を出して尖端を舐めはじめる。頭と胴の境目に舌を硬くして這わせる。そしてぐっと深く呑み込んだ。根元まで呑み込んでおいて、そのままじっと動かない。咽《のど》で味わっているのだ。涙がポトリと落ちた。罪の悔いではない。別れがつらいのだ。駿河へ帰れば二度と会うことはないだろう。

一物を指で、そして口で確かめる。女はその感触を一生覚えているのかもしれない。だが男は女の唇の感触はすぐに忘れてしまう。それが哀しい。

会者定離《えしゃじょうり》とはよくいったものだ。明日は別れなければならない。永遠の別れになるのかもしれない。

信玄は津禰の顔を上げさせると、そこに仰向けにさせ、裾を大きく左右にはねた。白い二本の足がつけ根までも、信玄の目にさらされた。白いなめらかな毒がそこにあった。

信玄は腿に唇をつけた。そして唇を這わせる。なめらかで弾力のある腿を舐め、そしてうつ伏せにさせた。丸い尻をむき出しにする。その尻をも舐めはじめた。

「あ、あーっ」

と津禰は呻いた。そして尻をくねらせる。尻のくぼみから手を入れる。彼女は足を開いた。尻から切れ込みに手をのばす。そこには熱く露がにじみ出ていて、なめらかだった。指を切れ込みに遊ばせる。尻が弾む。指先は肉の芽をとらえていた。

「お館さま」

と津禰がせつなそうな声をあげ、尻を左右に振った。

尻から腰のあたりの肉の感触がたまらない。もちろん、側室たちの腰の肉も悪くはない。だが、それらとは全く違っていた。毒なのだ。毒の感触である。

指を壺の中に没入させた。そこは毒壺であった。毒だからその感触はたまらない。長い襞が指に絡みついてくる。指がふやけて溶けてしまいそうだ。溶けてしまえば、それでもいい。

白い腰がくねった。

「お館さま、せつのうございます」

と悶える。信玄もまたせつなかった。一物ははじけそうに怒張している。壺に埋めたいのをこらえていた。

津禰の体を仰向けにさせる。そして股を開かせ、両腿を肩にかつぎ上げた。女の切れ込みがあらわになる。濡れてぬめったはざまに顔を埋めた。

「あっ、それはいけません」

と津禰は、腰をひねり、信玄の口から逃れようとした。だが、そこに口を押しつけられて、彼女は唸《うな》り、そして腰を振り、逆にはざまを信玄の口に押しつけた。

「津禰は倖せでございます。至上の悦びでございます」

ととぎれとぎれの声をあげた。

切れ込みを舌で分ける。そして、ぬめったそこに舌を躍らせ、更にはあふれている露をすすった。

「あーっ、気がいきます」

と泣くような声をあげた。信玄は、切れ込みに口をつけたまま、頷《うなず》いた。津禰が、腰を振る。その腰をしっかり抱きかかえていた。

豊かな女の腰である。抱いていると充実感がある。豊かで温かい。そこにある壺の中に、みんな入ってしまいたいと思う。息子の妻である。だが、女の胎内である。

胎内に入り、胎児になってしまえば、どのようにやすらかであろうか、と思う。もちろん、この時代には胎児願望という言葉はない。だが、そのような本能はあった。

女の腰が浮き上がった。しっかりと腰を搔き抱く。その腰がガタガタとふるえた。そして声をあげた。気をやったのだ。満足感が信玄の体にもあふれてくる。

体を起こし、一物を手にし、壺の入口に当てる。津禰が息を呑んでいるのがわかった。一物が壺に滑り込んでいく。根元まで没入したとき、津禰は耐えに耐えていた声をあげた。いま気をやったばかりなのに、また体をふるわせる。

「死にとうございます」

とぎれとぎれの声をあげて、信玄にしがみついてきた。

一物は、たっぷりと毒の中に浸っていた。

そのとき、女忍あかねが、寝間の外にうずくまっているのを、信玄は知らなかった。近づく者がないように見張っているのだ。

中で何が行われているか知っている。そして信玄に抱かれている女が誰かも知っているのだ。津禰の歓喜の声が聞こえていた。

「お館さま、お別れしとうはございませぬ」

「わしも思いは同じだ」

信玄はゆっくりと抜き差しをはじめた。あーっ、と声をあげて津禰は狂ったように悶えた。死ねぬのであれば、このまま狂いたかった。

襞が一物にせつなくしがみつく。そのために襞がめくれ上がるのだ。抜き差しが次第に早くなり、そして精汁が放出された。それを受けて津禰はふるえた。

養女お遊

一

永禄十一年二月――。

この年、信玄は四十八歳になっていた。年齢なりに体にも肉がついていた。それだけ貫《かん》禄《ろく》ができてきたということだろう。

津禰は、駿河に帰っていった。その挨拶《あいさつ》のとき、津禰は信玄をののしった。

「義信さまを返せ。今川と盟約を結びながらおまえはそれを破った。不正義だ。死んでしまえ。おまえは、この世に生きているかいなし」

津禰は、ののしりながら泣いていた。別れを惜しんでいたのだ。ののしりながら別れのつらさを訴えていたのだ。その津禰の気持ち、信玄の気持ちを知っているのは、二人の他には女忍あかねしかいなかった。

あかねは、女忍であるだけに、二人の気持ちをよく知っていたのだ。

それ以来、信玄はうつうつとしていた。重臣たちは、それを義信を失ったためだと思っていた。

この年の二月、信玄は、徳川家康と、駿河、遠江《とおとうみ》の略取を約束した。海に面した駿河は、信玄にとって、どうしても手に入れたい国であったのだ。

信玄は、お藤《ふじ》という女を抱いていた。川中島の合戦で、戦死した田沢音左衛門《たざわおとざえもん》という家臣の女房だった。後家のお藤を館内に召し出したのだ。後家といっても二十二歳である。お藤はよく肉をつけていた。そして体も熱い。冬向きの女だった。抱いて寝れば暖かいのだ。このお藤は裸で寝る習性があった。冬は裸のほうが暖かいと言う。

夜具の中で、お藤を抱いていた。外は昨夜から雪が降っていて、一尺ばかりも積っていたのだ。

「こうしているだけでよい。何もしなくてよいぞ」

と言いながら、ごく自然に、お藤の大きな乳房を揉んでいた。つい手が出てしまうのだ。まだ信玄は、津禰からふっ切れていなかった。津禰は駿府《すんぷ》城にいる。ふと馬を駆ってとんでいきたいような気持ちになる。津禰が恋しいのだ。

津禰を思うと、全く毒のない側室たちに手を出す気にはならなかった。津禰のような女を見つけ出さなければならない。

「藤は熱いのう。この寒さなのに汗が出そうだ」

藤には三歳になる男の子がいる。この子をいずれは取り立ててやらねばならない。

しばらく寒い日が続いた。寒いので毎夜のように、藤を抱く。肥った女は気持ちをなごませてくれるのだ。

駿河を攻める理由はあった。今川氏真が、相模《さがみ》の北条と組んで、塩止めをしていた。山国の甲斐は、塩がなくては農夫が困る。塩気がなくては働けない。

駿河を攻めたい。そこには津禰がいる。だが冬の間は動けないのだ。

信玄は、藤の壺におのれの一物を埋め込み、藤にのしかかった。肉は厚く弾力がある。そして壺は深かった。それだけ切れ込みに肉がついているのだ。

「お殿さま」

と藤は言った。この女は、お館さま、とは言わない。

「どうした、気持ちよいか」

「はい、気持ちようございます」

「そのようではないな」

「抜き差しして下さりませ」

と言う。たしかに藤の切れ込みは潤んではいる。だがぬるぬるというわけにはいかない。露が少ないのだろう。

よく肥ってはいるが、壺口は狭かった。ぴっちりと壺に一物が挟みつけられている。腰を浮かすと、一物が手でしごかれているような感触だ。肉がついているために、壺口も細くなっているようだ。

腰を持ち上げ、そして押し込む。

「あーっ、いい気持ち」

と声をあげて腰をゆすった。すると、

「あっ、外れました」

と声をあげ、一物を掴んであわてて押し込む。肉が厚いために一物が奥深くは入らないのだ。

「わたしに、上にならせて下さりませ」

と言う。信玄は体を離して、仰向けになった。すると藤がまたがってきて一物を壺の中に誘い込んだ。このほうがやりやすいのだろう。

腰を回し、そして上下させる。一物は揉みくちゃにされている。このほうが深くまで入るようだ。藤は声をあげながら、大きな尻をゆさぶる。

「おっ」

と信玄は声をあげた。どういうわけか、一気に精を放っていたのである。このように洩らしたのは、はじめてだった。

精を受けて、藤は声をあげた。だが、気をやったわけではなかったようだ。体を降りると、藤は一物を舐めまわしはじめた。力を失い小さくなったものが、藤の口に吸いとられていた。

二

信玄は、庭を歩く若い女を見た。若いといっても二十五、六、すでに若いという年齢でもないが、信玄の目には、若くはなやいで見えた。

「あの女は誰だ」

と近侍に聞いた。

「お遊さまでございます」

「お遊とは」

「信繁さまの姫さまでございます」

「信繁にあのような娘がいたか」

「はい、ご養女でございます。二十年ほど前、信繁さまがお拾いになり育てられておりました」

「そうか、思い出した。そういう話を聞いたことがある。いや、そのころ何度か会っている。あのように大きくなったか」

「はい、この度、嫁入りされることに決まりました」

「嫁に行くか」

信玄は、その後ろ姿を見ていた。はなやかに見えたのは、嫁入りが決まったからだろう。

季節も、春になっていた。土堤の桜並木には、桜が咲いていた。

三月には、信玄は北信濃に出兵していた。その出陣からもどってきたところだったのだ。北信濃は雪が深かった。信濃と越後の境にある海津《かいづ》城が、上杉軍におびやかされたのだ。海津城を預けている高坂弾正が救援を求めてきた。

「お遊を呼べ、一日会っておこう。わしには姪《めい》になるわけだ」

はい、と近侍が去る。なぜお遊を呼んだのか、信玄は自分でもわからなかった。信繁は信玄の弟だった。川中島合戦のとき八幡平で討死した。その信繁が可愛がっていた娘だった。

お遊が廊下に膝をついた。

「もっと近う寄れ」

はい、とお遊は立ち上がって広間に入ってくる。そして信玄の前三間あまりのところに坐った。

「しばらく会わなかったが、美しくなった」

「ありがとうございます」

「嫁に行くそうだな」

「五月でございます」

「そうか、信繁も喜ぶであろう。何か祝いをしなければならぬな。望みがあれば言うてみよ」

お遊は目を上げて、信玄を見た。よく目もとが張った美女である。祝言を挙げる相手は、四郎勝頼の重臣早瀬隼人《はやせはやと》という男だという。

「早瀬も、そなたのような美しい女を妻にできるとは倖せな男だ」

双眸《そうぼう》がきれいだった。今年二十四歳になるというが、もっと大人びて見えた。去るために立ち上がった。その姿がよい。容姿に女らしいしとやかさがあった。

信玄が四十八歳になった。ということは、側室たちもそれだけ年齢をとったということになる。信玄が新しい側室を求めた。女は若いほうがいいのだ。

もっとも、いまはどれほど若く、どれほど美しい女を求めても、信玄の気分は爽《さわ》やかにはならない。

父信虎のころからの武田家の重臣甘利虎泰の息子昌忠《まさただ》が、妹の綱手《つなで》をさし出した。二十八歳、なかなかの美人である。虎泰はとうに戦死し、いまは甘利昌忠が信玄の重臣である。綱手は後家だった。夫はすでに戦死している。

これだけ合戦を重ねてくれば、戦死者も多い。

館に綱手を住まわせ、綱手の部屋を訪れる。彼女は酒の用意をして待っていた。信玄が坐り、綱手が酌をする。

抱き寄せると、綱手はすんなりと腕の中に入ってきた。案外いい女かもしれない。しっとりとした女だった。

「わたしに、お役がつとまりましょうか」

と言った。首筋が白い。女盛りである。

「わしも、いまさら若い女に手を触れようとは思わぬ。手入らずの女など、いまから好みの女に仕立てあげるのはわずらわしい」

「わたしなど、お気に召されますまい」

いまは、どんな女であろうと、同じことである。津禰が去ったあとは、胸にぽっかりと穴があいたような気がしていた。

「わしを慰めてくれればそれでよい」

「わたしは、ただの女でございます」

「夫が死んだあとは、後家を通してきたか」

「はい。夫は一人で充分でございます」

「気に染まねば、酒だけでよい」

「そのようなことは申しておりませぬ。わたしが、いくらかでもお館さまのお役に立てるのでございましたら、いかようなこともいたしまする」

「無理しなくともよい。わしもこのところ弱くなってきている。添い寝してくれるだけでよい」

　信玄は、夜具の中に綱手を抱き込んでいた。あわてて肌をさぐるほど若くはない。綱手は体からほのかに女の香りを発していた。その香りをかいでいるうちに、その気になるだろう。

　男一生に女と交わる回数は、四千五百といわれている。つらつら考えてみるに、信玄はとうに四千五百回は通り越しているようだ。女の体に触れたのは、十五歳のときだったと思う。それから三十三年、さまざまな女を抱いてきた。

　四千五百回とは誰が決めたのか知れないが、おおよそそれくらいであろう。あとどれくらいできるのかと思う。もちろん、人によって異なるのであろうが、少しは精を惜しまねばならない年齢になってきたということか。

　寝間着の上から、綱手の体を撫でまわす。人生五十年とすれば、あと二年しかないわけだ。ぼんやりとおのれの生涯を思い出してみる。

　ふと脳を一人の女の姿がかすめた。その女は弟信繁の養女お遊だったのだ。恋しい津禰がお遊に代わったというのではない。津禰とは別に胸中にお遊が生まれてきたのだ。

血のつながりはないというものの、姪ではある。また悪魔が囁《ささや》きかけてくる。地獄の赤鬼、青鬼が笑っている。

衿の間から手を入れて、綱手の乳房を摑んだ。さほど大きくはないが、信玄の手にぴったりと合った。合ったような気がしたのだ。

お遊は二十四といった。もちろん男は知っているだろうが、清楚《せいそ》に見えた。双眸が美しく張っていた。

「いかん」

と呟いて、頭を振った。頭の中からお遊を追い払ったのだ。

「いかがなされました」

「何でもない」

血はつながっていなくても、姪は姪である。それに嫁ぐ身である。そんな女に思いを寄せてはならないのだ。

乳房をさぐると、綱手が低く呻き声をあげた。この女は夫を亡くしたあと、ずっと孤閨《こけい》であったようだ。この熟れた体で、さぞかし男が欲しかったであろう。

「あーっ」

と声をあげて、信玄の胸に顔を埋めてきた。戦国の世の女たちは哀れである。女としての悦びを知ったころには、夫は戦場へ出て、討死ということになる。

「お情けを」

と綱手は小さな声で言った。そして体をふるわせた。男の手に触れられるのは、何年ぶりかだろう。手を股間にのばす。

「恥ずかしゅうございます」

と体を縮めた。

三

お遊が、信玄の贈り物のお礼にと参上した。祝言を挙げて十日目だという。

信玄は、お遊から目をそらした。まぶしい女に見えるのだ。

「わかった。去れ」

と心とは逆のことを言った。お遊の顔が哀しげな色に変わった。見ているのが息苦しいのだ。左右に居並んだ重臣たちに、胸の中まで見られたくはなかった。

お遊は立って背を向けた。

「待て」

と声をかけた。お遊が足を止めて振り向いた。

「お遊、倖せになれ」

「はい」

お遊の目がまっすぐに信玄を見ていた。そして去っていく。

「美しくなられました」

と山県昌景《やまがたまさかげ》が言った。この男は謀反を起こし刑場に果てた小賦兵部の弟三郎兵衛である。家臣の中にいまわしい思いを残しておきたくなかったので山県昌景と名を改めさせた。

信玄の思いを知るわけがなかった。

九月、その日はまだ残暑が厳しかった。乱波の一人が、

「織田信長どの、足利義昭《あしかがよしあき》さまを奉じて、上洛《じょうらく》なされました」

と報告した。

信玄は、顔には出さないが、胸の中で〝しまった〟と叫んだ。

三年前、京にあった足利将軍義輝は、三好三人衆と松永久秀の反乱にあい、死んでいたのだ。信長はすでに何の力もない義昭を将軍として京都に上ったのだ。

信長がいつまでも義昭の家臣であるわけはない。義昭を追い出して信長は天下を取るつもりだ。

「信長にしてやられた」

この報せは、信玄にとっては衝撃だった。信長に抜け駆けされたのだ。信玄は焦りを覚えた。京へ上るには、まず駿河を、と思っていた。そういう矢先に、信長はすんなりと京

へ行ってしまった。

信玄は、綱手の部屋に足を運んだ。薄衣一枚で夜具の上にうつ伏せになると、綱手を背中にまたがらせた。綱手は揉み療治の技を持っていたのだ。肩から背中にかけて指で押す。背骨の左右の筋をである。親指に親指を重ねると力が加わるのだ。

綱手の尻がぴたりと背中についている。信玄は呻いた。

「信長にしてやられた」

もっと早く手を打たねばならなかったのだ、天下を取るためには。

考えてみれば越後の上杉にこだわりすぎた。そして駿河とは盟約していた。それで信玄は動きがとれなかったのだ。

信玄は、将軍家に願い出て上杉と和を請うていた。上洛するには上杉が邪魔だったのだ。信長に先を越されたのも地の利と運だったのだろう。

信玄は、綱手を這わせて、その尻を抱いた。すべすべとした尻である。魅力ある尻である。だが、ただの女だった。信玄は膝立ちになって尻を抱いた。

「あ、あーっ、お館さま」

と声をあげて尻を左右に振る。彼は押しつけたままである。尻を振りまわして、綱手はよがる。

男が動いて疲れることはない。女が動いてよがるのだ。少しは精を惜しむ気持ちになっていた。女と交わる毎に精を放っていては体がもたないのだ。女に興味を抱かなくなっては男もおしまいだという。だが、信玄の周辺には女がたくさんいる。その気になれば、いつでも抱けるのだ。だがそれでは何の刺激もないのだ。女の体にも飽きた。飽きるほど女がいるというのは、倖せなことではない。女との機会の少ない兵たちは、どんな女にも欲望をむき出しにする。

信玄は体を離して仰向けになると、綱手はすぐに一物にしがみついてくる。一物を舐めはじめる。女たちは一物に飢えている。綱手は夫が討死してから、信玄のおそばに上がるまでは、孤閨だった。名のある将だった男の妻である。男が欲しいからといって、やたらに男を求めることはできない。

綱手は信玄に召され、運のいい女ということになる。信玄に召されれば、亡夫も周りの目も気にすることはなかった。

信玄は手をのばして、綱手の尻を撫でまわした。感触のいい尻である。男たちが女の尻にこだわるのもよくわかる。女の尻は柔らかくて弾力がある。綱手の年齢になれば、脂がのってなめらかになるのだ。

一物からその周りを舐め上げ、そして一物を口にくわえた。咽に尖端を押しつけじっとしている。一物への憧《あこが》れがある。体の中にあるよりも、口の中にくわえていたほうが一物の実感があるのだ。根元を指で押さえ、ふぐりを手に包み込む。

「あ、あーっ」

と一物から口を離し、綱手は声をあげた。一物に奉仕できて倖せなのだ。信玄は彼女のしたいようにさせていた。

綱手は、おもむろに体を起こし、そして男の腰にまたがってきた。そして一物を壺の中に誘い込む。一物を体の中に収めておいて、

「あーっ、倖せでございます」

と声をあげ、そして腰を回しはじめる。信玄は、ときおり下から突き上げてやった。

四

信玄は、駿河に出兵した。もちろん事前に手は打ってある。駿河の部将たちは、信玄に甲州金を摑まされ、領地安堵《あんど》を約束されて、戦う気力を失っていた。

今川氏真は、兵を出し防戦しようとしたが、部将たちは、あっさり引き上げてきてしまった。束ねる義元が死んでからはバラバラになっている。

大国駿河も、いまは氏真の力ではどうしようもなかった。京風の風俗を好む氏真に、部将たちの人望はなかったのである。

戦わずして信玄に負けてしまった。城を攻められれば首を討たれることになる。氏真は

重臣何人かと、城を抜け出し、北条氏康を頼ったのである。

女たちは残しておいた。一緒に連れて逃げるには足手まといになるのだ。落城のときはたいていそうである。信虎は、城を落とすと女を連れてもどり側室にしたのだ。そのために側室が数十人にもなり、手のつかないままの女も多かった。

信玄は無血で駿府城に入城した。今川家の女たちが、兵たちに分け与えられる。女たちにも、その覚悟はできている。むしろ、逆にそれを心待ちにしていた女もいた。

このときばかりは、どのような醜女《しこめ》も、兵たちに襲われる。抵抗してもはじまらない。いずれは犯されるのだから。

将たちは広間に集まり、信玄を中心に祝盃を上げる。今宵はこの城に泊まることになる。

「お館さま」

と女忍あかねが、信玄を呼びにきた。武田軍を駿河に誘導したのは、あかねら忍者の一隊だったのだ。

あかねに誘われて、奥の部屋に行くと、そこに一人の女人がいた。津禰であった。

「おなつかしゅうございます。またお会いできるとは、思うてもおりませんでした」

「あかね！」

「ご心配なされますな、とうにわたしは存じておりました。この部屋は、わたしたち忍びがお守りいたします。すべて、心得ておりますれば、ごゆるりとなさいませ」

あかねが退り、戸を閉めると、津禰が立って走り寄ってきて抱きついた。

「お会いしとうございました」

「氏真は、そなたを連れて逃げたと思うておったが」

「兄には、そのような余裕はなかったようでございます」

反抗さえしなければ、女は殺さぬものである。それで武将たちは女を置いて逃げるのだ。

「もう、お会いできぬ、と思うておりました」

津禰は潤んだ目を向けていた。すでに体も潤んでいるのだろうと思う。

「恋しゅうございました」

信玄は黙って津禰を抱き寄せた。股間を手でさぐると、思った通り、そこはあふれるほどに潤んでいた。女というのは、まぐわいを予想するだけで潤んでくるものらしい。

「信玄さま」

ふるえる声で言った。すでに津禰にとって信玄はお館さまではないのだ。義父でもなかった。息子の妻だった女だが、いまは他人である。だからといって、信玄の一物は萎《な》えることはなかった。

津禰は、しっかりと信玄の一物を握った。そして体をふるわせた。別離以来、津禰に男がいたわけはない。ずっと信玄を恋いこがれ、信玄との思い出に浸っていたのだろう。

「あーっ」

と嘆息を洩らした。二度と手にできるとは思っていなかった一物である。一物の感触が彼女を酔わせているのだ。熱い溜息をつき、潤んだ目で信玄を見た。

今回は、すぐに別れが待っている。それも津禰をせつなくさせていた。今度別れれば、次にはもう会うことはないのかもしれないのだ。

うれしさと哀しさがごちゃまぜになっていた。せつなくて胸苦しい。

「お情けを」

と声を洩らした。そして津禰は自分から仰向けになった。裳裾《もすそ》をめくる。白い足がのぞいた。そして股間までもさらしたのだ。腰を割り込ませると、腿が左右に開いていく。そこにある切れ込みに、義信の一物が何度となく滑り込んだのだ。その義信はいまは亡い。

一物の尖端が切れ込みを分けた。一物が壺の中に滑り込んでいくにつれ、左右の肉が膨らんでいく。

「ヒーッ!」

と声をあげて津禰はしがみついてきた。そしてしきりに腰を回す。

彼女は身を揉んで二度気をやった。女の襞がけんめいに一物にしがみついているように思える。襞がうねっていた。

「あなたのでいっぱい」

と低い声で言った。哀しみの声である。襞は一物をしきりに確かめようとしている。その感触を体に焼きつけようとしているのだ。

「このまま、いつまでも、いつまでも」

と思っても時は止まってはくれない。気はやらずともいい。信玄の一物を感じていたい。

「哀しい」

と信玄も呟いた。別れはいつでも哀しいものである。すべてを捨てたくなる。たとえ何もかも捨てたとしても、一生津禰をそばに置いておけるわけではない。

「あーっ、また」

と声をあげて、彼女は腰を使いはじめた。せつなく甘い。こういう思いは、信玄にもかつてなかった。津禰にはもちろんのことである。義信はこういう思いは一度もさせてくれなかった。

離れられない、と思う。だが離れなければならないのだ。別れがわかっているだけにせつない。

腰を左右に振る。そしてしゃくり上げる。それだけで体は甘くなってくる。やたら腰を回す。

「あ、あーっ、信玄さま」

と声をあげた。体がふるえる。痙攣《けいれん》するのだ。脳天から閃光《せんこう》が突き抜けていく。それで一瞬、失神する。ふと我に返ってみると、まだ体の中で一物は健在だった。あーっ、と声をあげてしがみつく。

「あなたを忘れません」

「わしも、おまえを忘れられないだろうな」

信玄は、津禰の体を抱き上げた。彼女は信玄の膝の上にまたがった形になった。座位である。彼は両手で津禰の尻を抱きかかえることになる。尻が左右によじれる。尻を手で揉み上げる。尻の肉は手に快い感触である。

信玄は彼女を抱いたまま、腰を浮かせる。ストンと腰を落とす。一物が壺を突き上げる。その度に、あっ、と津禰は声をあげる。

そのまま信玄が仰向けになる。茶臼《ちゃうす》である。上に重なった津禰は、喘ぎながら腰を上下させはじめる。またまた、と声を発しながら、男の体にしがみついて体を強張らせる。すでに何度も気をやった。きりなしに気がいくのだ。このまま狂ってしまえればと思う。だが、哀しいかな、狂うことはできないのだ。

津禰は、信玄の体から降りると、濡れた一物を手にする。手でしごいておいてから、ぬめりを舐めとるのだ。根元のあたりを舐めまわし、そしてふぐりを口にくわえた。一物は屹立《きつりつ》している。柔らかい袋の中にうずらの卵様のものが二個入っている。それを口の中で転がすのだ。

「お情けをいただかして」

呑みたいのだ。嚥下願望《えんげがんぼう》というのがある。男をみんな呑み込んで自分の胃の中に収めたい。一物は呑み込めないから、代わりに精汁を呑み込むのだ。

津禰は一物をくわえ、頭を上下させはじめた。しっかりと瞼《まぶた》を閉じていた。瞼を閉じても一物は焼きつけられている。

信玄は、一物が津禰の唇の間に出入りしているのを見ていた。いつまでも一物をねぶらせていたいと思う。

急に放出感が湧いてきた。

「果てる！」

と口走っていた。腰を突き上げた。手が根元を支えている。咽の奥には入っていかない。精汁が噴出した。津禰はそれを口で受け、咽を鳴らした。嚥下したのだ。一物が口の中で小さくなっていく。

津禰は這い上がるようにして、信玄の胸に顔を埋めてきた。そして今度は男の小さな乳首をついばみはじめる。

「信玄さまのお子を産みたい」

と言った。女としての最後の望みだろう。だが、津禰は義信の子も、ついに孕《はら》むことはなかった。義信に子種がなかったのか、あるいは津禰が石女《うまずめ》だったのか。

信玄は、津禰の長い髪を撫でまわした。さらりとした髪である。この長い髪がいとしい。

彼女は、また手を股間にのばした。一物は小さくうずくまっていた。それを指でひねりまわすのだ。

「もう立つまい」

「わたしが立たせてみせます」

わしももう年齢だ、と思う。若いときのようにはいかない。一度放出してしまえば、たいていは回復することはない。放出しなくても、側室たちには勃起しないことがあるのだ。まぐわいはなくても、女の肌に触れているだけでもよいのだ、と自分に言い聞かせる。一物に触れられると、かえって不快になることもある。

老いたな、と思う。女の花の盛りは短い。男が女を抱ける歳月もまたそれほど長くはないのだ。

津禰は、指をふぐりの下にのばした。そして菊の座までのばす。そこで異変が起こった。一物に力が加わってきたのだ。血液が流れ込み充実してくる。

「うれしい」

と津禰が声をあげた。津禰だからこそ勃起したのだ。

五

永禄十二年、信玄は駿河興津城《おきつじょう》で北条氏政と対陣した。そして徳川家康に掛川城を攻めよ、とうながす。

九月には上野《こうずけ》・武蔵《むさし》に進攻し、鉢形城《はちがたじょう》を囲む。だが、信玄はむかしのように強引に攻め込んだりはしない。

十月には、小田原を囲んだが、合戦はやらずに引き上げた。

信玄は浮かなかった。早く上洛して、織田信長を京都から追い出したい。若い信長に天下を取られてしまうことになりはしないかというおそれもある。

考えてみれば、越後の上杉にかまいすぎた。上杉とは和睦《わぼく》して上洛すべきだったのだ。そのうちに信長は、将軍足利義昭を京から追い出すに違いない。義昭には、すでに何の力もないのだ。徳川家康もまだ若いが大きくなるだろう。信長と家康は手を組んでいる。そのうちに最強の軍団になるかもしれない。信長も家康も神徒である。だから同じ神徒の上杉は攻めない。仏徒の信玄を攻めてくる。攻めてきたら和睦などない。どちらか潰《つぶ》れるまで戦うのだ。

今川義元の首を取ったころの信長は、まだ小物だった。だがそれ以来、信長は大きくなってきている。それがいま一つの気がかりだった。

信長とは一戦を交え、叩《たた》き潰してしまわなければならない。京に上るには、その途中に多くの敵がいる。戦いながらでは、時間がかかる。すれば、海から京に向かうしかない。

重臣に命じて海賊を当たらせた。


近くに女忍あかねが来た。

「お館さま、お遊さまをお召しになりませぬか」

と言った。信玄は目をむいて、

「なにっ」

と声を発した。だが、あかねは平気な顔でいる。弟信繁の養女お遊は、四郎勝頼の重臣早瀬隼人に嫁して一年が経つ。

「どうして、おまえが」

と言いかけて、信玄は息を呑んだ。心ひそかに思っていることをどうしてあかねが知っているのか。

信玄はお遊のことなど口にしたこともない。お遊は美しい女である。養女だが弟の実の娘のようなものだ。それを信玄が抱けるわけがない。

それをあかねが知っている。そういえば、二人だけしか知らないはずの津禰との仲をあかねは知っていた。そのときは、忍びとはおかしなものだ、と思っただけですんだ。だがお遊とのことは、そういうわけにはいかないのだ。お遊は、いまは早瀬隼人の妻でもあるのだ。

信玄は、あかねを睨《にら》みつけた。

悪魔の囁きだった。同時に甘い蜜《みつ》のような囁きでもあったのだ。

「お館さまが沈んでおいでになっては、武田家のためになりませぬ」

とあかねは言う。

道理である。いや非道理だ。姦通《かんつう》をすすめるなど、もっての他だ。

信玄が抱き寄せようとすると、あかねはするりと逃げた。

「なぜ逃げる」

「わたしは、忍びでございます。忍びとしてお館さまのお役に立ちとうございます」

「女ではないと申すか」

忍び姿である。どこへでもひょっこり姿を現す。駿河城でも突然現れ、津禰のもとへ案内した。

「女でございます。それゆえに女としてお仕えするのは、つろうございます」

「おまえの言っていることはよくわかる。お遊がどうにかなるというのか」

「お遊さまを、お連れ申し上げます」

「お遊さまには、お館さまの意を通じてございます」

「なにっ！」

信玄は、また声を放った。お遊が、信玄の気持ちをすでに知っているのか。

「それで、お遊は？」

「はい、お館さまがお召しになれば、おいでになります。わたしがご案内申し上げます」

ふむ、と信玄は唸った。お遊が信玄と姦通することを承知したというのか。恐ろしいことをする女だ。

「お遊さまは、お館さまを恋いこがれておいでになります」

「まさか」

「お遊さまに意はお伝えしました」

「待て、しばらく待ってくれ」

「わかりました」

とあかねは去っていく。

お遊が信玄に抱かれることを望んでいる。そう思っただけで、胸がどきんとし、キュンと締まった。

「悪い女だ」

「無理やりにか」

あかねのことか、お遊のことか。お遊は早瀬隼人を裏切っても平気なのか。全身の血が回りはじめたようだ。

信玄は、久しぶりに三条の方の部屋を訪れる気になった。三条はこのときすでに五十二歳になっていた。

部屋に行くと、三条は笑顔で迎えた。だがその笑顔も沈んでいた。陽気であるわけはなかった。嫡子義信を失ったのだから。義信はこの母にも背いたのだ。この母をののしった。

三条は、信玄を静かに迎えた。そして酒膳を運ばせる。

三条に酌させて、酒をのむ。もちろん、三条には、津禰のこともお遊のことも知られてはならない。三条もいまは側室たちのことはとやかく言わなくなっていた。

年齢とってから、男が何人もの側室を持つのは当たり前のことなのだと知ったのだ。若いころには狂うほどに嫉妬《しっと》した。

「わしは、京へ上る」

ちらりと三条の目が動いた。むかしは、早く天下をお取りなされ、と言っていたものだ。

「三条、うれしくはないのか」

かすかに笑った。侍女たちは、それぞれに去っていた。場所を寝間に移す。

「わらわは、もう、どうでもよろしゅうございます」

「気のない返事だな」

「この老いた顔を、京でさらしたくはございませぬ」

もう、すべてを諦《あきら》めた顔だった。だが、三条には次郎信親《のぶちか》がいる。もっとも信親は患《わずら》って盲目となり出家している。

「このところお館さまも、側室方のところへは、お行きにならないと聞きましたが」

「わしも、老いた」

「まさか」

と笑った。そう、まだお遊がいた。お遊を思えば気が弾む。

「お館さまが、女にお近づきにならなくては武田家のためになりませぬ。勝頼どのでは、まだ心もとのうございます」

勝頼は、湖衣姫の産んだ子である。武田家はおそらく勝頼が継ぐことになるだろう。それは三条ももう認めていることであった。

「どうだ、そなたものまぬか」

と盃をさし出した。三条が受け取った盃に酒をついでやる。

「三十年は長かったな」

白い咽を鳴らして、酒をのんだ。京都から三条が信玄の嫁に来たのは二十歳のときだった。信玄十七歳である。

「いいえ、わらわには短いものでございました」

また酒をつぐ、それをのむ。公卿の出である。いまも色は白く気品はある。少し肉はつきすぎているが。

「そなたは、まだ女だ」

「いいえ、もう女ではございませぬ」

抱き寄せて、衿から手を入れて、大きな乳房を手で包み込んだ。すでに柔らかくなって弾力もない。

「静かに、おやすみなされませ」

乳房を揉み、そして乳首を摘んだ。それをひねると、

「あっ」

と声をあげ、うろたえた。快感を覚えるとは思ってもいなかったようだ。女は老いても女である。三条は身を揉み、信玄の手を押しのけようとし、次には抱きついてきた。

京女多香

一

京都から数人の供を連れて女が着いた。三条が、信玄のために呼んだ女で、多香《たか》といった。

年齢は三十歳、後家である。だが三条が呼んだ女だけに美しかった。肌の色も白く、肉も柔らかそうで、若いころの三条に似ていた。二十年前には考えられないことだった。三条が自分から側室になる女をさし出すなどとは。信玄にしても薄気味悪いことだった。むかしの三条を考えればである。

信玄の名は京にも聞こえている。多香も信玄のことを知って甲斐《かい》まで来たのだ。部将たちの居並ぶ広間で、多香と対面した。そのときから多香は、側室と決まった。部将たちも、このところ信玄が沈んでいるのを知っていた。

白い端正な顔、この女ならば信玄も気に入り元気が出るだろうと安堵《あんど》した。久しぶりに広間で酒宴を張った。

だが、信玄は胸に重い問題をいくつか抱いていたのである。京では、織田信長が足利将軍義昭の後見人になっている。義昭はかいらいである。何の力もない。やがては信長に追い出される。すると信長が天下を握ることになる。

そうさせてはならないのだ。信玄は早く上洛《じょうらく》したかった。だが周りの情勢がそれを許さなかった。上洛すれば、越後の上杉、相模《さがみ》の北条が攻め込んでくるだろう。上杉との和睦《わぼく》を将軍に願い出ていた。信長とは違って上杉謙信は将軍家の命には従う。

だが、義昭将軍からは何の沙汰《さた》もない。義昭には何の力もないのだから仕方がない。以前は、北条氏康とは同盟していた。だが、今川を攻めたことで、北条は敵に回っている。

信玄は、地方の領主で終わりたくなかった。京の地に立って、天下に号令したかったのだ。上杉と争いたくなければ、海路をとるしかない。それで重臣の一人に海賊を集めるよう命じてある。だが三万の大軍を運ぶのは簡単にはいかないのだ。山国に育った信玄は海を知らなかった。それで船に乗るのも不安だったのだ。

もう一つは、お遊のことだった。女忍あかねは、お遊さまをお召しなされませ、と言った。お遊もそれを承知しているという。だが人妻である。血のつながりはないものの弟信繁の娘でもある。もちろん、それだからこそ、信玄の胸も熱くなり、ときめきもするのだが。

お遊に会いたい。お遊をこの腕に抱きしめたい。そう思うが、ためらいがあった。お遊を抱くのは悪事である。悪事はそのまま甘い蜜《みつ》の味である。

多香と目が合った。その目が笑った。信玄は自分の胸の中を覗《のぞ》かれたような気がした。女というのは勘が働く。男にはわからないことだ。お遊のことを見透かされたような気がして、信玄のほうから目を離した。


お披露目《ひろめ》がすむと、床入りということになる。寝間には、信玄の命令で三つの油皿に灯がつけられた。寝間は明るくなる。

その灯の中に多香は横たわった。目鼻立ちのはっきりした美女である。信玄の周りには美女は多い。多香は瞳が大きく、ただでさえ潤んでいるように見えるのだ。体も三十女の脂をつけているようだ。

「お館さまは、何かお悩みでござります」

「この年齢になれば、悩みはいろいろとある」

「京にお上りあそばされますか」

「三条がそのように言うたか」

「いいえ、京でその噂《うわさ》がもっぱらでござります」

「そうか」

「早う、京へお上りあそばされませ。上総介《かずさのすけ》など追い払いなされませ」

上総介とは織田信長のことだ。

「今宵は、そなたも疲れているであろう。このまま休むがよい」

「疲れてはおりまする。けれど、女の体は疲れると、よけい疼《うず》いてくるものでございます」

男にも〝疲れ魔羅《まら》〟ということがある。疲れたときに、かえって妙に欲情し、女が欲しくなるものだ。また、そういうときの快感が強いものだ。

「そなたの夫は病死か」

「はい、生まれつきからして弱い男でございました」

信玄は、多香のそばに坐って衿《えり》から手を入れた。そして手で乳房を摑《つか》む。それはねっとりとして柔らかい乳房だった。乳房の感触というのは女によって異なるものである。男の手によって、よく揉みしだかれた乳房のようだ。亭主が病死してのち、男に縁がなかったわけではないようだ。

「よい乳だ」

「はい」

乳房を揉《も》み上げる。手の中で乳首がしこってくるのがわかった。

「あーっ」

と声をあげて、多香は体をくねらせる。女の媚態《びたい》でもある。もちろん感じて体が勝手にくねりもするのであろうが。腰をくねらせたためか、裳裾《もすそ》が乱れた。そこから白い足がのぞいた。

だが、信玄の気持ちは浮き立ってこないのだ。股間《こかん》の一物もうずくまったまま、動きだそうとはしない。この多香がいやなわけではない。さすがに彼女も、はじめての男の股間に手をのばすなど、はしたないことはしない。

乳首を摘んでひねった。とたんに多香は、あーっと声をあげた。その気がないのに、女の相手をするというのは苦痛である。女なら男まかせでもいいのだろうが、男はそうはいかない。一物を充実させなければ、まぐわいはできない。多香の裾が乱れて、更に足をさらした。腿《もも》の肌が白い。

多香は、荒い息を吐いていた。女盛りで男には馴《な》れている。それだけに敏感なのだろう。裳裾を左右にはね、股間までもさらした。恥丘には一摑みの黒い毛があった。品よくまとまり、毛はよく縮まっていた。

肉づきのいい腿が目の前にさらされた。多香もまた、信玄が若い男のようにすぐにのしかかってくる、とは思っていない。信玄の年齢は知っていた。

多香は自分で腰紐《こしひも》を解いた。そして前を広げる。乳房から腹、腿、女の肌が目の前にさらされた。

「恥ずかしゅうございます」

とたどたどしく言った。女であるからには男の目に肌をさらすのは恥ずかしいことだろう。

「美しい体だ」

そうは言ったものの、信玄はまだ興がのっていない。この女に対して勃起《ぼっき》させないのは礼を失することだろう、と思う。がまだ一物は動きださない。動きだすのを待っていた。

こればかりは、自由にできぬものだ。多香の白い肌を目の前にしても、信玄の頭の中には、上洛のこととお遊のことがへばりついている。

手を黒々とした恥丘の上にのせた。よく縮んでざらりとしている。それを手で擦ってみる。そこだけが高く盛り上がっている。そこには恥骨がある。恥骨の高低というのもあるものだ。はざまに手を滑り込ませようとすると、両腿がぴたりと合わさっている。そこには隙間《すきま》がない。それだけ肉がついているのだ。

色が白いというのはいいものだ。七難隠すという。透明感のある白さだった。血管が沈んでいるのが青くさえ見える。それでいて全体に脂がしみ込んでいて、光沢さえ放っている。

腿を撫《な》でまわした。腿が美しければ、その中心にある女の秘所も、より美しく思われる。膝《ひざ》に手をかけた。開かせようとする。多香は抵抗を見せながらわずかに開いた。はざまにも肉がついている。そのはざまが深く割れているのだ。

「あーっ、恥ずかしい」

と声をあげた。男に見られるのを知っていながら、見られるのは、やはり恥ずかしいのだ。

そのはざまを手で撫でる。手を上下させる。多香はさすがに両手で顔をおおっていた。

股《また》を少しずつ開いていき、そこに体を割り込ませた。

指で切れ込みを開く。そこは美しい桃色に輝いていた。

二

元亀《げんき》元年（一五七〇）四月――。

信玄は、駿河《するが》と伊豆《いず》に出兵した。

同じ四月に、北条氏康は上杉謙信と和を請い、氏康はわが子氏秀《うじひで》を上杉の養子にした。謙信は、氏秀に景虎と名のらせる。景虎は謙信の若いころの名である。謙信は女を近づけなかったので子がなかった。それが謙信、女説のもととなった。

この年の七月に、信玄の正室三条の方が逝去《せいきょ》した。五十三歳であった。信玄はがっくり肩を落とした。三条が生きている間に上洛したかったのだ。

信玄も、この年に五十歳になっている。

信玄は、多香の柔らかい肌を撫でていた。このところ、他の側室たちには手を出さない。その気にはなれないのだ。信玄にとって多香の体が最も若く新鮮に思えた。三条が京から呼んだ女だけに肉も柔らかく、それに品があった。女には品が必要なのだ。上品《じょうぼん》という。若いころは女を選ばなかった。だが年齢をとると女を選ぶようになる。一人女がいれば、あの女、この女と取っかえ引っかえすることはない。

女の肌の手触りとはよいものだ。なめらかで弾力がある。それにぬくい。このところ信玄の気分はすぐれなかった。

「あ、あーっ、お館さま」

と多香がせつなげな声を洩《も》らした。そういえば長いこと肌を撫でまわしていた。乳房を揉み、尻から腿のあたりを撫でまわしていた。このところ多香の体も信玄の手に馴れてきている。

「このまま気をやるか」

「お館さまの、お情けを」

「あとだ」

信玄の一物は膨らんではいたが、まだ軟らかだった。軟らかいまま放出することも多かった。放出するというのではなく、出てしまうのだ。若いころのように痺《しび》れるような快感はない。

快感も薄くなってきている。それが淋《さび》しくもあった。手を腿の間に入れ、撫で上げるとはざまにたどり着く。そこは熱く潤みが伝わっていた。潤みが切れ込みから外へ流れ出しているのだ。

指が切れ込みを分けた。そこには哀しいほどにたっぷりと露が出ていた。その露を指に塗りつける。指をそこに躍らせると、女の腰が揺れた。多香は荒い息を吐いている。

女の露の感触というのはうれしいものだ。二指を壺《つぼ》に没した。溶けそうに柔らかい襞《ひだ》が指にまつわりついてくる。

「あーっ、天に昇ります」

と声をあげ、信玄に抱きついてきて身悶《みもだ》える。

そのとき、寝間の外に人の気配があった。

信玄は、多香の股間をさぐりながら、

「何者じゃ」

と声をかけた。多香が体を縮めた。

「あかねにございます」

「入れ!」

と言った。

ひと呼吸あって戸が開き、忍び装束のあかねが影のように入ってきた。多香は更に体を縮め、信玄の手を押しのけた。そして乱れをつくろい、あかねに背を向けた。なるほど、人に見られるのは恥ずかしいことか、と思う。あかねは平気なようだ。信玄は、多香の肌をあかねに見せてやろうか、と思った。あかねは平気でも、多香は羞恥《しゅうち》に染まるだろう。悪趣味である。

「用を申せ」

「はい、奈津さまが、初鹿野《はじかの》さまと姦通《かんつう》にございます」

「姦通か」

「ただお知らせしただけです。お二人をお見逃し下さいませ」

「ならば、なぜ、わしに知らせた」

「他の方から、お館さまのお耳に達するよりよろしいかと思いました」

奈津は、信玄の側室の一人である。初鹿野忠次《ただつぐ》は、侍大将である。

「奈津から誘ったのであろうな」

「そのようにお見受けいたしました」

「忠次も災難だな、奈津に迫られては、忠次も弱ったであろう」

あかねは、答えなかった。

「わかった。わしは聞かなかったことにする。他にも秘せよ」

「ありがとうございます」

とあかねは頭を下げ、そのまま寝間を出ていった。戸が閉まった。

「胸がふるえる思いです」

と多香が低い声で言った。

「そうか、胸がふるえたか」

多香は、信玄の股間に手をのばしてきて、一物を握った。その一物は硬くなっていた。奈津が姦通している。そのことに衝撃を受けて一物が充実した。

そうか、姦通か、と呟《つぶや》く。側室が他に男を求めては、信玄に首を刎《は》ねられても仕方がない。奈津にそれだけの勇気があったのか。勇気ではなく飢えなのか。

多香は、体をおこし、一物の尖端《せんたん》に唇をかぶせてきた。

「命がけだな」

初鹿野忠次とて同じだろう。いかに奈津に誘われたといっても、お館さまの側室とまぐわっては命がない。

信玄は、何か痺れに似たものを覚えた。人は命を賭《か》けても相手を求めるものなのか。信玄は命を賭けて女を求めたことはなかった。奈津と忠次の重なっている姿が見えるようだ。

忠次には妻子がある。それをどうするつもりか。つもりなどないであろう。妻子のことなど頭にない。ただ燃えるだけだ。

「奈津さまを、お見逃し下さりませ。わたしからもお願いいたします」

ふいに多香が言った。

「そのほうが気にすることではない。だが、多香の願い聞いてとらす」

ありがとうございます。と多香はうつ伏してきた。

三

初鹿野忠次は、奈津の部屋に忍び込んだ。

「忠次どの」

と奈津は忠次に抱きつく。男は信玄より他に入れぬところでもある。これが他に知れれば、お館さまの側室を盗んだとして、すぐに首を刎ねられるだろう。それを承知で忠次は入ってきたのだ。奈津も男を部屋にまねき入れたとして死をたまわることになる。

この部屋の外に、黒い影がうずくまっていた。あかねであった。誰かが近づけば、二人は死ななければならないことになる。人を近づけぬためでもあった。

あかねは女であって女ではない。耐え忍ぶことを知っていた。部屋の中の気配を耳にすれば、体も熱くなる。生身の女であるのだ。

衣ずれの音がする。帯を解いているのか、肌をさぐり合っているのか。奈津の声がしきりにせつながっていた。

場所があれば外で会う。だが、側室が館を出るわけにはいかない。亡くなった三条の方の侍女頭八重は、裏山の庵《いおり》で小賦兵部と逢引《あいびき》をしていた。侍女だからできたことである。いまは三条も兵部もそして八重も亡い。八重は三条の死に従い殉死したのである。

奈津はこの部屋に忠次を迎えるより他はなかった。

「忠次どの、わたしは死にたい」

「むろん、死ぬときは一緒です」

「わたしと共に死んでいただけるのですか」

「死ぬ。わしとて他に方法はない」

「わたしが、お誘いしなければよかったのです」

「いや、誘われてうれしかった」

「でも、忠次どのには奥さまとお子が」

「それを思うまい。奈津どのの気なぐさみであっても、わしに悔いはない」

「いまは、忠次どのは、わたしの命でございます。愛しております」

「そう言うてもらえば、わしも死にがいがあろうというものだ」

忠次は、衿から手を入れて、乳房を手に包み込んだ。その乳房が尊いもののように思える。甲斐に限らず、武士が娶《めと》る女には美女はいない。美女というのは少ないものだ。その少ない美女は、たいてい領主の側女になる。

だが、忠次は胸に痛みを覚えた。妻のお郁《いく》を思ったからだ。妻を裏切っているという思いが胸をせつなくさせる。たしかに奈津は命を賭けることのできる女だ。この乳房の膨らみを見よ。これだけの女はそれほど多くないし、一生手に入れることのできぬ女である。合戦に出れば、いつ死ぬかもしれない。だから命を賭けられるのだ。

乳房を揉みしだく。奈津が、あーっ、と溜息《ためいき》に似た声をあげた。忠次は、立って袴《はかま》を解いた。そして帯を解きにかかる。奈津が這《は》い寄ってきて、裾から手を入れ下帯を外した。そこには一物が膨れ上がっている。それを手にして、あーっ、と声をあげた。

その一物は叩《たた》けば音がしそうに硬くなっていた。たしかに、はじめはこの一物が欲しかった。体は信玄に馴れている。だが、一時期から信玄は、この部屋を訪れなくなってしまったのだ。

たしかに飢えた。体がしきりに男を求めていた。正直に言えば一物だけが欲しかった。しかし、いまは違う。忠次そのものが欲しくなったのだ。そうでなければ自分が哀れになる。一物だけのためには死ねない。男のために死のうと思った。その男として忠次を選んだのだ。そのことに悔いはなかった。

お館さまを裏切れば死あるのみである。信玄に限ったことではない。側室はお館さまの持ち物なのだ。側室になったときに、そのことは覚悟していた。

一物を口にした。ためらうことはなかった。いとしい人である。この人となら共に死ねる。一物の尖端を舌で味わった。信玄に抱かれたときには当たり前だった。いまは当たり前のことではなかった。

指を輪にし一物を握った。忠次はゆっくりと腰を下ろした。奈津はそれを口から離そうとはしなかった。忠次がそこに仰向けになった。

「奈津どの」

「いまは、何も考えたくはございません」

と言った。いま口の中にある一物はお館さまのものではない。口にしてみるとそれがわかるのだ。口の中でその違いがわかった。微妙にその形が違うのだ。口はお館さまの一物に馴れていた。

死ぬのであれば、思いきり狂いたい、と思う。狂わせて欲しい。一物の尖端を咽《のど》に当てる。いつもと違うものが口に入っている。お館さまを裏切っているのだと思う。その思いは悦びを膨らませる。

命がけと思うことで、その気持ちはよけいに昂《たかぶ》る。男の手が腰を引き寄せた。そして裾の中に手が入ってくる。その手が尻をとらえた。手が尻から腿を撫でまわす。内腿を撫でる。そしてはざまに触れてきた。

そこはすでに潤んでいた。男の手に触れられると、体はすぐに反応するようになっている。それが側室のつとめでもある。だが、その手は、お館さまのものでない。

裏切りの罪の意識が体を敏感にしている。明日の命はわからない。今夜中に燃えつきてしまっても惜しくはないのだ。

男の手がはざまに動いている。奈津は腰を振った。たまらない。もう耐えきれない。どうにかなってしまいたい。触感はいつもより鋭くなっている。

「あーっ」

と声をあげた。

男が変われば悦びも変わる。信玄に馴れていた奈津の体には、信玄とは異なる快感が生じていた。これからいかに待ちつづけても、信玄がこの部屋を訪れることはない。他の側室がそうであるように、自分も同じことだ。

このまま男に抱かれることなく花の命を枯れさせるよりも、男に抱かれてパッと散ったほうがいい。奈津は自分を桜にたとえていた。パッと咲き、パッと散る、それが花なのだと。萎《しお》れた花などみっともない。

側室たちはほとんど萎れている。里美どのがそうだ。恵理はまだお松という女子を産んだからいい。子供のために生きられる。志乃も三輪も、お館さまの訪れがないのを知りながら生きている。ただ老いていくばかりの身だ。

三条の方さまが亡くなって、正室を争ったが、信玄は再び正室を求める気はなかったのだ。花だった女が老いていくのは醜悪だ。若いころ美しかっただけに。

「わたしは倖《しあわ》せ」

と呟いてみる。いま男の一物が口の中にある。それは死を賭けても悔いのないものだった。女は男の一物だけのために生きているのではない。この忠次が好きだからだ。いとしい。いとしくてならない。また命を賭けなくてはできないことだった。それだけに男を愛さなければならない。

奈津は男から離れた。はざまの露は男が舐《な》めとってくれた。だが次から次へと新しい露がにじみ出てくる。彼女は男の腰にまたがった。そして一物を壺口に誘導する。尖端をそこに埋めて手を離す。尖端が襞を搔《か》き分けて入ってくる。

「あーっ」

と声をあげた。思わず腰が回転した。気がいきます、と叫び激しく腰を回す。声が出る。下から男が突き上げてくる。もうたまらない。体がふるえる。体が強直する。全身が痺れた。脳天をピカッと光が通っていく。男の体にしがみつく。気がいったのがわかった。

体から力が抜けていく。まだ歓喜の余韻がある。もうだめ、と叫びたいほど体が甘い。襞を一物が開いている。いっぱい、という気がする。その一物を襞で締めあげると、甘さが湧《わ》いてくるのだ。思わず声が出てしまう。

「忠次どの、忠次どの」

男の名を呼ぶ。たまらずに腰が動く。心地よいというのではなく甘いのだ。腰をゆすってみる。ズキンと疼きが走る。

「どうして、こんなにいいのですか」

また、奈津は腰を回しはじめた。下から男が突き上げてくる。思わず声が出る。男の一物が壺の中を掻きまわしている。はざまとはざまを押しつける。

「狂ってしまう」

狂っていた。自分から狂気の中に没入していった。

四

元亀二年一月に、信玄は兵を駿河に進めた。前の年の十月に、徳川家康は信玄との仲を断って、上杉謙信と結んでいた。謙信は京へ上ろうとはしなかった。足利将軍義昭が織田信長に利用されていると知りながらである。

信玄は、遠江《とおとうみ》に進攻し、四月には家康の三河を攻める。足助城《あすけじょう》を落とした。そしていったん甲斐に引き上げる。

前年六月、織田信長と徳川家康は、近江姉川《おうみあねがわ》で、浅井、朝倉を攻め破った。これが姉川の合戦である。信玄は朝倉と手を握っていたのである。

信長は、さきに、比叡山延暦寺《ひえいざんえんりゃくじ》を襲い焼き、多くの僧の首を刎《は》ねた。仏罰が当たる、と人は言ったが、信長は気にしなかった。信長は、今川義元の首を刎ねたあとは、たちまちにして大きくなった。徳川家康はいまや信長の属将である。天下の武将たちが、信長になびきつつある。

信玄も立ち上がらねばならない。焦っていた。軍議を開く。京に着くまでには半年はかかる。その間の費用をどうする。他国を討ち従えてそこから費用を得るしかない。

信玄は戦さからもどり、湯殿で湯を浴びていた。信玄の体を洗うのは多香である。このとき、信玄は五十一歳になっていた。ようやく衰えを見せはじめていた。

多香は薄ものをまとって、信玄の背中を流していた。

「信長は討たねばならぬ」

信玄が天下を取るか、さもなければ武田家は滅びてしまう。甲斐一国を安堵というわけにはいかないのだ。

信長と和を結ぶわけにはいかない。結びたくても信長は承知しない。信玄死後のことだが、信長と家康は執拗《しつよう》に武田勢を追い、そして滅ぼしてしまった。なぜこうなったかは言うまでもない。信長、家康は神徒であり、信玄が仏教徒であったからだ。家康に許された武田家臣団八百数十人が、武蔵《むさし》八王子に残っただけである。

このときすでに、信長は将軍義昭を無視している。義昭がいかに怒ってみても、信長に対抗するだけの力はなかったのである。

多香は信玄の前に回り、股間を洗う。だがすでに一物には立ち上がるだけの力がない。もちろん、全く立ち上がらないというのではない。興が向けば、立ち上がってくる。多香の薄ものを脱がせ、膝の上に抱き上げた。

そして腿から尻のあたりを撫でまわす。一物が立たなくても、女の肌に触れるのはよいことだ。

多香を抱いたまま湯舟に入る。湯があふれてこぼれた。もちろん多香も一物が立たなくても、恨みごとを言ったりはしない。

信玄の手が乳房を揉みしだく。あーっ、と声をあげて腰をゆする。

「お館さま、急がれますな」

「わかっている」

女の脂が湯の中に溶け込む。すると湯が軟らかくなるのだ。

乳房を揉み、尻を揉む。そうすれば、よけい女の脂が溶けていきそうな気がする。こうして女を抱いて湯に浸っているのはいい気持ちだ。

「あーっ」

と声をあげて多香は腰をひねる。はざまにはすでに露が湧き出している。それもまた湯に溶けていくのだ。

「ゆだってしまいます」

と多香が熱い息をついた。湯舟を出て洗い場に立つ。信玄は腰掛けに坐り、立った多香の裸身を眺める。美しい体だ。適当に肉もつけているし、何よりも京女だけに色は白いし、肉は柔らかい。

抱き寄せて尻を撫でた。はざまの上には品よく黒い毛が揃《そろ》っていた。その毛が、湯を滴らせていた。

女とはどうして、このように美しく作られているのか、と思う。もちろん、美しさがすべてではない。その美しさの中に毒がなくてはならない。

「姦通とは、どのような味がするのでございましょうか」

「当人でなければ、その味はわかるまい」

多香は、侍大将の初鹿野忠次と側室奈津の密通のことを言っているのだ。

「さぞかし、よい味であろうな。わしがここで二人を許してしまえば、味わいもなくなるだろう。危険だからこそ、味わいも深くなる」

「お許しにはならないのですか」

「わしに妬心《としん》はない。許してやるつもりだ。だが、あるいは許せぬことになるかもしれん。家臣たちへのしめしがつかん」

「いかようになさるおつもりですか」

「さあな」

「二人をお逃しになったら、いかがでございましょうか」

「駆落ちか。だが、逃げられまい。逃げれば追わねばならぬ。二人が甲斐を出ることはできぬ」

「お二人を助けてやることはできないのでしょうか」

「ないだろうな」

「お可哀相に」

「そうではないな。死ななければならないと思うから甘美になる。密通とはそういうものだ」

「そういうものですか」

「むしろ、二人を哀しむよりも、羨《うらや》むべきだろうな」

「どうしてでございますか」

「二人は、ふつうの男女では味わえぬ快楽を味わっている。可哀相ではなく、果報者だ」

「お館さまも、そうなりたいと思われますか」

「なれるものならなりたいものだ」

信玄は自分の膝の上に、多香をまたがらせた。馬に乗るのと同じでまたがってくれば股間は開く。信玄が膝を広げればさらに開く。

手をはざまに当てた。切れ込みは開かれていた。はざまを撫でると、あーっ、と声をあげて腰をひねった。切れ込みは潤みぬめっていた。そこに指を遊ばせる。

声をあげて多香は、信玄に抱きついてきた。

「そのようになされますと、気がいきます」

「わしに遠慮はいらぬ。気をやるがよい」

「でも、でも」

と腰をゆする。逆碁《さかご》の指つきで二指が壺の中に滑り込んでいく。逆碁とは、碁を打つ指つきを逆さにしたものである。手のひらを返すと指先が上に向く。その二指を壺に押し込むのである。壺の中を二指で掻きまわす。

「あーっ、お館さま」

と声をあげる。

「そこ、いま少し」

と激しく腰をゆすった。

最後の女

一

「上洛せねばならん」

信玄は呟いた。好敵手だった北条氏康は病を得て死んだ。あとを氏政が継いだ。氏康もまた一度は天下を狙《ねら》いたかったろう。

元亀三年のことである。

友好を結んでいた本願寺《ほんがんじ》光佐《こうさ》、いまは顕如《けんにょ》と名のっているが、織田信長に攻められて、信玄に救援を求めてきた。将軍義昭も、信玄に上洛せよと言ってきている。

信長は三千の僧兵の首を刎《は》ねた。僧を殺せば七代祟《たた》るという。信長の命、長くはあるまいな、と思う。だが、いま信長は連合軍を組み破竹《はちく》の勢いである。これを止められるのは信玄より他はないのだ。

もちろん、上洛には準備が必要だ。三万の大軍を移動させるのだから、それなりの準備がなければならない。

冬も去り春になった。出発は十月ころになるだろうと思っている。おそらく京の都まで半年はかかるだろう。最後の出陣になるかもしれない。

このところ、信玄も衰えを見せはじめていた。人生五十年という。二年も長く生きていると思う。衰えて当たり前なのだろう。

信玄は、夜具の中に多香を抱き込んでいた。柔らかい体だ。肌はすべすべとしている。口を吸い、肌を撫でる。多香の体が熱い。ということは信玄の手が冷たくなっているのだろうか。乳房を掴んで揉み上げる。多香は、息を荒らげはじめる。このように女の肌を撫でているだけで快いが、一物は動こうとはしないのだ。キリキリと怒張した若いころがなつかしい。体をつなげるくらい勃起することはあるが、一物が硬くなることはないのだ。

乳房を摑んで揉み上げる。情けない。老いるということは、こういうことであったのか、と思う。ときには精汁も出る。だが、噴出という感じではない。とろとろと流れ出るだけだ。快感もほんの少しである。精のつくくすりというのを、医師が出してくれるが、すでにくすりも効果はない。

上杉謙信と和睦した徳川家康と戦い、撃破したが、そのときに初鹿野忠次は戦死した。忠次は、死にたかったのだろう。側室奈津と通じていた忠次である。心中するよりも侍大将として、合戦に死んだ。本望であっただろうと思う。

忠次戦死の報を聞いて、奈津は自刃《じじん》して果てた。家臣たちは、奈津の自害の意味がわからなかった。

それを知っていたのは、信玄、多香、そして忍者のあかねくらいのものであったろう。一つの姦通のかたがついた。戦死であるから忠次の一族には恩賞があった。

「お二人はよい終わり方だったのでしょうか」

「これより他に終わり方はあるまい」

信玄は多香の股間に手を入れて、はざまをさぐった。そこは薄く潤んでいた。

女の肌というのは、撫でているだけで快いのだ。柔らかいし、すべすべとしている。この多香で、自分の女は何人目だろうと思う。人生五十年とすれば、それほど多くはない。三十五人目くらいか。

一年に一人、と思ったこともあるが、遠く及ばなかった、と苦笑が出る。男の一生に抱ける女はたかが知れている。

「この多香が最後の女になるか」

と思ってみたりする。

女のはざまはぬめっていた。いかにも優しい襞である。そこにおのれの一物を収められないというのは哀しい。指でたのしむだけなのだ。

充分に美しいし、体も充分に柔らかい。だが、かんじんの一物が動きださないのだ。

人生の秋か、と思う。人生の夕暮れである。木々が紅葉する秋である。枯葉が舞って地に落ちる。

正室であった三条は二年前に死んだ。若いころは信玄が他の女に手をつける度に嫉妬《しっと》した。老いては、嫉妬する元気もなくなったようだ。嫡子義信の自殺も衝撃だったのだろう。それ以来、急に老け込んだのだ。武田家を継いだのは自分の子ではなく、湖衣姫が産んだ勝頼になってしまった。これも三条を絶望させたのだろう。

三条の一生は何だったのだろう、と思う。人は生まれて、そして死んでいく。その間わずかに五十年、うたかたの如しである。

信玄は仰向けになった。多香の手が股間をさらす。一物はそこにうずくまっているのだ。それを多香は指で摘む。指の間でひねくりまわすが、びくとも動かない。できることならば、多香のために立ててやりたい。

それを多香は口にくわえた。そしてしゃぶり舌を絡ませる。

信玄は、天井を見ていた。女たちの顔を思い浮かべる。そう津禰がいた。津禰は乱れ狂った。津禰の口にくわえられたとき、一物は痛いほどに勃起していた。あれが最後だったのか。湖衣姫は遠いむかしの女だ。

津禰は嫡子義信の妻だった女だ。血のつながりはなくとも、義理の娘である。それを抱いた。仏罰が当たったのか、と信玄は苦笑する。

多香の口の中で、一物は少しは膨らんでいるようだ。それ以上は無理のようだ。多香はそれを熱心に舐めている。

多香は体を起こし、信玄の腰をまたいだ。そして一物の尖端を切れ込みに押しつける。尖端は切れ込みの中の肉の芽に押しつけられ、多香の手がしきりに動いていた。

「あーっ」

と声をあげ、腰をゆする。

多香は、しきりにせつながった。迎え入れたいのに、一物はくねくねとくねって中には入らないのだ。

「衰えたものだ」

と苦笑する。多香は仰向けになり、膝を立て開き、はざまに信玄の指を誘い込んだ。

「気をやらせて」

と言った。二指を壺の中に押し込む。指を中で使う。交叉させ、抉《えぐ》るようにする。多香が腰を弾ませた。

「いく、いく」

と声をあげた。だが、気をやるのにはまだ時間がかかった。指ではどこかもの足りないのだ。

そこ、と言い、少し下、と言う。気持ちよいところに指が当たらないのだ。しきりに白い腰をゆすりあげていた。だが、なかなか達しない。

信玄は体を起こし、女の股間に顔を埋めた。そして切れ込みに舌をのばす。指はそのままだった。舌が肉の芽をとらえた。その芽を唇でついばむようにする。

多香の腰が弾んだ。片方の手で女の腰をしっかりと抱いてやる。女の腰は腕の中でしきりにくねるのだ。怒張した一物を挿入してやれば一発でいってしまうのだろうが。

肉の芽を咬《か》んだ。とたんに多香の体が弾みだしふるえた。悲鳴のような声をあげた。どうにか気をやったらしい。しばらくはそのままじっとしていた。

多香は、壺の中から信玄の指を引き出すと、露に濡れている指をしゃぶった。

「気をやったのか」

「はい、いきました」

だが、若い女がこんなことで満足するわけはない。信玄が仰向けになると、多香はまた股間に顔を埋め、一物を口にした。

「もうよい」

と言ったが多香はきかない。音をたててしゃぶりはじめる。

外に人の気配があった。

「何者だ」

「あかねにございます」

「何用だ」

「はい、お遊さまがお見えでございます」

「お遊が」

「はい、お館さまにお目にかかりたいと、申されておりまする」

「………」

「お会いなさいませ。内密の用と申しておられます」

お遊と聞いて、いままで全く動かなかった一物がむくむくと立ち上がった。口にしていた多香もびっくりしたことであろう。狼狽《ろうばい》に似た気持ちがあった。どうして急に立ち上がったのかわからない。

もちろん、多香は信玄の心の動きを知ったはずである。知られたと思いうろたえた。なぜだかわからぬ。これまで動こうとしなかった一物に血が流れ込んだのだ。まるで若いときのように。こんなことがあるのか、信玄自身、思ってもみないことだった。

信玄があわてている間に、多香は信玄の腰にまたがってきて、その一物を壺の中に滑り込ませたのである。

「あっ、うれしい」

こんなことが起こるとは信じられない。お遊は信玄には姪《めい》に当たる。その上に人妻である。そのお遊とのまぐわいを考えていたのか。自分の気持ちがわからなかった。お遊の名を聞いたとたん一物は反応した、ということは信玄はお遊に恋いこがれていたということになる。

「お館さま」

と声をあげ、多香は信玄にしがみつき、しきりに腰をゆすっていた。歓喜の声をあげる。

身悶えして、

「気がいきます」

と口走った。信玄は多香の尻を押さえた。女の尻はかくも激しく動くものか、と思うほどに動いていた。

「あ、あーっ」

と声をあげて、動きが更に早くなった。息遣いが荒くなり、こきざみにふるえた。体から力が抜けていく。激しかった。一物を包み込んだ襞もしきりに伸縮していた。

多香の体を離そうとした。

「いやです、離れませぬ」

と言う。

「わしが上になる」

そう言われて、やっと体を離した。多香は仰向けになり、男を迎える姿勢をとった。

「早く、早く」

と言った。早くしないと信玄の一物が萎《な》えてしまう、と考えたのだろう。女の開かれた股の間に腰を割り込ませると、一物を切れ込みに近づける。切れ込みは泣いているようにぬめり光っていた。

そこに一物を埋めた。

ヒーッ、と声をあげて多香は腰で迎えにきて、一物を根元まで呑み込んだ。

「あーっ、お館さま、お館さま、多香は本望でございます」

しがみついてきて、腰をくねらせ弾ませる。一物が襞に包み込まれ、そしてその襞がしきりにうねっているのを覚えた。

「極楽でございます」

と、きれぎれの声で言う。次々に気をやっているのがわかった。一物の威力である。

二

お遊は、書院に坐っていた。信玄は書院に入って上座に坐った。信玄が一人でものを考えるとき、書見するときの部屋である。

「お遊か、しばらく会わぬ間に美しくなった。いくつになった」

「二十八でございます」

「そうか、あれから四年か。嫁ぐときは、たしか二十四であったな」

「はい」

そこへ、あかねが酒を運んできた。酒が必要だろうと気を利かせたのだ。

「まさに女盛りだな。大輪の花だ。あでやかでもある」

お遊が酌をする。信玄は盃をお遊に渡した。

「そちものめ」

「はい」

お遊を前にして、久しぶりに胸が高鳴る。こんな気持ちになったのは、いつごろであったろうか。津禰のときを思い出す。それも遠いむかしのような気がするのだ。

「それで、用向きを聞こうか」

「用など、ございません」

「なに」

「あかねどのに呼ばれてまいりました。お館さまがご用とか」

「なに」

と二度驚いた。あかねが仕組んだことだったのか。よけいなことをしおって。いまさらわしには用はないとは言えない。

「お館さま、わたしは、喜んでまいりました。あかねどのに感謝しているほどでございます。わたしには、お館さまの前に自分で出てくる勇気はございませぬ」

そうか、お遊はあかねの意図を知って、館まで来たのだ。あかねが動かねば、二人にどんな思いがあっても、こうして会うことはできないわけだ。

「お館さまは、やがて上洛されると聞きました。二度とこのような機会はございませぬ。早瀬は、諏訪に出かけておりますれば、今宵はもどりませぬ」

信玄は、ふむ、と唸《うな》った。女というのは大胆なものである。お遊はにじり寄ってきて、膝の上に体を崩してきた。津禰もまた大胆な女だった。

「しかし」

「何も申されますな、わたしはただの女でございます。お館さまを恋い慕う女でございます」

そういえば、嫁す前に、信玄に会いにきたとき、異様な目つきであった。そのときのことを思い出す。去っていくお遊の姿を思い出す。

「側室の一人に加えていただきたい、と思うていましたが、それもなりませんでした」

「それで早瀬に嫁ぐとは、悪い女だ」

「はい、悪い女でございます。ずっとお館さまのことを思いつづけておりました」

信玄は、お遊の肩を抱き寄せた。そして顎《あご》に手をやり、仰向かせると、唇に唇を重ねた。甘い匂《にお》いがした。柔らかい唇である。

書院の外には、あかねがうずくまっているはずだ。見張りをしている。

しなやかな舌が信玄の口に入ってきて、絡んだ。そして信玄の舌を誘い出す。よく動く舌だった。

舌をお遊に与えておいて、衿を開いた。そこはゆるんでいた。衿の中に手を入れると、乳房に触れた。乳房を指でたどって進み、手にした。溶けてしまいそうに柔らかい。早瀬に揉みしだかれた乳房であろう。すでに乳首は立ち上がっていた。

舌を吸いしゃぶりながら、お遊はくぐもった声をあげた。舌を合わせたまま、お遊は手を這わせて、帯を解きはじめた。ちゃんとした夜具の中で抱きたいものだが、それはできない。ここでまぐわうしかないのだ。

衿を大きく開き、白い乳房をあらわにすると、信玄はそこに顔を埋め、大きく息を吸った。肺の中に女の香りが流れ込んでくる。

「うれしゅうございます」

とお遊が言った。ふくいくとした香りだ。女は恋い慕う男には香りを出すのだ。最後の女はこのお遊だったのだ。信玄は若いときのように胸を弾ませていた。

お遊の肌は汗ばんでいるようだった。なめらかで柔らかい。乳房に頬をすり寄せ、唇で乳首をとらえた。すでに女の乳首だ。舌先で乳首を転がす。

「あーっ」

とお遊が声をあげた。そしてのけ反り、仰向けになった。左右の乳首を吸いながら、着物の裾を分ける。太腿がちらりと見えたところで、信玄は立ち上がり、袴の紐を解いた。そして下帯を外す。

一物は信じられないほどに膨れ上がっている。こんなことは何年ぶりであろうか、と思う。もちろん体も充実していた。

この気持ちがあれば、上洛も可能であろう。天下を取る。天下をおのれのものにする。男の気持ちというのは単純である。一物が充実しているということは、それだけ気持ちにも張りが出てきたということだろう。

お遊は仰向けになったままだった。再び信玄が手を触れてくるのを待っている。手を腿に当てた。撫で上げる。よく肉がついて脂がのっている。蠟《ろう》を塗りつけたようだ。そして快い感触、内腿には青筋が立っているのが見えた。美しい腿だ。その上にはざまはなおさら美しい。

手をはざまに当てた。そこはつるんとして弾力がある。そのはざまを撫で上げ、撫で下げる。

撫でながら指を折る。その指が切れ込みに埋もれた。中は熱く潤んでいた。指を上下させる。

「あーっ」

お遊が溜息に似た声をあげ、そして腰をひねった。その手触り、指触りは何ともいえない。特別変わっているわけではない。だが、信玄のときめきは特別だった。

信玄にとってただの女ではなかった。義理の姪であり、家臣の妻なのだ。美味な毒を秘めている。

「お館さま、わたしは、お館さまの最後の女でしょうか」

「最後の女であろうな」

「もっと早くお召しになればよろしゅうございましたのに」

「わしにそんなことはできぬ」

「でも、最後のまぐわいではありませぬよう。再びこうして、お会いしとうございます」

「わしも思いは同じだ」

指ははざまに遊んでいた。深いところに指を没する。お遊は声をあげて腰をゆすった。

「もう、たまりませぬ、お情けを」

お遊は手をのばして、信玄の股間をさぐった。そして怒張した一物に触れると、どきりとしたように手を引いた。それからゆっくりと一物を握ってきた。

そして、うふふ、と溜息をつくように笑った。その大きさが、その熱さが、息づきが、手に感じられたのだ。

「このように大きいものを」

お遊が言うほど大きくはなかった。だが、充実感が大きく感じさせたのだろう。あるいは、信玄は弱っているという噂を耳にしていたのかもしれない。

「お館さまは、まだお若うございます」

「そなたに対しては若くなっている。まるで少年のような気持ちだ」

お遊でなければ、これほどに怒張しなかった。

「早う、お情けをいただかせて下さりませ」

とお遊はせつながった。いまは自信をもって、お遊の女の扉を押し分けることができるのだ。

信玄は、開かれた腿の間に腰を割り込ませ、眼下を見た。股を大きく開いているために、切れ込みも開きかげんになっている。そこが濡れ光っていた。そこに口をつけたい、と思ったが、とりあえずは体をつなぐべきだろうと思い、腰を進めた。女の露に尖端が触れた。その肉襞はしきりに伸縮している。

尖端をそこに当て、手を離して腰にわずかに力を加えると、一物は滑り込んでいく。

「ああーっ、倖せでございます」

と、信玄の腰に腕を回してきて抱きつき、思いきり腕に力を加える。

「お館さまが、わたしの体の中に」

と声をあげ、そして腰をひねる。極楽とはこのようなものだろうか、と思う。柔らかい襞が一物に絡みついてくるのがわかった。

「もう、これで思い残すことはございません」

「何を言うか、お遊はまだ若い」

「お館さまが、再びおもどりになれば、まだ望みはございます。でも、女はただ一度だけの思い出だけでも生きていけるものでございます。このお館さまのお体を、遊は生涯忘れはいたしませぬ」

そう言いながら、お遊は腰を振っていた。襞はしきりに一物をとらえようと伸縮している。とらえようではなく、その一物の感触を記憶にとどめようとしているのだ。

「また、天に昇ります」

と言ってはしがみついてくる。次から次へ絶頂にたどり着いているようだった。二十八歳の人妻である。とめどもなく気をやってもおかしくはない。気分も昂《たかぶ》りつめている。そうなるのが当たり前だろう。

涙をポロポロと滴らせた。女はうれしくても泣けるのだ。

「お館さまのものを口にしとうございます。口でも覚えていたいのです」

そうか、と信玄が体を離そうとすると、いやっ、と声をあげてしがみついてくる。体の中から一物が失せてしまうのが、たまらないのだ。また、しがみついてきて、腰をふるわせる。

そして、次に体を離したときには、呻いて、それでも今度はしがみついてこようとはしなかった。乱れた裾を直して起き上がると、手をのばして一物を握った。露にまみれた一物だった。

それをお遊はゆっくりと呑み込み、咽《のど》につかえさせて、くぐもった呻き声を洩らし、腰に抱きついてきた。

口から一物を離すと、まるで赤ン坊に乳をのませる母親のように、乳首を尖端に押しつけ、擦りつける。

そしてまた舐めはじめる。まつわりついた露を舐めとると、またくわえてきた。頭をゆっくりと上下させはじめる。口から一物を出しては、また咽深くに押し込む。ふぐりを手で掴み揉みほぐし、しばらくは一物を口に出入りさせていた。

お遊は一物を手にしたまま、腰にまたがってきた。そして体の中に誘い込む。そして腰を回し上下させた。

三

この年、元亀三年十月、信玄は三万の大軍をひきいて甲斐を出発した。半年で京にたどり着くはずだった。

十二月に、三方《みかた》ヶ原で、織田信長、徳川家康の連合軍を撃破した。翌年一月、三河に進攻し、野田城を攻略した。そして長篠城《ながしのじょう》に入る。このままでいけば、四月か五月には京に着いていたかもしれない。

だが、この年の四月、信州駒場《こまんば》で信玄は突然に死ぬ。病死であったとも、敵の流れ弾に当たったともいわれる。

信玄は、「わしの死は三年を秘せ」と勝頼と重臣たちに言った。

解説

高縄　洋

本書『信玄女地獄』は、脂の乗り切った峰隆一郎が、一九八八年五月から約七カ月間、サンケイスポーツに『信玄と抱かれた女』の題名で連載したものである。その繰り広げられる強烈なエロチシズムによって好評を博し、通勤途上のサラリーマンにその通勤地獄を一時忘れさせた戦国時代絵巻である。

ところで、満員電車の中でのスポーツ新聞の記事、ことに芸能欄のヌード写真や、連載小説の挿絵などは、女性にとってセクシャルハラスメントではないか？　と、このところよく言われているが、凄惨《せいさん》な事故の現場写真などを先を争って掲載する写真雑誌のほうが、もっと暴力的で不快だと思うのは筆者が男のせいだろうか。

ともあれ、連載当時、この小説を官能的な挿絵に対する興味だけで読んだ読者はいなかっただろう。挿絵だけでなく、小説のもたらす力、さらに読者の側の想像力がなければ、官能小説は成立しない。世の中、ヘアヌードが流行《はやり》だが、視覚に訴えるものよりも、こうした読む行為でかき立てられる妄想のほうが、はるかに官能を刺激されると思うのは、なにも筆者だけではないだろう。

この妄想を文字として紡《つむ》ぎ出すのが、小説家というものである。それに触れた読者は、作者の妄想、夢の上に今度は自分自身の妄想を築き上げていく。こういう幸福な協力関係が成立するかどうかにその小説の成功がかかっているのである。

こういった妄想をもたらすものは、時として〝ワイセツ〟と呼ばれるが、何をもってワイセツとするかという議論はさておき、これを充分にはばたかせることによって、ストレスなどはふっ飛ばすことができるものなのである。もちろん、エロチックな小説ばかりがそういう機能を果たすわけではなく、エンターテインメントを目指す小説ならば、すべてそういった面を持っている。本書をはじめとして、峰隆一郎は、時代小説、現代ミステリーの各分野で、その面白さを追求することによって、確実に我々のストレスを解消させてくれているのである。

本書における様々な女との濡れ場は、あたかも峰隆一郎が続々と生み出している、時代小説の中のチャンバラ場面を想起させる。

たとえば、男が女のここをこうすれば、女は悦び、女がこうすると男も悦ぶ。×××が××になって、ううむ——となる。これが、チャンバラシーンだと、お互いに構え、間《ま》積《づ》もりがあって、潮時の満ちるのを待ち、斬るか斬られるかの真剣勝負となる。峰隆一郎時代小説では、頭の鉢が飛び、胴が真二つに両断される血なまぐさい場面が展開されるから、この比較は少々乱暴かも知れないが、その間の取りかたには共通したものがあるように思う。

さらにいってしまえば、これらは、つまり剣の道にしろ、色の道にしろ、峰隆一郎の主人公は、ある種のスーパーマンであるということにほかならない。ストレスという現代病を解消してくれる大人のためのファンタジーなのである。

一九九三年から書き下ろしが始まった『素浪人宮本武蔵』の第六巻（餓虎の篇）のあとがきで、峰隆一郎は次のようにはっきりと言い切っている。

「私は、サラリーマンのストレス解消のためにチャンバラを書いていると思っている。だから、サラリーマンの読者が納得できるようにチャンバラを書きたいのだ」

チャンバラをセックスシーンに置き換えれば、本書における峰隆一郎のサービス精神にそのまま当てはまる言葉だ。

また、こうも言っている。

「私のチャンバラ小説は、残酷である。私の知り合いの女性たちは、〝怖ろしい〟〝残酷だ〟と言う。たしかに私の小説は女性向きではないだろう」

本書の中でも女武者お蘭の最期や、破れた敵の側室、侍女などを凌辱《りようじよく》する場面は残酷であり、哀れである。女性読者は眉をひそめるかもしれない。しかし、これも男の妄想の一つの表れにはちがいないのだ。

さきほど、主人公はある種のスーパーマンと書き、ファンタジーとも書いたが、本書についてみれば、これは主人公が武田信玄だからではない。もちろん、戦国の武将として第一級の英雄であるから、女も望めばすぐに手にはいるだろうし、ほしいままに権力をふるうこともできる。しかし、それだからスーパーマンというわけではなく、数十人に及ぶ女性から慕われ、彼女たちを満足させられるからなのである。すべての女性を「いかせる」ことができる、これこそが男の願望なのである。時代小説のヒーローでいえば、宮本武蔵が六十数度かの勝負に不敗を誇ったのと同様な力強さなのである。

また、剣道修業、色道修業を重ねはするけれども、峰作品の主人公たちは、人間的に成長したり、悟ったりするようなことはない。場数を踏んでいくにつれ、「人斬りを覚え」たり、「女の毒を体の中に溜め」たりするだけなのである。こうした、無頼、アウトロー、ごろつき等、様々にいわれている社会からドロップアウトしたキャラクターが存分に活躍するところが、峰作品の大きな特徴であり、魅力ともなっている。

さてここで、本書の目次を見てみよう。本当はこの解説などよりも、目次のほうが、内容については雄弁に物語っているのだが……。第一章「侍女おここ」から最終章「最後の女」まで十六章、登場する主な女たちは十六人ということになる。武田信玄十六歳から上洛の途上で客死するまでの女性遍歴が濃厚に描かれていて、目次を見るだけでも興趣をそそる。

信玄が相手にするその数多くの女たちにも、いろいろな工夫がなされている。父信虎の側室を奪ったり、政略結婚で得た正室の嫉妬に悩まされたり、未通女の恵理との初夜、熟女八重と家臣小賦兵部《おぶひょうぶ》との濃厚なシーン、そして、勝頼《かつより》という跡継ぎを産んだ側室湖衣姫《こいひめ》をこよなく愛し、亡くなってからもその面影を忘れかねるといった展開もある。

こうした中でも、作者がより力を入れて描き上げたのが、嫡男太郎義信《よしのぶ》の妻、津禰《つね》との関わりである。自分に謀反した嫡男、その妻との情交には、さすがの信玄も罪の意識にさいなまれる。その罪の意識が、晩年に向かう信玄のエロスをかき立てる。また、津禰のほうも、英雄信玄に夫よりも男として惹《ひ》かれるものを感じている。その罪の意識＝毒が、二人の逢瀬《おうせ》を一層甘美で激しいものにしている。この二人の間の性描写が、本書のうちでもっともいきいきと描かれている。

そして、「最後の女」に登場するのは、弟の娘で人妻のお遊である。つまり、姪と通じるのである。息子の嫁の津禰とお遊、どちらの関係にも共通しているのが、インセストタブー、近親相姦の禁忌《きんき》である。島崎藤村の『新生』を引き合いに出すまでもなく、これらを主題とした多くの小説が生み出されているが、本書でも、このタブーを犯すことによって、衰えていた武将の血がかき立てられていく。京へ向かって出陣し、織田信長と闘おうという気力が信玄に生まれてくるのだ。

多くの漁色《ぎょしょく》を重ねてきた信玄にも老いが忍び寄ってきている。そのお遊への恋慕は、忍者あかねの知るところとなり、彼女によって二人の逢瀬がお膳立てされる。この辺の描写は、フランスの哲学者が「エロスは死に到るまで生を求めること」と定義していることを想起させる。死に向かっている信玄のエロスがタブーを犯すことによって燃え上がっていく——。

こうして読んでくると、「女忍あかね」の章あたりから、信玄の生涯が終焉《しゅうえん》に向かっていることが、読者にも、はっきりと感じられるだろう。峰隆一郎は、信玄の年齢でその終焉を感じさせるのではなく、女との情交を通してそれを読者に伝えていくのだ。作者の技巧が見事に発揮されているというしかない。

峰隆一郎は、前述の剣豪小説『素浪人宮本武蔵』全十巻の完成とともに、日本仇討ち伝の第二弾『烈剣』を上梓《じょうし》したばかりでなく、現代ミステリーの鏑木一行《かぶらぎいっこう》シリーズや五貫吾郎《いぬきごろう》シリーズも書き続けた。そういった時代小説、現代ミステリーのみならず、本書のような官能小説においても、作者の小説家としての手腕は確かなものであることに、あらためて感心している。

（たかなわひろし・チャンバリストクラブ会員）

本書は一九九四年『信玄女地獄』のタイトルで
青樹社から出版された作品を文庫化したものです。

信玄女地獄《しんげんおんなじごく》

峰 隆一郎《みねりゅういちろう》

学研M文庫

平成13年　2001年10月19日　初版発行

●

編集人——忍足恵一

発行人——太田雅男

発行所——株式会社学習研究社

東京都大田区上池台4-40-5 〒145-8502

印刷・製本—中央精版印刷株式会社

★ご購入・ご注文は、お近くの書店へお願いいたします。

★この本に関するお問い合わせは次のところへ。

編集内容に関することは —— 編集部直通　03-5434-1456

• 在庫・不良品（乱丁・落丁等）に関することは ——

出版営業部　03-3726-8188

• それ以外のこの本に関することは ——

学研お客様相談センター　学研M文庫係へ

文書は、〒146-8502 東京都大田区仲池上1-17-15

電話は、03-3726-8124

落丁・乱丁本はお取り替えいたします。

定価はカバーに明記してあります。

F-み-4-8　　ISBN4-05-900056-6